南唐　徐熙　玉堂富贵图

宋代 马远 白蔷薇图

宋代 赵佶 梅花绣眼图

宋代 赵佶 摹张萱虢国夫人游春图

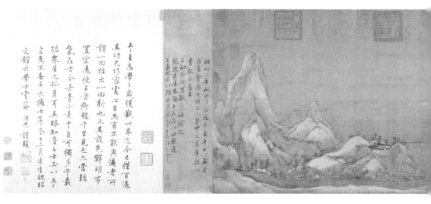

宋代 王希孟 千里江山图 (局部)

大宋词坛

杨雨 著

湖南文艺出版社

图书在版编目（CIP）数据

大宋词坛 / 杨雨著. -- 长沙：湖南文艺出版社，
2024.1
ISBN 978-7-5726-0755-4

Ⅰ. ①大… Ⅱ. ①杨… Ⅲ. ①宋词—诗词研究 Ⅳ.
①I207.23

中国国家版本馆CIP数据核字（2023）第187240号

大宋词坛
DASONG CITAN

作　　者：杨　雨
出 版 人：陈新文
责任编辑：袁甲平
装帧设计：今亮后声·小九
内文排版：刘晓霞
出版发行：湖南文艺出版社
　　　　　（长沙市雨花区东二环一段508号　邮编：410014）
印　　刷：长沙超峰印刷有限公司
开　　本：880 mm×1230 mm　1/32
印　　张：12
字　　数：249千字
版　　次：2024年1月第1版
印　　次：2024年1月第1次印刷
书　　号：ISBN 978-7-5726-0755-4
定　　价：58.00元
　　　　　（如有印装质量问题，请直接与本社出版科联系调换）

自序

《大宋词坛》是"命题作文"。

去年 8 月 27 日,中央电视台科教频道《百家讲坛》栏目新任制片人曲新志老师发来微信:"我这几天在想,请您讲一个二十集的系列《大宋词坛》如何?从宏阔的视野,讲讲宋词发展的历史。不知杨老师意下如何?"

我这才发现,曲老师是一个"挖陷阱"的高手。

说实话,在《百家讲坛》主讲一个完整的系列,是一件极费力却未必讨好的事情。从选题、立意、思路、素材搜集整理、结构安排及讲稿撰写等,没有一个环节可以随便应付,学术性与通俗性的兼顾也处处在挑战着主讲人的"脑洞"。从2011 年的《侠骨柔情陆放翁》到后来的《端午时节话屈原》《纳兰心事有谁知》《诗歌爱情》《诗歌里的春天》等系列,我算得上是一个"资深主讲人"了,还经常碰到年轻人对我说:"杨老师,我很小的时候就看您的《百家讲坛》了。"但我要很负责任地说:其实我每讲一个系列,几乎都经历了"脱一层皮"的过程,"成如容易却艰辛"于我真是感同身受。

我似乎是一个做任何事情都很容易进入"沉浸式体验"的人，我说的"任何事情"是指我决定做而且是心甘情愿要做的事情。这注定我一旦开始工作，就会是全情投入，每时每刻好像都处于一种头脑兴奋、身体疲惫的分裂状态。我对自己这个毛病心知肚明，所以，我每次在决定做一件事情前，都慎之又慎。

毕竟，谁会没事专门挑事儿来为难自己呢？

《大宋词坛》是我又一次为难自己的例证。曲老师温和的提议，我竟然无法拒绝，或许是因为内心一直有一种声音在蠢蠢欲动：无论我站在讲台上讲过多少话，我真正最想讲的，永远都是宋词。

虽然，再讲宋词其实很难，难在我在不同的平台上讲过不少宋词的系列，我很害怕讲多了会变成对别人和对自己的重复，时光在不停歇地向前流动，而我害怕像时针一样依然在原地转圈。

但我还是决定挑战一下自己，我想和那些无比熟悉的大宋词人再来一次以心会心的对话——他们和他们的文字从未改变，但我应该不再是原来的我。

再艰难的旅程总会要一个开始，这个开始，我圈定在李煜。

作为五代词人的代表，李煜只是大宋词坛风云际会的一个序幕，他以最悲情的姿态标志着属于他的一个时代的落幕，但无意间，他那忧伤的背影成了大宋词坛最初定格的美。

谁也无法预料，那些不经意吟唱出来的歌谣，将来会成就大宋文坛一代之风华。无论是闾阎里巷田间阡陌，还是庙堂宫阙贵室高门，唇齿间传唱着的动人词句，都将是盛世繁华里摇曳的旖旎风情。两宋三百余年的岁月，最绰约的美，一定是献给了流行歌坛。

宋词，就是大宋流行歌坛中最美的歌词；词人，大多是大宋流行歌坛中最杰出的音乐制作人；而将最美宋词唱遍大街小巷、重门深户的，是大宋流行歌坛上的歌手，尤其是那些千娇百媚、多才多艺的歌女。

从李煜开始，明星词人与明星歌手联袂将大宋词坛演绎成了群星闪耀的璀璨星空。而其中，有二十位词人堪称大宋词坛最具划时代意义的顶流明星。

李煜之后，真正开启宋词大幕的第一代词人有三位：柳永、张先和晏殊。柳永是"草根性"十足的流行音乐制作人，虽然在精英文人圈中柳永词饱受雅俗之争的"歧视"，但无论是大众消费者还是精英文人圈，都无法漠视这位乐坛天王的超级影响力。与柳永相反，少年早贵且以宰相的政治身份一度主盟文坛的晏殊，则显示出贵族词人高雅圆融的理性风度。而张先不仅以其清丽含蓄的创作独步江南词坛，还以其高寿直接影响了第二代甚至第三代词人的成长。三位词人鼎足而立，其中最具创新意味的是柳永，他不仅打破了五代时期的花间词和南唐词以小令为主的格局，大力拓展了长调慢词，并且将羁旅行役、城市图景等新题材融入作品中，词的境界与面貌为之一新，泛化的爱情题材与文人自身的身世感怀开始交织在一起。可以说，柳永词是大宋词坛呈现的第一轮变局。

在第一代和第二代词人相继登台之间，欧阳修沿着晏殊开拓的道路，继续以政治家、文学家的身份，在花前酒边的休闲状态中，抱着游戏为词的轻松态度，抒发着或洒脱、或炽热、或凄恻、或从容的情感。

第二代词人可以视为苏门文人的集体惊艳亮相，其中的灵魂人物当然非苏轼莫属，苏轼的旷达豪迈吹皱了北宋词坛温柔缠绵的"一池春水"，引领了大宋词坛的第二轮变局——婉约词依然是主流，但"豪放词"也发出了振聋发聩的声音。在苏门文人中，黄庭坚的词风较为多样，他既有接近苏轼的豪气的一面，也有坚守词之柔媚婉变的一面；秦观则固守着词之本色传统，丝毫不受苏轼影响地唱着深情款款的歌，被词史誉为婉约词人之正宗。

第二代词人中，苏门文人之外的晏幾道和贺铸虽然在词风上并无刻意的创新，但他们两位却是词坛上特别耀眼的存在——作为晏殊的晚子，经历过华屋山丘的家族变迁，晏幾道对于世情与人情有着独到的感悟，他的词总在如梦如幻的追忆中抒发着伤心人的怀抱；贺铸则是携皇室贵胄的血脉却在一生落魄中唱着最凄美的情歌，他可能是北宋词坛最丑的那颗星，却闪烁着最柔情的光泽。

北宋词坛的巅峰词人当属周邦彦，他的作品几乎成为当时及此后词坛的标杆，被词史奉为圭臬，而他也为自己赢得了词中之杜甫的顶级美誉。周邦彦虽然生活在北宋后期，但他的创作成为事实上结北开南的转捩点，南宋词坛格律派（风雅派）基本上是沿着周邦彦的路数继续深入，并且成为南宋词坛的主流风格。

靖康之难彻底摧毁了流行歌曲低吟浅唱着的盛世太平，南渡词人以李清照、朱敦儒为代表，国破家亡的沉痛取代了吟风弄月的文艺小情调，南渡词坛"异响"纷呈。李清照是大宋词坛唯一称得上伟大的女性词人，她的《词论》是词史上第一篇有关词学的理论文章；朱敦儒是隐逸词人的代表，他的作品具有鲜明的"自传"性质，串联起个人与家国在乱世中的流离轨迹。他们虽然不曾像岳飞那样驰骋沙场，却和岳飞一样始终抱有"待从头收拾旧山河、朝天阙"的梦想。

家国之恨让南宋初期的词坛充盈着或慷慨或深沉的"变调"——忧伤的爱情不再是词坛的主旋律。陆游和辛弃疾是这一时期词坛的代表，辛弃疾更是将一生文学才华几乎全部倾注于词中，他是大宋词坛真正意义上的英雄词人，是他真正为"豪放词"树立了标杆，并且以他为核心，成就了南宋词坛堪与婉约派并驾齐驱的豪放派。

无论是婉约，还是豪放，南宋词坛基本上是专业词人的天下——即便豪放率性如辛弃疾，专力于词的慎重态度也令人感佩。不同于北宋词人大多是以余力作词，将歌词视为"小道""卑体"，更重政治生涯中的事功与言志载道的诗文创作；南宋词人则大多是兼具音乐与文学的双重专业素质，主要文学成就也集中于词的创作，许多一流词人终生未曾入仕，"词人"几乎是他们唯一的身份标签。

南宋词坛上婉约派的两大词坛领袖：一位是清空飘逸的姜夔；另一位则是密丽质实的吴文英。他们无论是在当时还是在后世词坛中都吸引了无数拥趸，甚至俨然形成了事实上的"清空"派与"质实"派。他们的共同点则是：用尽全力唱出了一生中爱情的失落，而爱情的失落，又何尝不是深藏着身世飘零的伤感呢？

辛派词人中，刘过是最具争议性同时也颇具代表性的一位，他的词比之辛弃疾，粗犷雄壮有过之而无不及。粗豪，是刘过与辛弃疾最为相似之处，然而粗豪太过，也曾让他饱受非议。他那两句著名的"欲买桂花同载酒，终不似、少年游"，写的是他的人生中年，却也仿似宋词的中年，甚至，也仿似大宋王朝的中年……

是的，就如同唐诗有自己初、盛、中、晚的运行轨迹，大宋词坛也经历了自己率真的少年心性、明媚的青春华年、雄阔的壮年气势、沉郁的中年风度、幽艳的晚年情韵。当我流连其间，每一种别具风姿的美，都宠爱着我的眼，温润着我的心，丰盈着我的如歌岁月。

绵延三百余年的大宋词坛是由宋末四大遗民词人集体谢幕的，其中王沂孙和蒋捷颇具典型性。王沂孙是南宋词坛文人结社唱和风气的代表，他的咏物词既是宋代咏物词的"天花板"，同时他的词堪为南宋词坛雅化的标志，一向被词史视为雅正的典范。

词从唐代开始萌芽，经过五代的推动发展，在宋代达到最高峰，又在南宋达到雅化、尊体的新高度，至此，唐宋词算是走完了全部的发展历程，也积累了极为丰富的创作经验。生活在这个时期的词人，尽管不得不经历朝代更迭的创痛，但他们的创作也可以从前代众多经典作品和一流词人中汲取丰厚的营养，博采众长。如果具有足够的才华，那么这个时期的词人是完全可以学习和驾驭更加丰富多样的风格。蒋捷，就是这样一位风格多样的词人，不仕新朝的遗民气节也为他赢得了词坛由衷的赞誉。由蒋捷来为大宋词坛画一个句号，"流光容易把人抛，红了樱桃，绿了芭蕉"这样的句子，不仅是蒋捷关于岁月的感喟，更像是一位通透的老者对大宋词坛三百余年绝代风华的深情回眸。

上述二十位词人，是大宋词坛最闪亮的二十颗星，他们在星空的运行轨迹固然最为璀璨，但宋词的浩瀚星空里还有无数繁星争艳。星空之美，美在无论你何时抬头仰望，总会有意想不到的惊喜在等着你去发现。

所以，谢谢曲新志老师给我挖了这样深的一个"陷阱"，陷进去本身，就是一次奇幻历险记，一眼千年的风景，让我心甘情愿沉浸其中。

何况，在这个"陷阱"里，我并不孤单。感谢古人和今人那些优美和睿智的文字，让我始终觉得知己就在身边。在撰写讲稿的过程中，经常会遇到难以解决的"瓶颈"问题，我总是能在学界前辈和同仁那里得到最真诚的帮助，电话或者微信的反复请教让我收获到了茅塞顿开的喜悦。写刘过那讲时，王兆鹏教授帮我找到最权威的证据，并告诫我一定要注意南楼、安远楼、黄鹤楼是三座处于不同位置的建筑；贺铸的《青玉案》一词我以前一直认定其中有词人悼念亡妻的情绪在，但这一次我采用了王兆鹏教授的最新研究成果，认同这首词写的是词人晚年邂逅的一次爱情经历；还有陆游的《钗头凤》到底是写于沈园还是成都，王老师也给出了倾向性的意见。写吴文英一讲时，我为《莺啼序》的扑朔迷离以及学界各种不同的声音而困惑，于是请教博士时期就专研吴文英的田玉琪教授，令我感动的是，田教授不仅有问必答，还亲自动手帮我修改了讲稿中表述不够严谨的一些细节。彭玉平教授深耕词学研究多年，还是《百家讲坛》最优秀的主讲人之一，学术研究与电视讲座的个中甘苦，他都有切身体验，我很习惯将不太有把握的内容发给他请他指教，他也总是能迅速帮我拨开迷雾，找到清晰的方向……

"闻多素心人，乐与数晨夕。"大宋词坛的星空美得令人心醉，而当代词学界对于星空的守望与探寻也始终执着而坚定。

我期待，这样美的星空，有你和我们一起，徜徉其中。

杨雨

2023 年 7 月 30 日

目录

I

一不小心将流行歌曲
唱成了命运的传奇

1

开宝七年（974），宋太祖赵匡胤在东京（今河南开封）修建了豪华府邸，三番五次盛情邀请江南国主李煜北上，去做这栋豪宅的主人。李煜当然很不想去——东京的豪宅再豪，又怎能比得上他在金陵的巍峨宫殿呢！

何况，如果去东京，他最多能够做一座豪宅的主人；可是在金陵，他却是江南国主，是坐拥"三千里地山河"的江山之主啊！

东京是不想去，也不能去的！于是，李煜想破脑袋想出来一个一听就是借口的借口：他说自己生病了，而且病得还不轻，实在没办法经受长途跋涉，乞求赵匡胤的原谅。

赵匡胤一看，"敬酒不吃吃罚酒"！既然请不动李煜，那就干脆动武吧！

九月，曹彬、潘美等奉宋太祖赵匡胤诏令率十万宋军讨伐江南。临行前，宋太祖特意召见了曹彬、潘美，再三嘱咐他们："城陷之日，慎无杀戮。设若困斗，则李煜一门，不可加害。"（《宋史·太祖本纪》）

曹彬等人领命开拔，这一路宋军所向披靡，连续攻克峡口寨、池州、当涂、芜湖，驻军采石矶。十一月，宋军开始修建浮桥，准备让大军渡过长江；十二月，大破江南军于白鹭洲。

第二年，也就是开宝八年，二月，曹彬屯兵秦淮，大败江南军十余万众，俘斩数万人；此时，浮桥已建成，自三月到八月，又连续击败江南军，直抵润州（今镇江），进而围困金陵。

可想而知，李煜这一年的心态何其危窘。

开宝八年十月，就在金陵被困之时，焦头烂额的李煜还派遣朝中名臣徐铉奉表至开封，并进贡银五万两、绢五万匹，请赵匡胤开恩缓师。但显然，贿赂的这一招没起到任何作用，因为就在这个月，曹彬派人再次破江南军于皖口，擒获其主将。

十一月，就在江南军再度惨败之后，李煜再次派遣徐铉到开封觐见宋太祖，乞求缓师，但依然一无所获。

要知道，徐铉可是江南鼎鼎有名的大才子，和韩熙载齐名，两人并称"韩徐"。徐铉辩才一流，李煜对他寄予了厚望。李煜本来命令十余万军队来金陵救援，因为徐铉答应去开封，李煜就觉得凭徐铉的辩才，一定能让宋太祖松口，所以打算让援兵停止东进。在这种紧要关头，徐铉清醒得多，他劝说李煜："我此行未必能保证一定可以解决危难，江南唯一能够凭借的力量就是援兵了，怎么能够让他们停下来呢！"李煜却说："我一边派你去求和，一边又做着决战的打算，恐怕会让宋朝觉得我们没有诚意，不利于你完成任务啊。"徐铉说："您应该以社稷大局为重，不能顾忌我一个小小的使臣，置之度外即可。"李煜这才听从了徐铉的意见，"泣而遣之"。

据说，江南第一大辩手徐铉来到开封之后，对赵匡胤说："李煜以小国侍奉大国，就像儿子侍奉父亲一样，从来没有任何过失。如今，只不过是陛下您要见他，他不巧正生着病没能及时奉诏。我想，父母疼爱子女应该是无微不至的，难道李煜仅仅因为生病没来跟您请安，您就要灭了他吗？还请陛下怜爱我们，把军队撤回来吧！"

这一番哀哀乞怜的话听上去的确合情合理，可宋太祖是什么人？徐铉有备而来，宋太祖也早就胸有成竹。听了徐铉的话，赵匡胤哈哈大笑，说："你的主子既然把我当父亲看待，我当然也把他当儿子看。可是父子一家亲，我三番五次邀请他来东京，他都推三阻四。哪有父子像我们这样南北对峙、分作两家的呢！"

宋太祖的话听上去比徐铉的更加合情合理，徐铉被"怼"得哑口无言。这番辩论，毫无疑问赵匡胤占据了绝对上风。撤军是不可能的，天下只能有一家，卧榻之侧岂容他人鼾睡！

徐铉无功而返。金陵城下两方对峙貌似剑拔弩张，但其实，江南国毫无招架之力，此时不过是一只在猫爪子下被拨弄的老鼠而已。

在围城过程中，掌握绝对主动权的曹彬并没有步步紧逼，而是一直想办法让李煜主动归降。开宝八年十一月，曹彬再次派人"晓谕"李煜："大局已定，我们之所以迟迟没有发动最后的攻城，不过是怜惜这一城的生命罢了。如果你能主动归降，保全一城生灵，那才是上上策啊。"

2

此时的李煜，拖延时间，不过是苟延残喘。在惴惴不安中等待最后"审判"的李煜，除了求佛和填词，似乎也没有更好的办法寻求心灵的安慰。这首《临江仙》，大约就是在这种状态之下创作的：

> 樱桃落尽春归去，蝶翻金粉双飞。子规啼月小楼西。画帘珠箔，惆怅卷金泥。　　门巷寂寥人去后，望残烟草低迷。炉香闲袅凤凰儿。空持罗带，回首恨依依。

这首词乍一看，会觉得和《花间集》里那些缠缠绵绵的爱情相思词似乎没有太大区别，也算不上是李煜的代表作。李煜的词作，保存下来的不过三十余首。他前期的作品被大众熟知的并不太多，但亡国之后在宋朝填的词几乎每一首都是经典，每一首都赫赫有名，例如大家耳熟能详的"春花秋月何时，往事知多少""问君能有几多愁，恰似一江春水向东流""林花谢了春红，太匆匆""别时容易见时难"等等。不过，这首《临江仙》在貌不惊人的外表下，其实蕴含着非常深刻的意义，因为它标志着两大关键性的转折。

第一个转折是李煜个人的，第二个转折是属于整个词的发展历史的。我们先来看属于李煜个人命运的转折。

为什么说这首《临江仙》标志着李煜个人命运的转折呢？这就要说到李煜人生前期的生活方式和词的风格了。

李煜在他人生的前期，生活方式可以用一个词儿来形容：文艺范儿！他的文艺范儿不是仅仅靠穿着打扮来表现，而是一种由内而外的艺术气质。当然，这种艺术气质也需要强大的经济实力作为支撑。换言之，他的文艺范儿是：富贵+风流+才情。他前期的词内容也主要是炫富、炫风流、炫才华。

我们不妨先看看李煜早期的词《浣溪沙》是如何炫富的：

> 红日已高三丈透。金炉次第添香兽。红锦地衣随步皱。　　佳人舞点金钗溜，酒恶时拈花蕊嗅。别殿遥闻箫鼓奏。

你看，已经日上三竿了！那大早上的，一代君王此刻应该在干什么呢？不是应该正忙于处理国家大事吗？李煜偏不，金炉当中的香料陆陆续续散发出醉人的馨香，红色锦缎制成的地毯随着往来忙碌的脚步，恍若河面上的涟漪泛着微微的皱纹。你以为这是往来商议朝政的大臣们吗！不是！是宫女！是宫廷中的歌女和舞女！舞女们随着欢快的音乐节拍翩翩起舞，连发髻上戴的金钗滑落都浑然不觉。宴会上，无论是李煜还是美丽的宫娥们，都喝得醉意醺然。你看那舞女醉态可掬地闻着花蕊来醒酒，慵懒、娇媚的样子真是又赏心又悦目！

这样的描写说明什么？说明这样通宵达旦的歌舞宴会在李煜的宫廷中是常态！天天这样沉醉于歌舞宴乐之中，夜以继日，还能不能上早朝？还能不能处理政务？答案可想而知。

这边从前一夜持续到第二天早上的宴会还没结束，那边又"别殿遥闻箫鼓奏"，偏殿的音乐响起来了，今日的欢宴又开始了！如此日复一日，夜复一夜，欢乐似乎从来不需要暂时的停歇。这样的小朝廷是不是很有点醉生梦死的味道？

我们再来看这首《临江仙》，虽然在情绪上显得比较悲凉、低沉，但李煜生活中的富贵气象真是掩饰不住。词的上半阕：蝶翻金粉、画帘珠箔、卷金泥这些精心选择的词语，如果是旁人写出来，可能会有堆金砌玉的俗气，土豪相，但李煜写来就让人觉得是自然而然——别人的富贵是雕琢出来的皮相，他的富贵是骨子里流淌着的气韵。

画帘珠箔是指有着精美画饰的珠帘，而"金泥"说的是这样华美的珠帘还用金屑来作为装饰。很显然，这是贵族或宫廷特有的装饰。"金粉"本来是指女性用来化妆的金钿、铅粉，这里是用来比喻蝴蝶的翅膀。"蝶翻金粉双飞"的意思是说，蝴蝶的翅膀轻轻扇动，翅膀上的粉屑也随风轻扬。连蝴蝶双飞，也要用"金粉"来比喻，真是富贵到了极致。

但李煜是为了炫富吗？当然不是！他从来用不着刻意地炫富，更重要的是，此时的他，哪里还有炫富的心情！他这样用词，一方面是富贵的惯性使然——他习惯了这种生活方式和表达方式；另一方面，这首词的气象越是富贵，越能够反衬出他即将丧失富贵的极度恐慌与焦虑。尤其是，这种富贵的根基是国主的身份。其实最能体现他的帝王气质的还不是金粉、金泥这样的富贵词儿，而是"樱桃落尽春归去"和"子规啼月小楼西"这两句。为什么这么说呢？

3

理解这两句词的重点在于"樱桃"和"子规"。这是我们生活中常见的两种动植物，然而在古典诗词中却都有非同一般的象征寓意。

樱桃这里是指樱桃花，樱桃落尽象征春天的逝去，点明了这首词伤春的主题。但你有没有发现，其实古代诗人表达暮春时节更为常见的意象是海棠、梨花等植物，樱桃花相对来说用得比较少。为什么李煜偏偏劈头就用"樱桃落尽"呢？

这是因为樱桃还有着天子身份的象征。

樱桃因为常为莺鸟含食，故原名含桃、莺桃，到汉代才称为樱桃。从周代开始，天子就将樱桃作为佳肴美味用于祭祀宗庙的仪式之上，这就是《礼记·月令》记载的："仲夏之月……天子乃以雏（小鸟）尝黍，羞以含桃，先荐宗庙。"汉代司马迁《史记·刘敬叔孙通列传》也记载了："方今樱桃孰（熟），可献。愿陛下出，因取樱桃献宗庙。"这里的"陛下"指的是汉惠帝。

自古以来樱桃就是天子祭祀宗庙所用的尊贵之物，因此，李煜说"樱桃落尽"应该暗含了对宗庙难保的深深忧虑。

"樱桃"在李煜的词中出现并不止这一次，在李煜前半期的词作中，"樱桃"也出现过。例如《一斛珠》中的"一曲清歌，暂引樱桃破"。这里的"樱桃"是比喻美女的嘴唇娇小红润如同樱桃，"樱桃破"就是指歌女张开小嘴唱起了一首醉人的清歌。像这样的词，和《花间集》里那些恣意描写歌女娇媚情态的词几乎没有什么差别。美女、歌舞、恣意的情爱与淡淡的相思，这几乎是李煜前期词作中的主要内容。

子规也是跟帝王有关的一种鸟儿。子规是杜鹃鸟的别称。传说古蜀国的君主杜宇因国家灭亡，死后魂魄化为子规鸟，终日在故国周围栖止悲鸣，尤其是在夜晚那种鸣叫声听起来尤其凄切沉痛，直至它的啼血染红了漫山遍野的杜鹃花，也就是俗称的映山红。因此子规、杜鹃在古典诗词中往往带有悲凉的意味，像李白的"蜀国曾闻子规鸟，宣城还见杜鹃花。一叫一回肠一断，三春三月忆三巴"（《宣城见杜鹃花》），还有李商隐的"望帝春心托杜鹃"（《锦瑟》）化用的都是这个典故。

既然樱桃落尽和子规夜啼都和帝王的典故相关，我们不难联想到李煜这首词里蕴含的深沉的忧国之思。作为江南国主，他到底在忧虑什么呢？

当然是忧虑江南国的命运了。

关于李煜这首词的创作背景，有一个公认的说法：它写于金陵被围期间！宋代蔡絛《西清诗话》记载了这样一个故事：

南唐后主围城中作长短句，词还没写完，金陵城破，当时写的就是这首《临江仙》。而且蔡絛还亲眼见过李煜的手稿。要知道，李煜的书法可是天下一绝，他独创的"金错刀"体独步一时，是收藏家趋之若鹜的珍宝。可是蔡絛见到的《临江仙》手稿却是"点染晦昧"，意思就是字迹模糊，凌乱潦草。这说明什么呢？说明李煜在写这首词的时候"心方危窘，不在书耳"，心里很害怕很慌乱，心思根本就没有办法专注在作品上。

心方危窘，那是完全可以想象的——十几万大军团团包围金陵城，李煜又怎么可能还像以前那样从容优雅地尽情挥洒他的文艺才华，轻松愉快地哼着他最爱的流行歌曲呢！难怪，后人对这首词纷纷评价为"亡国之音"，"凄凉怨慕""宛转可怜"，读之令人伤心。因此，这首词在李煜词集中是非常独特的存在，它既不像李煜此前的词那么富贵风流，也不像李煜亡国之后被囚于宋朝时的词那么悲痛欲绝，但它又同时兼有了这两种特点。

可以看出来，李煜既想努力保持镇定，还像以前那样通过填词、书法这样的艺术创作，来缓解焦虑恐惧的情绪。可是显然，这样的努力成效并不大，不仅书写的字迹显示出他内心的仓皇，词作本身也不再像以往那样充满欢悦的情趣。

上阕樱桃落尽、子规啼月等描写已经隐约流露出对国运危殆的惶恐情绪，下阕更是进一步突出了词人茫然无助的孤独感："门巷寂寥人去后，望残烟草低迷。炉香闲袅凤凰儿。空持罗带，回首恨依依。"

他的身边、他的眼前不再是金碧辉煌的宫殿楼阁，也不再有娇媚艳丽的歌儿舞女，而是"门巷寂寥"，一片空旷荒寂。一眼望去，是残破的暮春景象，杂草蔓延，烟雾笼罩，面目模糊，不再有芳草萋萋的美好春光。"炉香闲袅凤凰儿"，这一句貌似还挣扎着有点富贵气象。因为这一句意味着词从前面写室外的景色移到了室内，词的主人公也终于登场了。虽然这位主人公并没有正面亮相，她的情绪却呼之欲出：香炉里静静地燃着昂贵的熏香，精美的丝织品上绘着凤凰的图样，这些显示出女主人的高贵身份与气质，但此时这位美丽而高贵的女子却有说不尽的凄凉落寞。"空持罗带，回首恨依依"，一个"空"字，一个"恨"字，看上去是爱情的失落，实际上却是李煜借着描写宫廷女子的失落，在宣泄自己人生如梦的空寂感和对家国破落强烈的不舍、不甘却又无能为力的满腔幽恨。

这首《临江仙》的"亡国之思"还只是在若隐若现之间：主观上李煜拼命想掩饰，但真实的情景还是泄露了他内心的秘密——看上去只是写了一次普通的夜景，但这样凄凉漫长的夜早已不是李煜熟悉的笙歌燕舞、灯火通明的那些夜晚。现在想来，以前那些夜晚真的是"当时只道是寻常"啊！

但在这首词之后，李煜的每一首词都是浓烈的"亡国之音"的悲伤情调了，"问君能有几多愁，恰似一江春水向东流""流水落花春去也，天上人间""自是人生长恨水长东"这样绝望的恨就是铺天盖地、毫不掩饰的了！

4

那么，在李煜人生的下半场，还能不能偶尔再"享受"像上半场那样的富贵风流呢？

也不能说完全不可以，但他只剩一个途径重回那富丽堂皇的宫殿，重见那些温柔美貌的宫娥，重新唱出那些浪漫悠闲的流行歌曲了。

这个唯一的途径就是——梦！

亡国之后，李煜被囚禁于宋朝京城。他依然在写、在唱，只不过，这个时候他写的歌，几乎无一例外是在梦里重回他的江山，享受梦中片刻的欢愉，以及承受梦醒之后无边无际的漫长煎熬。你看他后期的词有多少梦里贪欢，又有多少梦醒难堪啊："故国梦重归，觉来双泪垂。"（《子夜歌》）"多少恨，昨夜梦魂中。还似旧时游上苑，车如流水马如龙。花月正春风。"（《望江南》）"梦里不知身是客，一晌贪欢。"（《浪淘沙令》）"雁来音讯无凭，路遥归梦难成。"（《清平乐》）"世事漫随流水，算来梦里浮生。"（《乌夜啼》）……

《临江仙》既标志着李煜的人生转折，从富贵风流的上半场转到沉痛绝望的下半场，还标志着词的发展进入了一个新的阶段。什么阶段呢？王国维的一句话可以看作这个问题的最佳答案："词至李后主而眼界始大，感慨遂深，遂变伶工之词而为士大夫之词。"（《人间词话》）这句话至少有两层意思。

第一层意思，王国维将词史分成两个阶段，这两个阶段是以李煜为分界线的。李煜的主要贡献是"变伶工之词而为士大夫之词"，什么是伶工之词？就是乐工歌女演唱的流行歌曲，是用来休闲娱乐的。什么是士大夫之词？就是文人士大夫用来抒发身世感怀的诗歌，是用来言志抒情的。在中国传统的文学观念中，言志之诗才是诗歌的正道，休闲娱乐的文字是登不得大雅之堂的。这就意味着，从李煜开始，词在中国文学史上的地位有了第一次实质上的提升。李煜是文人词第一次转变的标志性词人。

第二层意思，李煜将流行歌曲变成言志之诗。他具体让词的内容和风格发生了怎样的变化呢？王国维的评价是八个字"眼界始大，感慨遂深"。通俗点说，就是内容更丰富了，情感更深沉了。流行歌曲和言志之诗的功能不一样。流行歌曲的功能主要是让人放松娱乐，所以流行歌曲无论是创作还是演唱都会主动迎合观众的审美趣味。而那个时候流行歌曲的消费者主要是男性，演唱者主要是女性，因此歌曲的内容大多是女性的容貌和女性在日常生活尤其是爱情中的种种情态，题材比较单一，风格倾向于艳丽，情绪偏于柔美。这也是第一部文人词集，或者说第一部文人创作的流行歌曲总集——《花间集》最突出的特色。

王兆鹏曾这样评价花间词人和《花间集》：温庭筠和整个花间词人的词世界，既是女性的王国，也是一个纯情的世界，一个被消解了时空、远离了现实的"真空"世界。这里仿佛是一个精心设计的 T 型时装舞台，只有靓丽女性美的展示；又仿佛是一个选美比赛的现场，各色佳人尽展其才华与气质，尽显其心态与情感。台下聚集着无数的男性看客，有的压抑着欲望，有的毫不掩饰其冲动……这个世界，多姿多彩的女性与单一狭窄的情感世界构成一道独特的风景。（《唐宋诗词考论》）除了韦庄算是花间词人中的一个例外，整部《花间集》呈现出来的大致就是这样一种审美趣味。

但言志之诗就不同了。那是诗人发自肺腑的真情流露，是诗人自己在人生经历中体验到的种种况味。无论是时代的风云突变，还是个人命运的起伏跌宕，都是诗情激荡的灵感源泉。这样的作品无疑时代性和诗人的个性都更加鲜明突出，题材更为广阔，感情也更加深挚。李煜将流行歌曲变成言志之诗，那词在文人心目中的地位也就不同于此前流连光景的流行歌曲了。

我们经常听到一种说法叫作"岁月如歌"，如果人生也可以比作一首歌的话，那么李煜这首歌前半部分的旋律总体是欢快愉悦的，后半部分则凄凉沉痛。通常一首歌的情绪变化不会前后反差这么大，但李煜显然身不由己——他自己就是一流的音乐家，谱曲填词都是高手，但偏偏没能写好自己人生的这首歌。

因为这首"歌"的作者，有时候并不是他自己，而是他无法掌控的命运。这首《临江仙》的作者，就一半是李煜自己，一半是命运。

"樱花落尽""子规啼月","空持罗带，回首恨依依"，这声繁华落尽的叹息，从此彻底关闭了李煜富贵风流的前半生，拉开了后半生无限哀伤的序幕。

如果这首词真是宋军围城之际的作品，那我们可能要问了：当李煜惶恐地在城中唱着忧伤的歌曲的时候，城外的宋军又怎么样了呢？

历史早就告诉了我们答案：就在破城前夕，宋军主将曹彬忽然对外宣称生病了，不能正常主事。手下的将领们都来探望他，曹彬说："我的病不是药物能够治疗的，唯一可以治好我的病的方法，是你们一起发誓：以克城之日，不妄杀一人，那我的病就自然好了。"将领们一听，还能说什么！于是一起焚香发誓。第二天，曹彬病就好了。第三天，金陵城陷落。李煜带领他的臣下一百多人出降，曹彬以"宾礼"接待了他，还让李煜入宫收拾行装，而曹彬只带了几个人在宫门外等待。左右悄悄问曹彬："李煜一旦回了宫，万一自杀怎么办？"曹彬笑着说："李煜素来优柔寡断，现在既然已经投降，绝对不会再自杀的。"也多亏了曹彬，李煜君臣的性命才得以保全。

金陵城破，李煜肉袒出降，他没有以死殉国，但那个神采飞扬、潇洒风流的富贵君主却从此消失不见了。

世上再也没有江南国主，只有一个日夕以泪洗面的亡国之君李煜。然而正是这个他人生中的至暗时刻，成就了他一代词帝的"辉煌"。

可以说，以《临江仙》的创作为界，此前的李煜，最多是一个非常专业的流行音乐制作人，他是用艺术才华来写歌；此后的李煜，则是一个用生命来唱歌的灵魂歌手。一不小心，他就将流行歌曲唱成了命运的传奇，并且从此开启了宋代词用真情实感书写和演唱自己的情感历程的序幕。

或许也正是这个原因，李煜虽然最终丢失了自己的国家，却成了公认的词中之帝，成了王国维心目中变"伶工之词"为"士大夫之词"的"第一人"。

乐坛天王的地位不可撼动

1

如果说，由南唐入宋的李煜开启了宋代流行歌坛的序幕，那么，真正唱响宋代的第一代巨星有三个人。这三个人年纪差不多，创作的流行歌曲识别度都很高，个性特色比较明显，各自有自己庞大的粉丝群。

这三个人按年龄顺序排，由大到小就是柳永、张先、晏殊。柳永略长几岁，张先比晏殊大一岁，三个人基本可以说是同龄人。

论粉丝团大小，柳永一骑绝尘；论地位以及对精英文人的影响力，则其他人难望晏殊之项背。柳永稳居流行歌坛天王的位置，晏殊强势主盟精英文坛。在柳永与晏殊这"两座高山"的"夹缝"中，张先的地位似乎有些尴尬。但实际上，与晏殊、柳永相比，张先不仅以其独特的地域优势独步江南，更以其长寿将自己在词坛的影响力生生地比晏殊、柳永拉长了二十多年，直接影响了第二代巨星苏轼的横空出世。所以这三位巨星拼综合实力的话，还真的很难比出个冠亚季军。

按照年龄顺序，这一讲我们先讲年龄最大、粉丝团最庞大、影响力最广泛，但同时争议也最大的北宋初年歌坛天王柳永。

先跟大家讲几个小故事，看看为什么我说这位歌坛天王是粉丝团最为庞大但同时也是争议最大的词人。

有一句话直到现在还被广泛引用以证明柳永的影响力："凡有井水饮处，即能歌柳词。"（《避暑录话》）什么意思呢？只要有人住的地方就一定能听到人们在唱柳永写的歌，哪怕是西北边疆也不例外。这句话是从西夏回朝的一位官员说的，这说明在北宋的时候，柳永的词就已经传到了很远的地方，在西夏、朝鲜等地方都有疯狂崇拜他的"歌迷"。

北宋末年，有一位叫作刘季高的侍郎，在一场饭局上和大家闲聊起流行歌曲。一聊流行歌曲必然绕不开巨星柳永啊，但刘季高显然很看不起柳永，拼命诋毁他，旁若无人。正在他唾沫横飞的时候，有一位老人家实在听不下去了，默默地起身拿了纸和笔过来，放在刘季高面前，说道："先生既然看不上柳永的词，那么，能否请您自己写一首给我们看看呢？"刘季高一下子被噎得说不出话来。他这才醒悟：柳永的粉丝群有多么庞大！在任何公开场合要批评柳永，那一定要小心再小心，一不留神就有可能自取其辱啊！

《宋人轶事汇编》还记载了这样一个故事：邢州开元寺里有个法号法明的和尚，为人放荡不羁，有点像济公和尚那样，不忌酒肉。他每次喝到酩酊大醉的时候就一个劲儿地循环"播放"柳永的"专辑"，几十年如一日，所以大家都把他看成"风和尚"。一天，"风和尚"突然对庙里的其他和尚说："我明天就要圆寂了，你们都不要出门哈，看看我是怎么往升极乐世界的。"和尚们以为他又在说疯话，都笑话他："你又在痴人说梦吧！"

第二天一早，法明和尚穿戴整齐，把和尚们都召集到一起，说："我走啦。走之前最后给你们留下一首诗吧。"和尚们不知他葫芦里卖的什么药，都竖起耳朵听，只听法明和尚大声吟唱道："平生醉里颠蹶，醉里却有分别。今宵酒醒何处，杨柳岸晓风残月。"吟唱完便盘腿而坐，从容圆寂了。

看来，这个众人眼里疯疯癫癫的"风和尚"其实是一个大智者，同时也是柳永的铁杆粉丝。而"风和尚"留在这个世界上的最后两句诗，就是柳永代表作《雨霖铃》中最经典的名句："今宵酒醒何处，杨柳岸晓风残月。"

这两个小故事似乎可以说明一个问题：柳永的词或许会被一些自诩为精英知识分子的人看不起，可是论群众基础，却没有人比得上柳永。

被柳永的词倾倒的可不止"风和尚"一个人，还有一个更有名的小故事。比柳永晚一辈的词坛"新秀"苏轼，其实也是非常"嫉妒"柳永的影响力的。

苏轼对自己的词自我感觉是相当良好的。有一天，苏轼问他的一位幕僚，这位幕僚也是"歌厅"里的"麦霸"，歌唱得特别好。苏轼就问他："你倒说说看，我和柳永比起来，到底谁的词写得更好？"

领导问得这么直接，属下很为难啊！领导是喜欢听好话，还是喜欢听真话呢？说好话吧，可以哄得领导开心，可是自己违心；说真话吧，自己是安心了，可是会让领导扎心。领导不开心，下属又怎么可能真正放心呢！

好在啊，这么棘手的难题，也难不倒苏轼的幕僚。他略一思索，就这么回答了领导："柳永的词嘛，比较适合十七八岁的小女孩，手持红牙板，唱一唱温柔旖旎的小曲儿，像'今宵酒醒何处，杨柳岸晓风残月'之类；但学士您的词啊，那得要威猛雄壮的关西大汉，操着铁板铜琶，豪迈高歌'大江东去，浪淘尽，千古风流人物'啊！"

幕僚这种回答是大大的狡猾！不过，苏轼是多聪明的人啊，当然听得出来下属心里的这点小九九。这个手下啊，表面上说的是苏轼和柳永的词各有千秋，一个气势豪迈，一个情致婉约。但事实上，北宋流行歌坛有一个非常重要的特点：那是一个女性歌手的天下，男歌手的歌根本没人听！苏轼的"大江东去"虽然雄壮豪迈，但真不适合女歌手去演唱。所以这位幕僚看上去在表扬领导的词写得大气，言外之意却是：苏学士，您的歌只好您自娱自乐唱一下算了，打进流行乐坛去踢馆的事儿，您想都不要想，没人愿意唱您写的歌。要想在娱乐圈里混，您这辈子都别想超过柳永！

这就是柳永那个时代歌坛的真实情况。当然，这样残酷的真相，倒并不会让苏轼真的有多难堪。因为苏轼一世文坛豪杰，虽然不甘心承认自己的词没柳永写得好，但流行歌曲毕竟是"小道"，是娱乐休闲的玩意儿，他又怎么可能在意自己在娱乐圈里的排名呢！所以听了幕僚这番回答，苏轼也就大笑了之：娱乐圈老大的位置，就拱手让给柳永吧，我也懒得和他争了。

2

那么，柳永为什么能成为流行歌坛的天王，拥有最广泛的粉丝群体呢？我们就以前两个故事都提到的柳永的这首代表作为例，来说明柳永的词为什么那么受欢迎。

> 寒蝉凄切。对长亭晚，骤雨初歇。都门帐饮无绪，留恋处、兰舟催发。执手相看泪眼，竟无语凝噎。念去去、千里烟波，暮霭沉沉楚天阔。　　多情自古伤离别。更那堪、冷落清秋节。今宵酒醒何处，杨柳岸、晓风残月。此去经年，应是良辰好景虚设。便纵有、千种风情，更与何人说。

这首《雨霖铃》写的内容很简单，用一句话来概括：一对恋人在秋天里的离别。

你可能会觉得，这么简单？恋人、离别、秋天，这不是诗歌的永恒主题吗？柳永这首词又能有什么特别？

的确，题材很常见，但表现形式却很特别。这恰恰特别符合歌曲广泛流行的基本要素。首先，爱情永远是最受消费者欢迎的主题。无论哪朝哪代的流行歌曲，爱情歌曲一定是占据绝对优势的，因为人人都爱听，人人又都能听懂。其次，在人人都能听懂的歌曲里如果能翻出一些别的歌曲里没有的新意，那就能横扫千军，让大街小巷的高音喇叭都唱起来了！

这首《雨霖铃》的表达方式的新意体现在什么地方呢？我个人觉得，这首词有这么几大吸引眼球的特点：

第一，一扫此前的爱情歌曲大多聚焦女主人公的套路，这首词出人意料地将离别的视角主要放在了男主人公身上。爱情原本就是两个人的事，离别也是两个人的事，可是以前的爱情词，以晚唐五代的《花间集》为代表，基本是以女性口吻来写，或者主要描写女性，男性形象基本上是缺席的。李煜虽然已经开始抒写自己的身世怀抱，但毕竟亡国之君的经历不具备共性。人们读他的词会同情他的命运，欣赏词的美，但平凡男女的悲欢离合在李煜的词里还是罕见的。而柳永爱情词的男女主人公，就是世俗中的普通男女，他们之间的离别也是寻常恋人之间的离别：男主人公为了生计要四处奔波，天涯羁旅、四海为家（其实哪儿都不是家）的孤独与茫然，是大多数人都能体会得到甚至自己就正在经历的，所以特别能引起更多人的共鸣。

第二，既然柳永将抒情的重点放在了男主人公身上，那么，跟传统的爱情离别词相比，就注定了这首词描写离别的境界会更加开阔——如果都跟《花间集》一样，主要从女性的角度来写，那留守女性的视野必然局限于狭小的闺房或者至多是庭园，千篇一律，多少有些单调，就算偶尔想象一下外面的世界，境界也极其有限。但男人要行走四方，他的视线所及就是更加壮阔的山水自然，外面的世界那么精彩，境界一下子开阔了许多，内容丰富了许多。这首《雨霖铃》的上阕就给我们描绘了这样一幅既悲伤又开阔的离别场景。

首先，离别的地点是长亭，场景开阔。古代的道路上每十里一长亭，五里一短亭，是供行人暂时歇脚的地方，显然，也是离城市中心相对比较远的地方了。在象征着离别和远行的长亭里，回头看寄托着词人人生理想的京城——都门就是都城汴京的城门，都门之内是繁华的极致，却也是他理想失落的地方；往前看则是苍茫辽阔的江河湖海，世界那么大，却不知道哪里是他的容身之处。"念去去、千里烟波，暮霭沉沉楚天阔"，这一去天遥水阔，远行的"兰舟"终究会消失在黄昏弥漫的云雾之中，徒留长亭边送行人孤独伫立的身影。

其次，离别的双方情感完全平等地在同一频道上。以往的爱情歌曲写离别，通常都是尽情渲染男子远行之后，女子如何以泪洗面，仿佛离别和相思就是女子一个人的事，和男人没多大关系。但你看柳永的词，却是"换你心为我心"的同频共振："执手相看泪眼，竟无语凝噎"。"执手""相看"，这两个词用得多么绝妙。不是一个人凝视着另一个人远去的背影独自伤怀，而是我舍不得你，你也舍不得我，是两个人的心心相印、依依不舍啊！这不比那些单写女子相思的词更能打动人吗?！

还有一个词也是无与伦比的妙："无语凝噎"！泪眼相看，无语凝噎，这真是伤感到极致之后的至情至性之语。真正的伤心，或许并不是捶胸顿足、呼天抢地、嚎啕痛哭、喋喋不休，而只是泪眼蒙眬地彼此凝视，明明心里有千言万语想要倾诉，但所有的话都挤在喉咙眼里，最终，一个字也挤不出来。那才是真正的极致的伤心！

所以，上阕写秋天离别的场景，景象开阔，情绪饱满。

按照这类主题歌曲的惯例，离别之后往往就是女主人公独自回到闺房，独守空床，独对妆台，独自远望千帆过尽，独自陷入无尽的孤独相思了。可是，这首《雨霖铃》的下阕完全不写女主人公，而一直将镜头牢牢锁定那位独自远行的男子。离开恋人后的他，过得怎么样呢？

"多情自古伤离别，更那堪、冷落清秋节。"下阕开头先是泛写。对，离别之情自古就有，并非我所独有；寒秋时节自古堪悲，也并非唯我独悲。既然悲秋与离别之情都非我独有，那属于我的独特感触又在哪里呢？

在这里："今宵酒醒何处，杨柳岸、晓风残月。"

这几句词就是柳永的妙笔独创了，柳永也因此赢得了"晓风残月柳三变"的雅号（柳永原名柳三变）。甚至直到清朝，朝鲜人夸谁的词写得好的时候，还会用柳永来做比较："谁料晓风残月后，而今重见柳屯田。"（柳永做过屯田员外郎）意思是说，没想到在柳永写了"晓风残月"这样的千古名句之后，还有人能够写得像他一样好。

这几句词好在哪里呢？

好在以设想"今宵酒醒何处"的问句激起情绪和悬念，而以"杨柳岸晓风残月"的实景作为回答,一虚一实之间,又遥遥呼应了上阕写离别之时"都门帐饮"的意脉。离别时的酒意还没消散,执手相看泪眼的场景还历历在目,"兰舟"已经漂向何处那不重要——没有了恋人的陪伴,无论漂到哪里他都不关心了。残月将落,晓风瑟瑟,杨柳依依,所有的良辰美景都只不过是衬托他的孤独与凄凉罢了。和相爱的人在一起,最普通的风景都是最美的风景,和相爱的人分离,最美最绮丽的风景也变成了最单调乏味的千篇一律。"此去经年,应是良辰好景虚设。便纵有、千种风情,更与何人说",结尾再一次呼应上阕的"执手相看泪眼,竟无语凝噎"。在一起的时候可以执手相看,永不相厌;不在一起的时候,所有的良辰好景都只是虚设而已。

旅游不在乎看的是什么风景,在乎的是谁和你一起看风景。

这或许就是我们读《雨霖铃》领略到的真意?

看来,一千年前的柳永已经说出了一千年后的人想说的话。

3

总结一下,这首《雨霖铃》表达恋人之间的离别,跟传统的爱情离别词最大的两点不同:一是将男主人公羁旅行役看到的风景和感受融为一体(男主人公其实就是词人自己),从男性的视角来看，场景更为开阔，情感更为真诚。男人写男人自己，毕竟比男人隔着一层去揣摩女人的心思要更直接更真实得多。二是柳永将女性的"单相思"转化成了同一精神层面的双方彼此牵念，这正不是当代人爱情观中最看重的一点吗？

《雨霖铃》这样将羁旅行役和彼此相思融为一体的表现形式，在柳永的笔下并非个例，而是一种常态。比如说，连苏轼都夸奖过的《八声甘州》，也呈现出这样的格局：

> 对潇潇暮雨洒江天，一番洗清秋。渐霜风凄紧，关河冷落，残照当楼。是处红衰翠减，苒苒物华休。惟有长江水，无语东流。　　不忍登高临远，望故乡渺邈，归思难收。叹年来踪迹，何事苦淹留。想佳人、妆楼颙望，误几回、天际识归舟。争知我，倚栏杆处，正恁凝愁。

这首词的表现手法可以说和《雨霖铃》如出一辙。上阕写游子天涯羁旅看到的风景，虽然壮美，却难以排遣孤独，是典型的悲秋情绪。下阕写恋人之间的相思，依然是从相爱的双方来写，绝对不限于女性一方。留守的女子是"妆楼颙望，误几回、天际识归舟"，站在楼上遥遥眺望来来往往的船，希望从停靠岸边的那艘船上走下来的，是自己日思夜想的恋人。远行的游子则是"登高临远，望故乡渺邈，归思难收""倚栏杆处，正恁凝愁"，他也正在楼上远远地眺望故乡的方向，任由浓烈的乡愁向自己排山倒海般席卷而来……

你看，这首《八声甘州》是不是和《雨霖铃》异曲同工呢？同样是羁旅行役，同样非常开阔的自然境界，以及恋人双方的相思交织。要知道，这首《八声甘州》可是连苏轼都忍不住要佩服的，苏轼说过这样的话：别人都说柳永的词太俗，但是他的《八声甘州》里，像"霜风凄紧，关河冷落，残照当楼"这样的句子，真是"不减唐人高处"。这样的词，就是混在唐代的诗歌里，也绝对算得上是上佳之作啊！

当然，写景时境界的开阔能获得精英知识分子的广泛认同，但爱情中平等的表达却没这么好的运气了。我们现在很欣赏柳永这种相对平等的爱情观，可在当时，这类表达方式却并不受主流知识分子的待见，甚至还成为柳永事业道路上的巨大障碍。有一个很著名的小故事就能说明这一点。

柳永仕途不得志，为了给自己多创造一点机会，他去拜见了一代贤相晏殊。他之所以去拜见晏殊，大约有两个主要原因：第一个原因是晏殊也是有名的大词人，柳永可能觉得同样热爱流行歌曲的人应该很容易惺惺相惜，很快找到共同语言。第二个原因是晏殊在当时的确就是闻名的慧眼识人的伯乐，他主政的时候相继发现、提拔了范仲淹、欧阳修等一代名臣、一代文豪。柳永当然也希望他能够赏识自己的才华。

于是柳永就信心满满去求见晏殊了。晏殊当然早就听说过柳永的大名——毕竟娱乐界天王的名头早就是响当当的了。可是晏殊见到柳永之后，第一句话就是问他："贤俊你也作曲子吗？"

这话不是明知故问嘛！谁不知道柳永是顶尖的音乐制作人呢！上至仁宗皇帝，下至西北边疆，都知道柳永的大名。既然晏殊明明知道柳永是著名词人还问他是不是写词，那他的言外之意就只有两种可能了：要么是嫉妒柳永的名气，要么是不满柳永的作品。

柳永也是个聪明人，当然听得出晏殊话外有话。于是他很小心翼翼地回答了一句："我的确偶尔也写写歌，不过我写歌，跟相公您也偶尔写写歌，意思是一样的啊！"

不得不说，柳永这个回答相当聪明、相当得体。但晏殊紧接着反驳了一句："我虽然偶尔也写歌，但我不像你，写什么'彩线慵拈伴伊坐'这样的句子。"

柳永一听，这次干谒铁定没戏了！晏殊根本就看不起他！因为晏殊的话压根儿就是一种讽刺。为什么这么说呢？晏殊引用了柳永词中的一句"彩线慵拈伴伊坐"，其实原词是"针线闲拈伴伊坐"（柳永《定风波》），不过意思倒也差不多。就是女生对男生说：我就想拿着我的针线活儿，挨在你身边陪你坐着，你读你的书，我缝我的衣，你再也不要四处奔波去求什么功名，我再也不用独守空房寂寞到老。我们俩就这样平平淡淡守着过一辈子可好？

你看，猜到为什么晏殊不喜欢柳永了吧？虽然他俩都写歌词，可是柳永写的啥？沉溺于爱情连事业都可以不要了，哪还有什么男子汉大丈夫的凌云壮志！难怪晏殊看不起他！柳永早年考进士落榜之后，写过一首《鹤冲天》词，其中也有发牢骚的两句:"忍把浮名,换了浅斟低唱。"他说,功名的追求不过是浮名而已,还不如在流行歌坛混得风生水起、游刃有余呢!

这样看来,晏殊写歌的确是工作之余偶尔的休闲放松,绝对不会影响他的事业。而柳永呢,功名屡屡受挫之后,他就干脆将创作流行歌曲当成一份实实在在的事业来做了,他写歌从某种程度上说已是职业意义上的了。

4

那么,流行歌曲制作人这个职业身份柳永到底做得怎么样呢?又怎么证明他实实在在当得起流行乐坛天王的这个称号呢?

首先,我们从职业素质来看,柳永无论是音乐素养还是文学才华都堪称"天选"音乐人。他精通音律,可以自己谱曲,自己填词,他填的词内容适合大众消费者的口味,语言通俗易懂,唱起来也婉转动听。其次,从流行歌坛的从业人员包括乐工、歌手的美誉度来看,柳永也是职业领域中最受欢迎的词人。

根据宋代人记载,当时流行乐坛的乐工也好,歌手也好,每次有了新的曲子,一定要想方设法打听到柳永的行踪,希望能够求到他原创的歌词。尤其是歌手们,更是疯狂地追逐着柳永,因为只要是演唱柳永写的新词,"一经品题,声价十倍"。

歌手们为了让自己的"出场费"水涨船高，都争先恐后要成为柳永作品的原唱歌手。别人写歌只是为了自娱自乐，柳永写歌却是能够挣钱糊口的，从这个意义上来说，柳永也是当之无愧的职业音乐人吧！

因唱柳永的歌而成名的歌手不计其数，以至于柳永去世之后，每年清明节，歌手们都会成群结队去给柳永扫墓，在他墓前唱他写的歌，这种一年一度的春季"露天演唱会"被美名为"吊柳会"。

试想，又有哪一位音乐人还能获得像他这样的待遇呢！

柳永在官场上的失意，却在歌坛上全都赢了回来，这何尝不是另一种意义上的事业成功呢！

如果说李煜的"亡国之音"只是宋词璀璨亮相之前的序曲，他的主要贡献是用自己的生命传奇，将娱乐的流行歌曲无意间变成了抒发个人真情的性灵文字，那么在宋代词坛上真正带来全新面貌的专业词人，还得属柳永。柳永对宋词发展的创新性贡献主要有三点。

其一，以"杨柳岸晓风残月"为代表，将羁旅行役和爱情相思结合在一起，扩大了词的境界，丰富了词的内容。而此前以温庭筠为代表的花间词，主要场景基本聚焦在女性闺房，词的题材以女性容貌或女性情绪为主，境界和题材都比较狭小。

其二，此前的花间词和以李煜为代表的南唐词，以篇幅短小的小令为主，而柳永大力发展了长调慢词，在他的集子中字数超过 100 字的词占多数。长调慢词容量更大，旋律变化也更丰富。

其三，柳永的词语言通俗，甚至不避俚语俗语，还擅长人物的语言、动作甚至心理描写，在抒情为主的词坛上大大发展了词的故事性，因而他的歌词受众群体更为庞大，上至精英知识分子，下至市井百姓都能听懂。尤其是老百姓，听他的歌，觉得既亲切又好听，难怪他的词能唱遍大江南北，稳坐流行乐坛天王的位置不可撼动了。

用柳永自己的词来形容，那就是："才子词人，自是白衣卿相"！李煜本是词中之帝，可是属于他的那一幕已经"翻篇"了。现在是柳永以一介"白衣"登顶词坛"卿相"的时候了。

既然北宋词坛一开局就由柳永坐上了天王的位置，那么有没有词人不断向他发起挑战，并且取而代之呢？下一讲我们再来揭晓答案。

情歌里有最优雅的人生哲学

1

在宋代发展的多种文体中，例如诗、词、散文、赋等等，唯有词最能代表宋代最典型的文学特质和审美思潮，因而词被誉为宋代"一代之文学"。而宋词在宋代的第一个高潮是由三个代表人物掀起的：一个是独步民间的乐坛天王柳永，一个是在精英知识阶层领袖群英的文坛盟主晏殊，一个是唱响江南的长寿歌神张先。

有意思的是，如果把李煜看作是宋词的序幕，那么柳永、晏殊、张先几乎同时登台亮相就是宋词的第一幕大戏。只是，这个序幕到第一幕之间隔的时间有点长：李煜在投降宋朝后的第三年（也就是公元 978 年）去世，等到柳永、晏殊、张先三人真正让流行乐坛"火"起来，已经是几十年以后了，这中间流行乐坛有着几十年相对的沉寂。为什么会有这几十年的沉寂呢？主要原因不难猜到。北宋初年宋太祖、宋太宗立国不久，主要精力放在统一与稳定上；经过数十年的休养生息，到了真宗尤其是仁宗的时候，宋朝到达了政治、经济的巅峰时期，城市文明与市民文化也发展到了前所未有的高度。富有、安宁的太平盛世，自然为伴随着休闲娱乐而生的流行音乐提供了温润的土壤。

首先在流行乐坛唱出盛世之音的代表性词人，非晏殊莫属。

有两个故事，最能说明晏殊，而且只有晏殊，才能真正唱出盛世繁华的歌曲。这两个故事，一个发生在晏殊进入仕途的早期，另一个则是发生在他功成名就以后。

我们先来看第一个故事。

这个故事发生在大中祥符八年（1015），这一年晏殊二十五岁，在朝廷任著作佐郎、集贤校理，他写了一篇《皇子冠礼赋》，得到了宋真宗的夸奖。同时，宋真宗还狠狠地夸了一下晏殊的人品和学问。皇帝说："这个晏殊啊，别看他出身一般，他没有什么后台，完全靠个人实力打拼到现在这个地位，他的勤奋、自律是一般人比不上的。那么多名门世族器重他，想把女儿嫁给他，他都'坚拒之'，完全不为所动啊。你们别以为我不知道，近些年京城举行大型宴饮娱乐活动，按规定京官是不能参加的，但有同事邀他一起去。他不动心，关上房门，安安心心和弟弟晏颖一起读书写文章。"

同样的故事，沈括的《梦溪笔谈》也记载过。当时朝臣们参与这些大型娱乐活动连朝廷都不能严厉禁止，皇帝都默许了，毕竟天下太平、国库充盈嘛，开开晚会烘托一下盛世太平有什么不可以呢！可是晏殊当时还年轻，他又不是高官的后代或者富二代，别人都去歌舞升平，只有他闭门不出，这也为弟弟们树立了一个艰苦朴素、勤奋读书的好榜样。

这件事发生以后没过多久，朝廷为东宫太子选拔属官，皇帝御批了晏殊进入东宫。这个消息一传出来，连执政官都觉得奇怪，第二天就去请示皇帝了。真宗说："晏殊这么谨厚的人，最合适东宫为官了。"

晏殊被提拔为太子属官后又被皇帝亲自召见，皇帝问他为什么可以这么自律，丝毫不受周围环境的影响。晏殊非常老实地回答："臣并不是不喜欢聚会，只是因为家里太穷了，没能力置办宴席、准备礼物。要是臣有钱，臣也会和大家一起该聚聚、该玩玩。"真宗一听，不但没有生气，反而很欣慰：这个晏殊，真是一点都不撒谎啊，这样诚实的人，又如此有才，难道不是辅佐太子、辅佐未来皇帝的股肱栋梁嘛！真宗更加信任他、赏识他。这也为晏殊后来在仁宗朝一路做到宰相、位极人臣奠定了基础。

这个故事还从侧面说明了宋词传播的一个重要特点：那时欣赏流行歌曲不像现在这样几乎不用花什么成本——你可以不去歌厅消费，手机下载一个软件就可以尽情听歌唱歌。在宋代，欣赏流行歌曲主要有三个渠道：要么去专门的娱乐场所消费；要么参加豪门贵族的私人宴会；最厉害的呢，是索性把自己变成豪门贵族，自己蓄养小型乐队和歌舞演员，随时可以欣赏到最新的音乐。

晏殊回应宋真宗的这段话其实也反映了他与宋词关系转变的过程：刚刚进入仕途的他，的确还不够有钱，所以没有资本享受流行音乐带来的精神享受；可是积累了若干年之后，他终于实现了财务自由，成功地把自己变成了豪门贵族，自家有专业乐队，他和流行歌曲之间就建立起了亲密关系。

当然，晏殊虽然通过自己的奋斗实现了财务自由，但他终生保持了节俭的好习惯，"虽少富贵，奉养若寒士"。他从来不讲究什么山珍海味的排场，吃得很简单，所以他不像有些大富大贵者那样早早地就大腹便便，而是一直保持着"清瘦如削"的身材。可见自律的人，自律是体现在生活、工作的方方面面的，这也是晏殊成功的法宝之一。

那么，有人可能要问了：节俭自律的生活，又怎么能跟盛世之音的流行歌曲挂上钩呢？

别急，我们再来看第二个有关晏殊的小故事。

作为当朝重臣，文坛盟主，而且一度贵为宰相，晏殊府上宾客盈门是免不了的，而晏殊自己也是一个极为好客、朋友圈极为庞大的人。有客人来怎么办？总不能让客人和主人一样，半个煎饼卷大葱就对付一顿吧？这也难不倒晏殊，他的府上从来不预先准备酒席，但只要有客人来访，晏殊都热情留饭，每人面前先放一个空盘子、空杯子，这真有点像我们普通老百姓留客常说的一句话："吃了饭再走吧！一点都不麻烦，添一副碗筷而已！"

饭菜可以不预先准备，但晏殊府上有小型私家乐队，主人一边陪客人聊天，乐队一边演奏柔和的背景音乐，一边点心菜肴慢慢就端上来了。然而这些都还不是这顿饭最有魅力的地方。所有到晏府做过客的人都知道，真正的"大菜"是在吃完饭之后。这个时候晏殊会让小乐队退下："你们的才艺已经展示过了，现在该轮到我们了。"他让家人呈上笔墨纸砚，"相与赋诗"，这就到了宴席最让人期待也最让人紧张的环节了。

最让人期待是因为晏殊是当时文坛盟主，歌词也写得一流，谁不想第一时间欣赏到晏公的最新作品呢！

最让人紧张当然是因为晏殊写了诗填了词，客人肯定也要即席唱和一番。而且，在这样的文人雅集中填写的歌词，往往被乐工歌手们争相演唱，高下立见，总不能写得太差丢人现眼吧！

这样的聚会，在晏殊府上是"率以为常"，就相当于别人的家常便饭一样。如果不是盛世繁华，太平宰相，晏殊的业余爱好又怎么能发挥得如此淋漓尽致呢！

可以推测，晏殊的许多词作就是诞生于这样的文人雅集之中或者之后。那么，晏殊的词又如何能够被公认为盛世之音呢？他的盛世之音又有着怎样的特点呢？我们不妨一起来欣赏这首晏殊的代表词作：《浣溪沙》。顺带说一下，《浣溪沙》也是晏殊最喜欢用的词调之一。

> 一向年光有限身。等闲离别易销魂。酒筵歌席莫辞频。　满目山河空念远，落花风雨更伤春。不如怜取眼前人。

这首词可以说符合了到晏殊这个时期为止，词这种文体的所有特质。词从唐朝起源，经历了五代和南唐的发展，到北宋已经具备了三大基本特质：以休闲娱乐为主要目的，以女性化的柔美为主要抒情风格，题材集中于爱情中的离别相思、幽怨哀伤。

其实这三点除了女性化这个特点以外，其他两点倒是跟当代的流行歌曲很相似。只不过，在宋代，男人本来是不大好意思谈情说爱的，更不会承认自己爱谁爱得死去活来，但是唱流行歌曲的时候就不一样了——就好比你去歌厅唱歌，抱着麦克风深情倾诉的时候，谁会去追究你唱的是自己的爱情，还是别人的爱情呢？

晏殊的词，就恪守了词的这三大基本特质。而且词始终只是晏殊的业余爱好，他从来就没有将心思认真花在填词唱曲儿上，是一个将工作和休闲分得很清楚的人，绝对不会将两者混为一谈。所以，晏殊的词，乍一看，并没有刻意的所谓创新。这首《浣溪沙》就是这样，"酒筵歌席莫辞频"，说明这首词和晏殊的大多数歌词一样，都是酒筵歌席休闲娱乐的产物；"不如怜取眼前人"，虽然没有明说"眼前人"是谁，但结合晏殊以及同时代的流行词作来看，这个"眼前人"当然是指眼下正陪在你身边的爱人。

3

休闲、爱情、柔美，宋词的这三大基本特质，晏殊一样都没少。完全可以这么说，晏殊的词，表面上看，是非常"得体"的流行歌词。

但，你仔细品，仔细品就会发现，晏殊毕竟是晏殊，是不一样的流行音乐人啊！怎么个不一样呢？

最大的不一样是，别人词中女性化的爱情描写往往显得一往情深、痴情无悔，可是晏殊词中的爱情显得更为理性、更为洒脱，不是爱到痴绝的那种，而是拿得起、放得下的那种。显然，这和晏殊一贯自律的性格很有关系。

你看，他第一句就写"一向年光有限身"，一向就是一会儿的意思，第一句就是那种看上去平淡实则让人如醍醐灌顶般警醒的写法：你以为生命会像长河一样永远奔流不息吗？不！我提醒你，生命是有限的！生命是短暂的！生命是转瞬即逝的！生命不像你以为的那样是可以朝朝暮暮、春夏秋冬永远轮回的。

提醒了这一点有什么意义呢？当然有！"一向年光有限身。等闲离别易销魂。"所谓的短暂、有限、转瞬即逝这样的时间意识都是在比较参照中感觉出来的，参照的对象就是——离别。离别的时间有短有长，可是当我们清醒地意识到生命短暂的时候，就会尤其觉得离别的岁月太过漫长、太难承受。离别本是人生常态，是"等闲"的，是平平常常的，因为太平常可能就会让人不当一回事，可当你醒悟到生命并没有那么长可以让你去等待、去浪费，你就会莫名地觉得无比悲伤。"易销魂"啊！销魂，就是悲伤到灵魂都要离开身体的程度。南朝才子江淹在《别赋》中写道："黯然销魂者，唯别而已矣。"人的一生会经历很多很多的事情，但所有的经历中，只有离别让人悲伤到极致！

据说医学上将身体能够感知的疼痛细分为 10 个等级，最低的一等就相当于蚊子叮一下，最高的十等相当于产妇分娩感受到的疼痛。而在文学的概念里，精神能够感知到的最高级别的痛苦是离别带来的，是属于"黯然销魂"级别的，所以屈原也曾深深感叹过："悲莫悲兮生别离"！

如果人是可以永生的，那么一般的离别确实"等闲"。可是，没有永生！

在短暂有限的生命里却又要频繁经历令人销魂的离别，难道人的情绪就只能永远沉浸在痛苦中不能自拔吗？

有的人会。比如李煜，所以李煜的词会说"自是人生长恨水长东"；柳永也会，所以柳永的词会说"此去经年，应是良辰好景虚设，便纵有千种风情，更与何人说"！

但晏殊不会。晏殊和他们不一样，晏殊没有李煜那样沉痛的经历，也不像柳永那样落魄，他绝对不是那种沉溺在极端情绪中不能自拔的人，他的自律让他形成了一种情绪的本能，那就是：发乎情，止乎"理"——理，不是理学的理，是理性的理。情是一种本能，但晏殊的所有感情都被他约束在理性之中，从而他的词显示出一种平和温润的气质。所以，当他意识到生命短暂因而为离别感到悲伤的时候，他很快就找到了一种缓解悲伤的渠道——酒筵歌席莫辞频。与其一个人独自沉溺在悲伤的情绪中，徒然耗费宝贵的光阴，不如和志趣相投的好朋友聚一聚，唱唱歌，填填词吧！

你是不是也有过这样的体验呢？孤独的时候、伤心的时候，如果有几位知己好友陪在你身边，去郊外踏踏青，去网红餐厅打打卡，或者在 KTV 里吼两嗓子发泄一下，是不是会觉得好受一些呢？

用欢聚来冲淡孤独和感伤，用唱歌来疏导压抑的情绪……总之，用你最喜欢的方式去缓解工作的紧张和压力，去化解生活中这样那样的不如意，无疑是一种非常积极的生活态度。

当然，也可能有人会觉得，晏殊这种"酒筵歌席莫辞频"难道不是今朝有酒今朝醉的消极心态吗？

当然不是！请千万注意，我反复强调了一点，词是休闲娱乐的产物，是工作之余缓解压力的一种非常有效的手段，跟我们今天听流行歌曲、唱流行歌曲是一样的。而晏殊正是一个将工作和娱乐分得特别清楚的人——他之所以看不起柳永，就是因为柳永过于沉浸在娱乐之中，将正常的工作生活与娱乐休闲混为一谈了。

当然，我个人以为，站在晏殊当时的立场，他看不起柳永是可以理解的。试想，有哪位干实事的领导，会喜欢一个天天泡在酒吧歌厅里的下属呢？但，站在我们现在的角度再回顾这段历史，我们又会庆幸晏殊没有提拔柳永。因为那样的话，宋代很可能会多一个碌碌无为的官员，却少了一个在词史上熠熠生辉的天王巨星。这就好比我们现在会严厉批评一个沉溺于电子游戏的年轻人，可是也有年轻人成了电竞领域的世界冠军，从业余爱好者玩成了顶级职业选手——柳永就是这类从业余爱好者玩成了顶尖职业选手的人。只是对绝大多数人而言，过度沉溺于电游是一个浪费光阴、损耗身体健康的不良嗜好。

其实宋词的发展历程也有点类似。宋词在当时不过就是用以消遣娱乐的流行歌曲，谁能料到流行歌曲后来也能"逆袭"成为宋代"一代之文学"呢！

4

那么，我们又怎么能够证明晏殊是一个将工作和娱乐区分得很清楚的人呢？

我们不妨来看看晏殊作为一位太平宰相，他在政坛上的表现到底如何。

首先，晏殊被公认是慧眼识珠的伯乐。他一手选拔和提拔了一批又一批青年俊才，为推动宋仁宗时期政治、文化走向高峰贡献了重要力量。举个例子，著名的庆历变法的领袖人物范仲淹就是晏殊亲手提拔起来的。

天圣五年（1027），三十七岁的晏殊知应天府（今河南商丘），范仲淹正丁母忧，于是晏殊专门聘请范仲淹去应天府书院执掌教席。范仲淹这样一位学问渊博的大儒君子，对天下学子有着巨大的号召力和影响力，他任教应天府书院以后，"四方从学者辐辏。其后宋人以文学有声名于场屋朝廷者，多其所教也"。（司马光《涑水记闻》）四面八方的青年学子闻讯赶来，宋仁宗朝人才济济跟这一次的书院大兴教育有着直接的关系。

重视教学，重视师资，这样一件看上去很普通的事情，在宋代历史上却是有着关键转折意义的一个政治举措。"自五代以来，天下学校废，兴学自殊始。"（《宋史》）什么意思呢？自晚唐五代以来，社会动乱，战争频繁，学校大多被废弃，而由于晏殊大力提倡，宋代教育、书院文化开始进入实质性飞跃发展阶段！

这一点太了不起了！文化强国该怎么做？教育必须先行啊！教育是强国的根基之一。晏殊显然是具有远见卓识的，他没有满足于自己的少年早贵：七岁就以神童闻名于世，十五岁中进士，二十岁的时候已经官至从六品，后来更是官至宰相（枢密使、参知政事、同中书门下平章事），是除了皇帝以外的最高军事、政治首脑。军政大权集于一身的晏殊并没有"酒筵歌席莫辞频"、沉溺于今朝有酒今朝醉的娱乐生活当中，而是一生致力于为国家培养、储备、选拔最优秀的人才。范仲淹就是其中的佼佼者。

天圣六年（1028），晏殊从应天府被召回京，同年他就举荐了丁忧结束的范仲淹为秘阁校理，入朝为官。

康定元年（1040），西夏李元昊悍然进攻延州（今延安），宋、西夏军在三川口一战，宋军元气大伤，主将被俘，李元昊更添得寸进尺之心。在国家边防危难之际，晏殊举荐了韩琦安抚陕西，又建议朝廷任命范仲淹为陕西经略安抚副使兼知延州。正是得益于朝廷用人得当，在"天下弊于兵"的危难之际，晏殊"数建利害，请罢监军，无以阵图授诸将，使得应敌为攻守，及制财用为出入之要，皆有法"（欧阳修《观文殿大学士行兵部尚书西京留守赠司空兼侍中晏公神道碑铭》）。大意就是说，晏殊建议朝廷解除对边将的种种监管与约束，清理节约宫中财物以资边防军饷之用，让边防的军事统帅能够根据敌军形势随机应变，采取最有效的制敌策略。"天子悉为施行"，皇帝一一采纳了晏殊的建议。韩琦、范仲淹等在边防效力，晏殊成为他们在朝中的坚强后盾，这才保证了边防的安宁。

范仲淹虽然比晏殊还大两岁，中进士却比晏殊要晚十年。因为晏殊对范仲淹有知遇之恩，他们彼此之间的情谊持续了一生，范仲淹终生以弟子之礼师事晏殊，即便后来范仲淹自己也位至副宰相，他给晏殊的书信依然落款自称"门生"。

庆历八年（1048），五十八岁的晏殊知陈州（今河南淮阳），范仲淹还曾专程到陈州看望恩师，并且"特留欢饮数日"（《范文正公言行拾遗事录》）。这样亦师亦友的情谊，难道不值得他们在漫长离别之后痛痛快快畅饮高歌一番吗！这样的"酒筵歌席莫辞频"的"欢饮数日"，不正是一段政坛和文坛的佳话吗！

在晏殊起起落落的仕宦生涯中，他一手提拔起来的国家栋梁之才可不止范仲淹一人！天圣八年（1030），晏殊知礼部贡举，又用他的一双慧眼在众多考生中选拔了欧阳修为第一名！

宋庠、宋祁兄弟俩及第时，时任翰林学士的晏殊亲为编排等第，因而他们也算是晏殊门生，兄弟俩平时作文"必手抄寄公恳求雕润"(《宋朝事实类苑》)。宋庠更是将晏老师词作中的金句抄写在书斋墙壁上，例如晏殊最著名的词句"无可奈何花落去，似曾相识燕归来"等等，不仅自己时常诵读，而且还告诫后辈：晏公已经写出了这样不可超越的句子，你们以后就不要再东施效颦啦。宋庠后来也做到了宰相的位置。另外一位北宋著名的宰相王安石也曾得到过晏殊的赏识提拔。

5

这样一群北宋政坛领袖、文坛精英，大多出于晏殊门下，作为盛世宰相，晏殊虽然貌似没干过惊天动地的大事情，但谁说做一个慧眼识英才并且知人善任的伯乐就不是宰相应该做的最重要的事情呢！

这样看来，爱唱歌、爱填词、爱聚会的晏殊，绝对不是一个玩物丧志、颓废堕落的官员，他只是善于调节生活节奏、善于抒发情感而已。所以，他才能如此理性地化"一向年光有限身"的生命短暂之悲为"酒筵歌席莫辞频"的从容休闲之乐！表面看上去，晏殊"未尝一日不燕饮"(《避暑录话》)、"日以饮酒赋诗为乐"(《石林诗话》)，府上经常宾客盈门、歌舞不断，但其实他是"虽处富贵如寒士，樽酒相对，欢如也"(欧阳修《观文殿大学士行兵部尚书西京留守赠司空兼侍中晏公神道碑铭》)。宴席并不奢华，就是一些简单的酒菜，他们也觉得很开心。因为，最美味的"下酒菜"，就是他和朋友们亲手创作的新歌啦。

因此，晏殊词中的"酒筵歌席莫辞频"与其说是一种工作之余的休闲常态，还不如说是晏殊奉行的一种人生哲学。具体来说，这种人生哲学就是词下阕所说的："满目山河空念远，落花风雨更伤春。不如怜取眼前人。"

"满目山河空念远"这一句从上阕的时光感慨延伸到了空间意识，视野陡然变得宏大开阔起来。"念远"是呼应上阕的"离别"，自从你与我分别之后，不知道此刻的你正漂流在哪一处遥远的山河呢？"空念远"中的一个"空"字，表明了我对你的牵挂就像辽阔而苍茫的山河一样，没有尽头，也不知能够停留在何处。在漫长无尽的徒劳的思念中，又一个落花风雨的春天即将逝去。"更伤春"又呼应了上阕的"一向年光"，因为生命有限，所以才会对每一个落花风雨的春天倍加珍惜，而珍惜每一个春天最直截了当的方式就是——不如怜取眼前人。

伤春怀远，只能让人徒增悲苦，那还不如好好珍惜眼前的人呢！要知道，与眼前的人又岂能时时相聚、朝朝暮暮？为什么要等到此刻的眼前人也成为他日的远方人，再来后悔当初没有好好珍惜她呢？

"不如怜取眼前人"，这就是晏殊从时空意识中提炼出来的人生哲学：时间的流逝、空间的遥远，都是你无法把握的；你能够把握的只有当下，只有眼前盛开的花，只有身边陪伴的人。

停留在过去的伤感，或者徒劳地焦虑未来的不确定，都只能让现在变得更加脆弱、更加虚幻。

所以，珍惜眼前，努力过好现在，才是对过去最好的尊重，也是对未来最好的交代。

你看，晏殊是真的很理性吧？他写了爱情中的离别与相思，写了化解这种相思之苦的"酒筵歌席"，词句也写得和婉清新，完全符合传统词作的"得体"要求；但他又在词的传统风格中提炼出了淡而有味的人生哲理，而且这种人生哲理的表现仍然是用抒情的方式，而不是说理议论的方式，让人很容易接受，也很容易营造出一种言有尽而意无穷的艺术效果。

宋词中真正能够深入人心甚至成为经典的作品，一定会拒绝虚情假意，拒绝道貌岸然，拒绝空洞说教，但不会拒绝，也不能拒绝像晏殊这样温润清丽的人生哲学。

在晏殊这里，爱情是一种哲学，哲学也可以抒情。

或许，身在盛世、身居高位，又身处富贵之中，才能造就像晏殊这样理性平和的性格气质。在整个宋代，必须有一个，也最终只有一个晏殊，将情歌优雅地唱出了悠远的哲理意味。

一辈子最重要的事情
就是收了一个好学生

1

在宋初流行乐坛上，张先绝对是一个独一无二的存在：他的存在感似乎没有晏殊、柳永、苏轼那么强，但又似乎比其他所有的词人都更重要。之所以说张先的存在感似乎没有那么强，是因为他的词跟巨星们相比，创新性没那么突出，不像他们那样容易吸引眼球。而且张先的身份地位也是不上不下，不那么引人注目：他既不像晏殊、欧阳修、苏轼那样身居高位，万众瞩目，取得仕途的巨大成功，无论在政坛还是文坛都是振臂一呼应者云集；但他也不至于像柳永那么落魄。张先不但不落魄，好像还过得很潇洒。总之，无论是他的政治身份，还是在词坛的地位，都有点不高不低，没有光芒万丈，也没有低到尘埃；容易被人遗忘，但又绝对不应该被人遗忘。

而我说张先又似乎比其他词人"都更重要"还真不是夸大其词。因为，张先有几大特点是其他词人望尘莫及的，他创造了好几个词坛之"最"，而且这几个"最"在后来不断被模仿，却又很难被超越。

首先，张先是宋初词坛上创造金句最多的词人。所以我要送他一顶帽子，而且这顶帽子只能送给他，别人恐怕还配不上，那就是"金句大王"。你可以背不出几首完整的张先的词，但你肯定记得他的很多很多金句。就像我们平时唱歌一样，是不是有很多歌，我们可以随口哼出副歌那几句，却常常背不出全部的歌词？

张先也是这样，他的词往往是副歌最精彩，金句无数。关键是，拜倒在他这些金句下的超级粉丝包括了晏殊、欧阳修、宋祁、苏轼等一众词坛大咖。所以呢，我讲其他词人的时候，会比较完整地分析他们的某一首或者某几首经典代表作，但讲张先呢，说实话，我只想讲他那些一串一串像珍珠一样闪闪发亮的金句。我先说几个小故事，大家就能对张先"金句大王"这顶帽子心服口服了。

第一个故事发生在欧阳修和张先之间。说来也巧，欧阳修和张先是同年进士。天圣八年（1030），四十一岁的张先考中进士。这一年，晏殊知礼部贡举，是张先的座主。所以，比张先还小一岁的晏殊反过来成了张先的恩师。也在同一年，欧阳修参加礼部贡举，被主考官晏殊选拔为第一名。此时，欧阳修才二十四岁，张先比他年长十七岁。欧阳修是张先金句不折不扣的小迷弟。那么，欧阳修迷的是张先的哪几句呢？

张先七十二岁的时候曾来到都城汴京（今开封），专程去欧阳修府上拜访。可就是这样一个已经退休、无官无职的老人，门房刚刚通报上他的名号，欧阳修一听，"倒屣迎之"，激动得连鞋子都来不及穿好，倒穿着鞋子就飞奔出去迎接他，一边跑还一边嚷嚷着："您就是'桃杏嫁东风郎中'啊！"

欧阳修痴迷的正是张先《一丛花令》中的金句："沉恨细思，不如桃杏，犹解嫁东风。"这几句词到底有多好，让大文豪欧阳修都念念不忘呢？

这几句词妙就妙在它把本来无情的草木变得比人更懂感情、更珍惜感情了。桃花杏花在春天开放原本只是自然规律，张先偏偏独出心裁，说她们是把握了最好的时机，在她们最美好的年华嫁对了如意郎君——东风。而有情有意的人呢，却还不如桃花杏花，只能独守空闺，白白地错过了一个又一个百花盛开、东风送暖的春天。

这样天才般的奇思妙想是不是令人拍案叫绝？将有情之人与无情之花进行比较，无情之花尚且有了好的归宿，有情之人又情何以堪啊！

第二个故事，发生在张先和宋祁之间。张先来到汴京的时候，当时的工部尚书宋祁听说慕名已久的大词人到了京城，第一时间就赶去拜见他。宋祁的官职可是远在张先之上，但他依然恭恭敬敬地派人事先去通报说："咱们的尚书想要拜见'云破月来花弄影'郎中，不知郎中可否接见他呢？"

张先在屏风后听到通报，立刻大声答应道："是不是那位'红杏枝头春意闹'尚书啊？"一边喊一边赶紧迎了出来。这两位文坛巨匠的手终于紧紧握在了一起。

"云破月来花弄影"是张先的又一句金句。古人很喜欢将诗人词人的金句拎出来，再加上官职或者身份送回给作者作为雅号。例如柳永被称为"晓风残月柳屯田"，宋祁被称为"红杏尚书"。张先的"云破月来花弄影"就这样成了他纵横词坛的一张名片。

那么，"云破月来花弄影"又妙在哪里呢？

妙就妙在这个动词"弄"上。月色、微云、花影，原本描写的是夜色的幽静，但偏偏被张先写出了活泼的动感美。就好像花儿是一个走上 T 台的时装模特儿，云啊月啊，都是氛围组的工作人员，属于灯光道具舞美等工种。当花儿走上舞台的时候，舞美灯光就配合她做出各种炫目的变化；月色就好比一束追光，冲破云层，直接聚焦在那朵最美的花儿身上，衬托着花儿秀出风情万种的姿态。"花弄影"啊！这朵花儿就像舞台中央那位 360 度无死角的大美女，无论你从哪个角度去欣赏她，无论她流露出怎样的神情和姿态，一个微微皱眉，一个不经意的回眸，一个袅袅的转身，一个轻轻的撩发动作……都会让你深深沉醉。

这样的金句不仅宋祁为之痴狂，连那位眼光挑剔的国学大师王国维也佩服得五体投地。王国维在《人间词话》里说："'云破月来花弄影'，着一'弄'字，而境界全出矣。"要知道，在王国维这里，有"境界"就是对词的最高评价了。

就连张先自己，也对这句词爱不释口，他还专门为此修建了一个亭子，取名为"花月亭"。可见，张先也是个超级自恋的人儿呀！

第三个故事，发生在苏轼与张先之间。你是不是有点好奇，苏轼又会是张先哪句金句的小迷弟呢？

首先说明一下，苏轼比张先小了 47 岁，彻底是两代人了。苏轼是熙宁四年（1071）到杭州任通判时认识张先的，这一年苏轼三十五岁，而张先已经八十二岁啦！张先的大名，苏轼当然是如雷贯耳的。要知道，欧阳修是苏轼的恩师，连恩师都佩服的人，苏轼怎么可能会不佩服呢？苏轼后来回忆和张先的交往时说："我官于杭，始获拥彗。"拥彗的本义是手拿扫帚，清扫道路，表达的是对造访者的尊敬。八十二岁的张先身体还好得很，家里养着乐工歌女，不仅耳聪目明，还能带着小迷弟苏轼畅游西湖，更让人惊掉下巴的是，他还能教苏轼怎么填词！

对，你没听错，苏轼学填词的老师是张先！

我们现在都认为苏轼是全能型文人，诗词文赋样样都是顶尖级的。的确，对于二十一岁就高中头名进士的苏轼来说，诗文赋出类拔萃是理所应当的，但对于休闲娱乐的流行歌曲，他压根儿就没上过心。直到他三十五岁来到杭州，结识了张先，他才像突然开了窍似的迷上了填词，横空出世，成为词坛最亮的一颗新星。

换一种更严谨的表述来说：在苏轼的词集里，第一首可以准确编年的词应该是从杭州时期开始的，杭州时期也是苏轼词创作的第一次高潮。而且，苏轼早期的几首词，明显带有模仿张先的痕迹。比如，熙宁六年（1073），三十七岁的苏轼出游时写过一首《行香子》词，最后几句是："但远山长，云山乱，晓山青。"这几句很显然带着张先金句的影子。那么张先的原句是怎么写的呢？

原来，张先也写过一首《行香子》词，最后几句是："奈心中事，眼中泪，意中人。"

是不是觉得这两首词结尾的句法惊人相似？苏轼模仿张先是不是可以实锤？

要知道，张先这几句词早已是名扬天下的金句了，张先甚至还因为这三句词得到了一个雅号——"张三中"："心中事，眼中泪，意中人。"而苏轼的"远山长，云山乱，晓山青"却不能被人雅称为"苏三山"。为什么？模仿的痕迹太明显嘛，自然就没有张先的原句那么让人惊艳了啊！

其实除了"张三中"这个雅号，张先还有一个更广为人知的雅号——张三影，因为他有三句带"影"字的金句。其中一句是前面提到过的"云破月来花弄影"，另外两句是"娇柔懒起，帘压卷花影"和"柳径无人，堕飞絮无影"。"张三影"的雅号据说是张先自己起的，因为这三句带"影"的金句，是张先本人十分得意的。但张先的金句实在太多，所以，虽然他自命"三影"，可是有人说张先写的带"影"字的金句可不止这三句，还有一句"中庭月色正清明，无数杨花过无影"，合起来应该称为"张四影"。而我呢，其实还很喜欢张先的另外一句"影"："那堪更被明月，隔墙送过秋千影。"那么，是不是应该称他为"张五影"呢？

话说回来，虽然苏轼并没有明确拜张先为老师——本来嘛，流行歌曲就是写一写好玩，唱一唱取乐，谁还认真去拜个老师呢！但张先的确可以算是苏轼在填词道路上的一个引路人，只不过，以苏轼的天纵英才，在师傅领进门之后，很快就自成一体，并且以新晋词坛巨星的身份，青出于蓝而胜于蓝了。

你看，连欧阳修、宋祁、苏轼这样的政坛、文坛大人物，都成了张先的小迷弟，可见金句大王的魅力了吧？

金句多的确是好事，容易被人记住嘛，但有时候也不一定是好事，因为金句太耀眼，容易让人忽略全篇。后来李清照就批评过张先，她说张先"虽时时有妙语，而破碎何足名家"，看来，李清照认为张先的毛病是"有句无篇"，算不上顶尖大家。

李清照的这个评价，我不反对，但我要强调一下：在李清照眼里，除了她自己，根本就没有十全十美的词人！

2

张先创下的第二个"最"：他是最长寿的著名词人。八十九岁高龄，对于词坛意味着什么呢？意味着张先既能够在年轻的时候开风气之先，很早就写出最流行、最正宗的小词；同时又有足够的时间去体验人生，反思人生，并且将他的人生阅历充分地体现在词中，让他在最传统的小词中融入个性，推陈出新，最终自成一体。所以，张先的词，既能像柳永的词一样，广为流行，但同时也能在精英文人圈中畅通无阻。这就是柳永望尘莫及的了。

也就是说，张先的词，是雅俗共赏的！

我们之前讲过，宋代流行乐坛的第一幕大戏是由三大主角唱响的，精英词坛以晏殊主盟，大众乐坛柳永封王，而行踪主要在江南的张先则同时在精英词坛与大众乐坛两界"通杀"。这也是我特别佩服张先的地方。

换言之，晏殊和柳永的流行都是有一定局限的。柳永的词虽然最流行，但他入不了精英文人的法眼。晏殊、苏轼等都很熟悉柳永的词，却看不起他的俗艳，后来连李清照都批评柳永的作品"词语尘下"，还是嫌他俗。而晏殊这些精英文人的词呢，似乎又过于高雅，一般是在小众的朋友圈里传唱，在大众层面的流行程度根本不能望柳永之项背。

只有张先，在大众乐坛和柳永堪称平分秋色，就像同时代词人苏轼和晁补之承认的那样："子野与耆卿齐名"（《诗人玉屑》引），"以歌词闻于天下"（苏轼《书游垂虹亭》）。子野是张先的字，耆卿是柳永的字。

在精英词坛，张先也是万千宠爱在一身啊！欧阳修、宋祁、苏轼都是他成功圈粉的铁证。即便是眼高于顶的晏殊，同样对这个自己亲手选拔出来的学生青眼有加。

皇祐二年（1050），晏殊知永兴军（今陕西西安）的时候，还特地聘请了张先为通判，这一年，张先都已经六十一岁了。西安任职的这段时间里，在晏殊频繁举行的家庭宴会中，演唱的往往是张先写的歌词。甚至晏殊自己的词集《珠玉集》，序言都是由张先写的，这也是宋代词人词集中最早的一篇序。

关于晏殊与张先的交往，还有一个有趣的小故事。

也是在西安的时候，晏殊的家庭乐队里有一位特别多才多艺的女歌手，深得晏殊赏识，平时聚会这位女歌手也很爱唱张先写的歌。但晏殊的夫人不太喜欢这位女歌手，晏殊只好遣走了她。

可是，写写歌词听听歌是晏殊最大的业余爱好啊，如今遣走了最喜欢的歌手，听歌的时候就总觉得若有所失，再也没有往日的那种快乐了，晏殊因此一度情绪颇为消沉。作为下属兼好朋友的张先自然是看在眼里疼在心里，可是上司的家事他又不好粗暴干涉，那怎么办呢？

张先想了一个好办法。他写了一首词，词的最后有这样几句："望极蓝桥，但暮云千里。几重山，几重水。"（《碧牡丹》）这首词完全是以女歌手的口气来写的。"蓝桥"在古典诗词里是一个非常凄美的意象。蓝桥本在陕西蓝田县东南边的蓝溪之上，相传蓝桥之侧曾是仙女居住的地方。唐代裴铏《传奇》一书记载：古代有一个秀才叫裴航，他在途经蓝桥驿的时候，因为口渴向一位老妇人讨水喝。老妇人让自己的女儿云英给裴航端来一碗琼浆。裴航对云英一见钟情，便向老妇人提出想求娶云英。老妇人对裴航说："想娶我的女儿可以，但我这里有一些神仙给的灵药，一定要用玉杵臼来捣才行。如果你能帮我找到玉杵臼，我就将女儿许配给你。"裴航四处寻访，历尽千辛万苦终于找来了玉杵臼，并且帮老妇人捣药百日，制成灵药，娶得云英为妻，最后夫妻一起得道成仙。

因为这个故事，缘定蓝桥就成为古典诗词中常用的典故，痴男怨女对"蓝桥"的向往，实际上便是对神仙眷侣的殷殷渴望。张先词中这位女子也是如此，她多么渴望能够在"蓝桥"遇到那位与她缘定三生的人。可是极目望去，只有重重山水阻隔，云深不知处，哪里才是只属于她的"蓝桥"呢？

张先真不愧为词中高手，一阕小令，将女子的柔肠百结刻画得丝丝入骨。这首词的词牌名为《碧牡丹》，张先还给这首词加了一个词题——"晏同叔出姬"。同叔是晏殊的字。据说晏殊在听完张先的这首《碧牡丹》以后，恍然大悟，感慨道：世间本已有太多的阴差阳错，人生苦短，又何必这样苦苦折磨自己、折磨一个苦命的人呢！于是晏殊立即命人赎回了此前被赶出家门的歌手。

一首小词，竟然改变了一个人的命运。或许对于词人张先来说，他只是感同身受地表达了对一位卑微歌女的同情。也就是说，在这首词里，张先其实是在"换位思考"。殊不知，正是这样的"换位思考"才能引起真诚的同情，并且蕴含着动人的力量。

"换位思考"，是词的一个重要特质，而且通常是指男性词人站在女性的角度来思考，抒情风格也呈现出独特的女性韵味，我们也把这种写法叫作"男子而作闺音"。这是宋词的一个重要特点：男性词人揣摩着女性的心态和情绪来填词，这样更适合女歌手在演唱的时候融入自己的理解和体会，演唱起来也更为和谐动人。在这一点上，张先是颇得宋词之真谛的。

说到这里呢，我还是想和大家完整地分享一首张先的词，这是我个人特别喜欢的一首词《千秋岁》，注意哦，这首词里同样有流传千古的金句：

> 数声鶗鴂，又报芳菲歇。惜春更选残红折，雨轻风色暴，梅子青时节。永丰柳，无人尽日花飞雪。　莫把幺弦拨，怨极弦能说。天不老，情难绝，心似双丝网，中有千千结。夜过也，东窗未白孤灯灭。

这首词也是典型的"男子而作闺音"的换位思考词。词的上阕是女性视角中春天的流逝，杜鹃的啼叫声仿佛在传递着春天流逝的消息，落花、风雨、蒙蒙飞舞的柳絮，烘托出浓郁的伤春情绪。上阕以景衬情，暮春的风景暗示着爱情的消失，下阕转入了浓烈的抒情："莫把幺弦拨，怨极弦能说。"幺弦，是琵琶上最细的那根弦，女子转轴拨弦之际，弹出来的都是最浓最深的哀怨之情。这悲情浓郁到什么程度呢？"天不老，情难绝，心似双丝网，中有千千结。"

金句来了！心似双丝网，中有千千结！这就是这首词里最有名的金句。当代还有作家用"心有千千结"作为小说名。"丝"谐音思念的"思"，爱情就是一张铺天盖地的网啊，唐代诗人李贺说"天若有情天亦老"，张先却说：天既然不会老，我对你的爱情也就永不会断绝，而且不管你对我如何，我对你的爱将一如既往、一往情深。在这张密密缝起来的情网里，我的心和你的心，是通过千千万万个结牢牢系在一起的，永远解不开，永远不能分离。

"心似双丝网，中有千千结"，也是这首词情绪的最高潮。而结句"夜过也，东窗未白孤灯灭"似乎宕开一笔，又写回了景：孤灯灭了，天快亮了，这又是一个因相思而无眠的夜。被推向高潮的情感在结尾的地方有了一个回旋，更给人余味无穷的感觉。

张先词中的情就是这样隽永、深挚而不流于艳俗。如果不是以心换心，换位思考，又如何能将女性的爱情与相思表达得如此情意缠绵又荡气回肠呢！

以这首《千秋岁》为代表，张先的词，既恪守了词缘情的当行本色，尤其是女性化抒情风格的本色，又凭漫长的创作历程推动词向"诗化"的方向发展。张先成为北宋词坛承前启后的一个关键人物。

张先如果不是足够长寿，可能还来不及对词的发展作出这么重要的贡献。更重要的是，他如果不是足够长寿，也等不及在八十二岁高龄的时候，等来此生最得意的学生——苏轼。说到这里，就要解释一下张先创下的第三个"最"了，因为张先对苏轼的影响，不仅仅体现在填词的技巧风格上，还体现在对词的态度上。

3

张先创下的第三个"最"——他是最早大量用词发朋友圈

的文人。这是什么意思呢？大家可以想想看，我们现在发朋友圈主要是发些什么内容？发朋友圈的目的又是什么？

我觉得，我们现在发朋友圈多半是两种目的吧：一是分享，二是记录。分享自己的日常点滴、情绪或者自己觉得有意思、有意义的信息，晒照片，再配几句文案发表自己的见解、感受；或者是像记日记一样记下一天发生的重要的事情，相当于一个公开的备忘录。我自己就是这样，有时候实在想不起几年前的某一天干了什么事情，就赶紧去翻翻那天的朋友圈，一看，就想起来了。

记录呢，是针对自己的，好记性不如烂笔头嘛；分享呢，是为了交流，朋友圈其实就是一个不见面的交际场。

在张先以前，古人分享和记录日常，主要是靠诗文，很少有人用词来发朋友圈。因为我们反复说过，词是流行歌曲，很少有人认真去对待它。很多词人在休闲娱乐的时候偶然即兴填一首，写完可能过后随手就扔了，有的甚至根本就没有记下来。比如说柳永，保存下来的词只有两百多首，这么有名的专业大词人，他实际创作的作品数量应该远远不止这些，只是大家都是用游戏心态来对待填词唱词，用心保存下来的就比较少了。

但张先不仅认真对待自己的词作，把它记下来，而且还要发个朋友圈配上精心构思的文案。直到现在，我们再去翻看张先的朋友圈，还能比较准确地知道，他的某一首词是在什么时候、什么地点、和什么人一起、因为什么事情而写的——换个专业一点的说法，张先是最早大量使用词题、词序的词人。这说明，他这些有词题、词序的作品，是他认为值得记录下来并且值得分享给大家的作品。

举几个例子，张先写过三首《定风波令》，每一首前面都加了简短的小序。第一首他说："次韵子瞻送元素内翰"，这是我和苏轼原韵的词，为苏轼饯行并赠给杨绘（字元素）。我们一查年谱就知道，这首词写于熙宁七年（1074）九月，苏轼即将离开杭州去密州赴知州任。离任前苏轼和张先、杨绘等人在松江垂虹亭聚会，苏轼先写了一首《定风波》送给杨绘，张先就步苏轼原韵和了一首《定风波令》，也送给杨绘。而且张先还写了第二首《定风波令·再次韵送子瞻》，紧接着又写了第三首《定风波令》，第三首配的词序更详细："霅溪席上，同会者六人：杨元素侍读，刘孝叔史部，苏子瞻、李公择二学士，陈令举贤良。"同一次聚会连写三首《定风波令》，如果不加上词序，别人还真不好判断每一首词的目的是什么。但一配上文案，你马上就能明白了：前两首虽然都是次韵苏轼的，但第一首是送给杨绘的；第二首是送给苏轼的；第三首就相当于发了个朋友圈，发了参加聚会的六个人的合影，然后还记下了这次聚会的时间地点……

类似于这样的例子还有很多，我就不一一举例了。总之，作为最早大量创作词题、词序的词人，从某种意义上来说，也证明张先没有将词仅仅作为娱乐的工具。他是一个认认真真写词的人，至少那些配了文案的词是得到了张先的充分重视的。

这一点对于词的发展至关重要。因为张先对于题序的重视对苏轼形成了良好的影响，苏轼在杭州期间就开始养成了这样的好习惯：填词的时候给词配上合适的题序。从杭州开始，苏轼的词作大多都可以确定时间、地点和背后的故事。这不仅方便了我们欣赏和研究苏轼的词，同时，也标志着词的地位在张先、苏轼这里得到了实质性的提高。他们没有把词仅仅视为"玩物"，而是将词当成自己生活的重要见证，就像我们发朋友圈记录与分享生活一样。以前文人的交流唱和主要靠书信和诗文，可是自从张先、苏轼结为词坛忘年交之后，词也成功跻身于文人交流的朋友圈了。后来苏轼的"以诗为词"，在一定程度上是受到了张先的直接影响的。这对词的发展来说，实在是一个莫大的福音。

是啊，张先这一辈子在词坛最大的成就，大概就是将苏轼引上了"以诗为词"的光明大道。而这，是不是就足够张先在北宋词坛上睥睨群雄呢？

欧阳修

盛世繁华里必须
有你热烈的歌唱

1

北宋词坛在第一代巨星即将谢幕、第二代巨星即将接棒的空档，出现了一位过渡性人物。"过渡性"这个定位有点尴尬，因为谁都想成为独一无二的存在：你可以不够卓越，但你必须不可复制。

可是，任何时代、任何领域，过渡性人物的存在似乎都是一种宿命，就像一部精彩的电影，没有配角的兢兢业业，就不可能有主角的熠熠生辉。

欧阳修在北宋词坛就是这样一个配角，他在词坛混了一辈子，却只混成了一个过渡性人物。

也难怪，从代际传承关系上来说，欧阳修是第一代巨星晏殊的门生，又是第二代巨星苏轼的恩师，他接过晏殊的接力棒又传给了苏轼。在这个接力的过程中，他跑得有点漫不经心，还时不时停下来流连一下身边的风景。所以，当北宋媒体人疯狂追逐两代巨星的时候，镜头一扫而过，欧阳修居然成了不怎么入镜的群演。

实话实说，如果他不是欧阳修，我不会在一扫而过的群演镜头中注意到他，更不会特意按下暂停键，放大画面，仔细地看看他。但放大画面后，我们才会恍然大悟，北宋词坛到底是怎样一部巨星云集的大片，居然邀请到欧阳修这样的男神，且仅仅在其中出演一个不起眼的"配角"。

所以，这一讲，我必须认真聊聊欧阳修，没有别的原因，就因为他是欧——阳——修！

是的，在那个时代，欧阳修在其他几乎所有的领域都是领袖级人物，独独在词坛，他甘当群演，甘心成为一个过渡性人物。他从来没有存心抢镜，但只要他漫不经心地随便往哪儿一站，那个地方就能放射出不一样的光芒来。

欧阳修自己甘当词坛配角，但除了他自己以外，没有任何人真的敢把他当配角看待，他的前辈晏殊不敢，他的后辈苏轼更不敢。

有个小故事可以从某个侧面说明欧阳修在北宋词坛的过渡性地位。

有一首非常有名的《蝶恋花》词，作者一度被认为是欧阳修：

> 庭院深深深几许。杨柳堆烟，帘幕无重数。玉勒雕鞍游冶处。楼高不见章台路。　　雨横风狂三月暮。门掩黄昏，无计留春住。泪眼问花花不语。乱红飞过秋千去。

这首词你可以在欧阳修的词集中看到，但它同时又被收录在南唐著名宰相词人冯延巳的《阳春集》中。这就让后人有点抓狂了：这么有名的词，到底是谁写的？无论著作权归属冯延巳还是欧阳修，在后代都有很多支持者。比如李清照就认为这首词的作者是欧阳修，她说："欧阳公作《蝶恋花》，有'深深深几许'之语，予酷爱之……"很显然，李清照是读欧阳修词集的时候读到这首词，并且认可欧阳修的著作权的。

但是，李清照再博学，也有犯错的时候啊！铁板钉钉的事实是：这首词并不是欧阳修写的，而是冯延巳的作品。

铁证是：1058 年，陈世修编订冯延巳的《阳春集》的时候，五十二岁的欧阳修仍然健在，如果他看到自己的作品居然被误收入冯延巳的词集，那他一定是会毫不犹豫地维护自己的知识产权的。然而他并没有，他没有对冯延巳的著作权提出过任何质疑。这说明，欧阳修本人已经承认这首词是冯延巳的作品。

你可能会问：那有没有可能欧阳修并没有看到陈世修编的《阳春集》呢？

我可以很负责任地告诉你：绝无可能。为什么？理由是，欧阳修是冯延巳的铁杆粉丝！他对冯延巳崇拜到了什么程度呢？他常常先抄下自己喜欢的冯延巳词，再亦步亦趋模仿偶像的作品，把自己的习作写在后面，并且反复比较冯延巳原作和自己的仿作，看看自己与偶像的差距还有多大。

这样的模仿学习成效当然是显著的，清代学者刘熙载就曾经评价过："冯延巳词，晏同叔得其俊，欧阳永叔得其深。"晏殊和欧阳修都学习过冯延巳的风格，并且都继承了冯延巳词的部分特色。

每个人在学习起步的时候，一定会有一个自己的榜样，榜样越优秀，学习效果当然会越好。

所以，以欧阳修学习冯延巳的态度，他不可能不认真研读偶像的词集。如果看到自己的作品"乱入"偶像的集子，他是一定会出来纠正的。

除了这个铁证，还有另外一个铁证。另外一位北宋诗人崔公度曾经亲眼见过冯延巳的亲笔手稿，其中就有这首《蝶恋花》词。而且崔公度在冯延巳词集后面写了一篇跋，明确提出有不少冯延巳的词作被误收入欧阳修的《六一词》中。

所以，要站出来维护《蝶恋花》知识产权的词人不是欧阳修，而应该是冯延巳。

2

不得不说，这也是过渡性人物的一种尴尬了。因为特色不够突出，维权意识不够强，欧阳修的词与其他词人的作品互相混淆的现象极为常见。不过我觉得，这不能怪别人分不清，要怪也只能怪欧阳修自己。

为啥要怪欧阳修自己呢？他对待词漫不经心，所以晚年他将平生作品自编成五十卷《居士集》的时候，居然一首词作都没有选！

这是欧阳修的自相矛盾。一方面，他认真学习偶像的词作，希望自己能写得跟偶像一样好甚至更好；另一方面，却并不认真对待自己的词作，进而导致后人的混淆。

所以，我讲欧阳修的词，就必须非常谨慎，因为我至少要保证选择的作品是公认的欧阳修的作品。这首《玉楼春》的著作权就毫无疑问，应该归属欧阳修：

> 樽前拟把归期说。未语春容先惨咽。人生自是有情痴，此恨不关风与月。　　离歌且莫翻新阕。一曲能教肠寸结。直须看尽洛城花，始共春风容易别。

这首《玉楼春》在欧阳修的词集中颇具代表性。这首词呈现出来的特质可以说是欧阳修特有的，那就是：既规规矩矩恪守着填词的传统，又时不时挥洒出欧阳修式的随性。

我们先来看欧阳修恪守传统的一面。

从内容上看，你觉得这首词写的是什么呢？是不是认为这写的一定是爱情？

恭喜你，答对了！

的确是爱情。"春容""情痴""风与月"这样的关键词都表明，在填词的时候，欧阳修是恪守了传统的：词要缘情，而且主要写男女爱情。

春容，就是女性的青春容颜。南朝的《子夜歌》中就这样写过："郎怀幽闺性，侬亦恃春容。"春容是红颜的代名词。风与月，则是指男女之间的风月情怀。

欧阳修的确写了很多爱情词，而且还写得一往情深，缠绵恻恻，例如我们熟悉的"月到柳梢头，人约黄昏后"（《生查子》），就是非常典型的爱情词。所以，欧阳修在填词方面还是挺恪守传统的。

但，仅仅恪守传统还不够资格成为过渡性人物，因为能承上还必须能启下，能继往还必须能开来，这才能叫过渡性人物。

那么，欧阳修突破传统的地方又在哪里呢？

从这首词看，体现在两个方面。

第一，他表面上在写爱情，实际上是以男女爱情的外壳包装了男人之间的友情。

第二，他抒情不仅一点都不含蓄，反而是一往无前的极致的热烈。

我们先来看他随性的第一个体现。这首词写的居然是男人之间的友情，那又是一份怎样的友情呢？

故事要追溯到欧阳修的第一份正式工作开始的地方——那就是词中提到的"洛城"，也就是洛阳。

天圣八年（1030）三月，二十四岁的欧阳修高中进士，就在这一年五月，他被任命为将仕郎、试秘书省校字郎，充西京留守推官。北宋的时候，东京是开封，西京就是洛阳，相当于陪都的地位。第二年三月，二十五岁的欧阳修来到西京洛阳，迈出了仕宦生涯的第一步。而正是在他扬帆起航的洛阳，他遇见了一群志趣相投的好朋友，其中就包括后来相知一生的至交密友——梅尧臣。

天圣九年（1031）三月三日上巳节，欧阳修和梅尧臣不约而同要去拜见共同的顶头上司——西京留守钱惟演。走到半路上的时候，两人在伊水河边不期而遇了。他俩简直是相见恨晚啊，立刻结伴同行，一边走一边聊，共同的话题一个接一个，根本就停不下来。于是梅尧臣就提议说："干脆咱们去游香山吧!"香山离伊水不远，当年白居易就在香山隐居过，还自号香山居士。欧阳修一听，骨子里的率性被激发出来了，于是满口答应："好，咱们今天就先同游香山，改日再去拜见留守大人吧。"于是，两个一见如故的人就这样来了一场说走就走的旅行，顶头上司反而被他们抛在脑后了。

当然，他俩胆敢这么任性也是有原因的——他们的上司钱惟演其实也是一个率性、风雅而且特别大度的领导，对属下这种率性不仅不严格管束，反而非常欣赏。钱惟演是五代时吴越国王钱俶的儿子，跟随父亲一起投降了宋朝，因有深厚的家学渊源，钱惟演不仅自己博学多才，还特别能够团结天下名士，他的幕府中人才济济，以至于洛阳成为一时的文坛圣地。

3

正是在洛阳，欧阳修结识了一大批名士，其中关系最亲密的是梅尧臣、尹洙等七个人，时号"七友"。以这七个人为核心的洛阳文人圈，开启了宋代文坛的新方向，欧阳修和梅尧臣还并称"欧梅"。这个是后话，我们暂时先不说。我们只来看看，在这个朋友圈里，欧阳修与他们结下了怎样亲密的友谊。

就以梅尧臣为例吧。我们现在觉得欧阳修超级厉害，是唐宋八大散文家之一，宋代的几大文学家都出自他门下：苏洵、苏轼、苏辙父子仨和曾巩。他是宋代古文运动的领袖人物，他的名篇《醉翁亭记》我们在中学就背得滚瓜烂熟。但梅尧臣和欧阳修认识的时候，梅尧臣的名气可是一点都不比欧阳修小，而且梅尧臣比欧阳修大五岁，欧阳修对这位兄长是相当佩服的。在洛阳文人圈中，梅尧臣既是才华担当，又是颜值担当；欧阳修呢，才学很棒，可是颜值却很"困难"：身体瘦弱，还高度近视。欧阳修曾经很谦虚地写过一首诗《梅主簿》，表达自己对梅尧臣高山仰止的崇拜："圣俞翘楚才，乃是东南秀。玉山高岑岑，映我觉形陋。"圣俞是梅尧臣的字，这几句诗的意思就是说，梅尧臣不仅是翘楚之才，而且他的气质风度就好比挺拔的"玉山"，这样的大帅哥往我身边一站，我简直就是自惭形秽啊！

梅尧臣在很多年之后还清晰地记得和欧阳修的第一次相遇，梅尧臣的仆人在石潭里抓了两条鳜鱼，当天就邀上欧阳修和几个好友一起回家吃鳜鱼，吃完鳜鱼大家纷纷写诗来吟咏这件事儿。梅尧臣就谦虚地说自己的诗写得一般，当晚在场的几个朋友都一致认为欧阳修的诗写得最好。

就是这样，两个互相崇拜的大文豪，在洛阳结下了相知一生的深厚友谊。欧阳修的办公地点主要在洛阳，梅尧臣工作的地方先后在河南县和河阳县，都离洛阳不远，经常会到洛阳来述职或者度假。那段时间他们携手游遍了洛阳及周边的名胜古迹，欧阳修形容这段快乐的日子时，还写过这样的词句："把酒祝东风。且共从容。垂杨紫陌洛城东。总是当时携手处，游遍芳丛。"

洛阳时期的欧阳修，跟尹洙的交往也非常密切。有一天，这群洛阳青年文人举行了一次作文比赛，欧阳修的文章超过了500字，尹洙只用了380个字。虽然字数本身不能证明文章的优劣，但古文的确要求用最简练的文字将道理说清楚就行了，多余的废话是没必要的。后来，欧阳修虚心求教，在尹洙的指点下，认真修改，文章重新写过之后比尹洙的还少了20个字。这样的切磋琢磨不仅深刻地影响了欧阳修后来倡导的古文运动，也给他的洛阳生活留下了美好的记忆。

可是，再美好的相聚也总有要离别的时候，这段快乐的时光只持续了两年，从1031年他们初次相识，到1033年，钱惟演调离了洛阳，梅尧臣去东京参加考试。景祐元年（1034），欧阳修也因为职位晋升离开了洛阳，洛阳这个一时风雅无边的文人圈就此星散。这首《玉楼春》就写于欧阳修即将离开洛阳的时候。

"樽前拟把归期说。未语春容先惨咽。"起句就是万般缠绵啊！"樽前"是好友相聚的常态，但这一次的宴席却和以往的任何一次都不相同，因为这一次，他"拟把归期说"，准备把离别的日期告诉对方了。在"说"之前，他一定是做足了心理建设的，一定是在心里预演了无数遍的，可是话到了嘴边还是没说出口，因为悲伤的情绪已经排山倒海而来，准备好的告别的话，临到最后关头他却一个字都说不出来了。你会不会觉得这样的表达和柳永的"执手相看泪眼，竟无语凝噎"有点异曲同工呢？

但欧阳修毕竟不是柳永。所以接下来两句完全就是欧阳修式的率性表达了："人生自是有情痴，此恨不关风与月。"

人生来就是痴情种啊！这种天生的痴情跟一时一地的风月一点关系都没有。既然人的痴情是与生俱来的，那就不能控制也不应该去控制它！

你看，这样的表达是不是过于率性了？

如果换了别人，这样的表达或许还可以理解；但欧阳修是谁？是"一代儒宗"啊！苏轼评论他在文学上的贡献时这样说过："论大道似韩愈，论事似陆贽，记事似司马迁，诗赋似李白。"（《宋史·欧阳修传》）这说明欧阳修无论是在儒家经学、政论、史学还是文学方面都达到了最高境界，跟历史上同领域的顶尖人物比都毫不逊色。但苏轼并没有评价欧阳修在词坛上的贡献，我觉得这主要有两个原因：一是词是小道，流行歌曲嘛，上不了台面，所以没必要正儿八经评价一番；另一个原因苏轼可能也不太好意思说，那就是欧阳修在词坛上的地位，大概也的确到不了最高境界，谁让他对填词那么漫不经心呢？

但，就因为漫不经心，欧阳修才会收起在其他领域的一本正经，将那个最率真、最热烈、最随性的欧阳修完完全全释放在词里，毫不设防，毫不掩饰！

所以词里面的欧阳修才会这么率性地说:"人生自是有情痴,此恨不关风与月!"什么是有情痴?就是痴迷于用情的人,执迷不悔啊!《世说新语》中王导评价任瞻时就用了这个词:"此是有情痴。"当时任瞻的表现是怎样的呢?是神志恍惚,异常的敏感,所以才得到了"有情痴"的评价。

4

而欧阳修虽然貌似是泛泛地说"人生自是有情痴",其实这里的"人"就是他自己,这说明,他对自己的评价就是一个"有情痴"。

就凭这一点,我就很佩服欧阳修的率真与痴情。

词是言情的没错,在欧阳修之前的词坛巨匠们也都在言情,但欧阳修和他们还是很不一样:晏殊有情,但他的情太淡;柳永有情,但他的情太泛;张先有情,但他的情太雅。欧阳修的情,是热烈而执着的,他不像晏殊那样刻意地用理性去节制情感的爆发,也不像张先那样用幽情雅韵去修饰情感,更不会像柳永那样因为要迎合大众趣味而让艳情泛滥。欧阳修词中的情,是一种率性的、毫不刻意的、全然自我的真诚流露。所以他才会说出这么极端的话来:"人生自是有情痴,此恨不关风与月。"

那么,究竟在什么样的背景下,欧阳修才会蹦出这样痴情的句子呢?

是因为和至交好友的离别,也是和自己一段美好时光的告别。这就是下阕所说的:"离歌且莫翻新阕,一曲能教肠寸结。直须看尽洛城花,始共春风容易别。"离别即将到来,离别的歌谣即将唱起,翻就是演唱、演奏的意思。在离别的聚会上,就不要再唱新写的歌曲了吧,因为离歌已经让人难以承受,如果再唱新歌、再听新歌,那就像是在悲伤的情绪上再添一层悲伤,会让"肠寸结"啊!肠寸结,形容的是离别的痛苦纠结缠绕在一起,仿佛打了千万个结一样无法排解。

你看,欧阳修的情是不是足够热烈、足够执着呢?

最后两句"直须看尽洛城花,始共春风容易别",貌似是用豪放洒脱之语去缓解万千离愁:还是别再唱离别的曲子、别再沉浸在悲伤中不能自拔了,我们应当去看看洛阳的花,再向春风潇洒地挥挥手说声再见吧!

乍一看上去,最后两句似乎没那么热烈、没那么痴情了,似乎有些洒脱豪迈的意思了。但是,这两句词中有一个字值得我们特别的注意,因为这个字告诉了我们,在面对离别的时候,欧阳修其实一点都不洒脱。

这个字就是"直须看尽洛城花"中的"尽"字。

看尽就是看遍、看完的意思。洛阳最有名的花当然是牡丹花,但这里的"洛城花"未必是特指牡丹花。具体是什么花不重要,重要的是一定要看遍洛阳所有的花,这样离别才不会有遗憾。所以,这里的"洛城花"重点不是"花",而是"洛城"，是这个城市，是他第一份正式工作开始的地方，第一个真正结交自己的朋友的城市。他对这个城市有多少的不舍啊，全都在这个"看尽"上了。

这样看来，欧阳修这首词离别的内涵真的是越转越深，从"樽前拟把归期说"，我们以为他写的是和人的离别，到"直须看尽洛城花"，我们发现他还在写和一座城市的离别，再到最后一句"始共春风容易别"，他又写到了和春天的离别——春天，不仅仅是这一个春天，那也象征他人生中的一段具有特别意义的日子。"始共春风容易别"，容易，形容的是变化之快。他还没来得及和这里的人、这座城、这个春天好好相聚，却转眼就迎来了猝不及防的离别，这份痛，叫人如何承受得起呢！

从离人的"惨咽"，到离城的"看尽"，再到离春的"容易别"，情绪不是逐渐回落，而是柔肠寸结，情绪越来越被推向高潮，越来越显示出欧阳修式的执着与热烈。

5

这样的执着和热烈在欧阳修的词中并非个例，而是随处可见。他写对妻子的追忆之情，是"今年重对芳丛处，追往事，又成空"（《少年游》）的黯然神伤；他写对朋友的送别之情，是"青门柳色随人远，望欲断时肠已断"（《玉楼春》）的沉痛不舍；他写对一座城市的眷恋，是"平生为爱西湖好，来拥朱轮。

富贵浮云，俯仰流年二十春"（《采桑子》）的痴心向往……

很显然，词中这个热烈而深情的欧阳修，跟朝堂上那个刚正不阿的欧阳修，跟政论文里那个锋芒毕露、一针见血的欧阳修，跟思想领域里那个坚守圣贤之道的儒宗欧阳修，跟诗赋里那个笔力雄赡的欧阳修，似乎都不大一样，但，又的的确确是同一个欧阳修。

不一样，是因为欧阳修在其他领域都有自己独到的理念，并且他还通过自己在文坛与政坛的影响力，将自己的理念付诸实施，一手倡导了北宋诗文革新运动，亲手开创了北宋文坛的崭新面貌。而在词坛，欧阳修无意于进行任何突破和创新，所以我反复用了这个词——漫不经心，他只是随意地唱着他想唱的歌，抒着他想抒的情而已。

举个例子吧，在诗歌创作领域，欧阳修提出了一个著名的诗论观点，叫做"诗穷而后工"。他认为，诗人只有经历了生活的坎坷磨砺，充分体验了人生的忧患愁苦，丰富了人生阅历之后才能写出不朽的经典。

但是对于词的态度呢，欧阳修就和同时代的人几乎没有任何区别了。他说，写词嘛，不过就是"敢陈薄伎，聊佐清欢"而已。意思就是，填词唱曲儿，那就是展示一下自己的雕虫小技，供大家休闲娱乐一下而已。这个态度，跟晏殊对词的态度没什么两样。所以在词坛上，晏欧并称，也是说他们的词有相似的风格。态度决定效果嘛。

说一样，是因为欧阳修在任何领域都显示出了他性格中禀赋的特质：热烈而执着。他对于自己坚守的政治理念是热烈而执着的，他对于自己信仰的儒家思想是热烈而执着的，他对于自己认定的文学道路是热烈而执着的。同样，他在词中挥洒的情感也是热烈而执着的。

我再举个例子来说明这种执着而热烈的个性气质吧。欧阳修政治、文学生涯的活跃期主要是在宋仁宗年间。这个时期，北宋经济文化的繁荣富庶达到了新的高峰，但在繁华的表象下实则隐藏着种种内忧外患。出于对国家前途的忧患意识和使命感，范仲淹等人力倡政治改革，推行了庆历新政，欧阳修就是改革派的坚定支持者。

但是宋仁宗改革的决心并不坚定，不久新政就在反对派的干扰下宣告失败，范仲淹被罢免，改革派的骨干成员也相继被贬。

在这种形势下，别人都生怕牵连到自己，欧阳修却挺身而出，仗义执言，上书为范仲淹辩解，又一次得罪了反对派。为了罗织欧阳修的罪名，他们甚至编造出一个极为荒谬的故事：他们说欧阳修和外甥女关系暧昧！

事实是什么呢？事实是，欧阳修有一个妹妹嫁给了一个叫张龟正的人做续弦，张龟正前妻留下了一个女儿张氏。欧阳修妹妹嫁到张家后不久，张龟正就去世了。欧阳修怜惜自己的妹妹，将妹妹和她的继女张氏都接到自己家里来。张氏成年后，欧阳修又做主将她嫁给了自己的侄子欧阳晟。可是谁能想到张氏竟然和欧阳晟的一个男仆私通，欧阳晟一气之下将此案告到了开封府。开封府尹杨日炎是欧阳修的死对头，他曾经因为贪污渎职被欧阳修弹劾过，一直怀恨在心。这下报仇的机会来了，杨日炎严刑拷打张氏，逼着张氏污蔑欧阳修，企图以乱伦的罪名让欧阳修身败名裂。这就是轰动一时的"张甥案"。

清者自清。如此荒谬的故事当然经不起事实的考验，朝廷通过再三调查，认定此案所谓的通奸罪名不成立，但是朝廷还是胡乱找了一个理由将欧阳修贬到了滁州——也就是后来著名的《醉翁亭记》诞生的地方。

像这样的仗义执言对于欧阳修而言可不只一次两次，而是终其一生，他都可以将个人的荣辱得失置之度外，只为执着于他认定的信仰。

在政坛上是如此，在文学创作上，他同样始终怀抱这样的热烈与执着。晚年的时候，欧阳修曾经亲自改定平生的作品，"用思甚苦"，夫人担心他的身体，就劝他说："你何必这样折磨自己呢，难道你现在还怕老师会批评你不成？"欧阳修笑着回答夫人："我不怕老师骂我，怕的是后生晚辈笑话我啊！"

这就是欧阳修！在盛世繁华里，他没有躺平在自己的舒适圈——虽然他完全有条件这么做。即便在他最放松最恣意的休闲状态下，他看似漫不经心，但其实是唱出了一首首热烈而执着的歌。

因为，"人生自是有情痴，此恨不关风与月"。

繁华盛世里，更需要像欧阳修这样真诚而热烈地唱出人生苦痛的人！

唱歌跑调还非要当麦霸

1

北宋流行歌坛第一代巨星开了一个好头，这个头开得太漂亮，无形中就给后继者带来了一些压力：传承可能相对容易，突破却是难上加难。谁又能想到，第一代巨星才刚刚陆续谢幕，第二代巨星就迫不及待地强势亮相了，而且这一轮的集体亮相一下子让人看蒙了。

为什么让人看蒙了呢？有两个原因。一是明星太多，让人眼花缭乱；二是神仙打架。第一代巨星虽然也有晏殊和柳永的雅俗分化，但他俩各自的阵营分得比较清楚，交集比较少，基本可以做到相安无事。第二代可就不同了，巨星太多，关系错综复杂，个性风格差异大，又互不买账，这就导致了神仙打架的局面。而且，这一轮神仙打架引发的争论在整个词的发展历史上不仅没有减弱，反而是持续发酵，成为贯穿词史的焦点话题。

当然，虽说第二阶段词坛上群星荟萃，但真正的顶流，从阵容上看，主要就是"1+4+2"阵形。

"1+4"，指的是苏门文人群，也就是苏轼加上苏门四学士黄庭坚、秦观、张耒、晁补之，这一门师生个个都是词坛高手，个个都是万众瞩目。

"2"，虽然不属于苏门文人群，可是跟苏门文人有千丝万缕的关系。"2"指的是晏殊的儿子晏幾道，另外一位则是贺铸。

在这个"1+4+2"的阵容中，我们《大宋词坛》重点讲其中的5位：苏轼、黄庭坚、秦观、晏幾道、贺铸。他们都具备超级高的辨识度，是星河中可以轻轻松松被指认出来的那几颗明星。

很显然，在第二代巨星阵容中，苏轼又是顶流中的顶流，而词史上从此开始的神仙打架，也多半可以归因于苏轼。

那么，词史上的苏轼，到底做"错"了什么，竟然让宋代的流行歌曲"流"到苏轼这里的时候，好像来了个急转弯，掀起了让人预料不到的巨浪，引发了绵延不绝的热议？此前的词坛巨星，李煜也好，晏殊、欧阳修、张先、柳永等人也好，虽然各自都有创新，也展现了自己的个性风采，但他们所做的，最多也就是拓宽了宋词这条河的河道，让这条河更为宽广而已，并没有改变河流的基本流向；但苏轼的"力拔山兮气盖世"，不仅让宋词这条河的主干道变得更为宽广，还让这条河分出了一条支流，撒着欢儿奔向了另外一个方向，而且这条支流的气势越来越磅礴，俨然有了与主流分庭抗礼的趋势。如果说他的老师欧阳修在填词这个问题上有些漫不经心的话，那苏轼就显示出任性和强悍的自信了！

这个苏轼，到底对词做了什么？

我先说一个小故事，看看苏轼这种强悍的自信是如何显示出来的。

这个小故事，发生在熙宁八年（1075）的密州。这是苏轼从杭州通判调任密州知州的第二年。密州，既是苏轼仕途的一个转折点，也是他词创作的一个转折点。密州知州是地方行政一把手，相当于密州市长，从副职到地方官，这当然算得上是仕途的一次跃升。但更重要的是，如果说在杭州，苏轼在张先的影响下，在词坛只是浅浅地试了一下水，那么离开"张先的杭州"后，密州时期的苏轼就算是以崭新的面貌强势入驻词坛了。我们熟悉的大量苏轼的名句都诞生在这一时期，比如说"诗酒趁年华""但愿人长久，千里共婵娟""十年生死两茫茫，不思量，自难忘"等等。依靠密州时期的这些典型词作，苏轼作为一个词人的人设就算是妥妥地设置成功了。

但是苏轼这个词人的人设一开始就和其他任何词人不一样。在苏轼之前，词人的人设是有一定标准的：如果你被定义为一个词人，那么你首先就要尊重流行歌曲传播的规律，尤其要尊重宋代流行歌坛由女歌手霸屏的情况，必须婉约凄美情意绵绵；还要尊重城市流行娱乐文化消费的基本规律，必须通俗易懂、朗朗上口，别玩老百姓听不懂的那些花样。柳永的"词人"人设就很完美，所以，所有在这个时期前后登台的词人无一例外都会以柳永作为评价的标准。当然，可以允许晏殊、欧阳修这样身份特别高贵的人打打擦边球，但即便是晏、欧，总体上也还是尽量尊重"词人"这个人设的普遍标准的。

苏轼就不同了，他一到密州就发狂了！是的，发狂！这个词可不是我说的，是苏轼自己说的。密州时期的一首词，可以说彻底摧毁了此前人们心目中既定的词人人设，而强势树立起苏轼这个叛逆型词人的新人设——你接受也得接受，不接受也得接受！因为，这是苏轼！

这首词，就是尽人皆知的《江城子·密州出猎》：

> 老夫聊发少年狂。左牵黄。右擎苍。锦帽貂裘，千骑卷平冈。为报倾城随太守，亲射虎，看孙郎。　酒酣胸胆尚开张。鬓微霜。又何妨。持节云中，何日遣冯唐。会挽雕弓如满月，西北望，射天狼。

这首词第一句就石破天惊："老夫聊发少年狂！"你看，他不是承认了？不仅发狂，还发了和他年龄不匹配的"少年狂"。他带着所有的部下，骑着高头骏马，牵着大黄狗，扛着猎鹰，扫荡山林，兔子啊、野鸡啊，说不定还有老虎啊，统统射杀，满载而归，回来后大碗喝酒大块吃肉，还夸口说：你们看！我打猎这么勇猛，连老虎都不怕，百战百胜，那要是率领三军将士上了战场，还不是百发百中、横扫千军、威震边防啊！

为什么说苏轼这一番发狂，强势推翻了词人的既定人设呢？

你能想象，一个千娇百媚的十七八岁少女，袅袅娜娜的、含羞带怨的、有着水汪汪大眼睛和樱桃小嘴的小美女，一开口，唱的却是北方爷们儿的"老夫聊发少年狂"吗?！

反正那画面，我是不敢想象的。

2

其实，苏轼虽然任性发狂，填了这么一首前无古人的词，他自己倒是极有自知之明的。他把这首词誊写下来寄给了自己的一个好朋友，既不无得意又勇于自黑地说："近来写了不少歌词，虽然跟柳永没得比，但也还算'自是一家'了。呵呵！前几天我在郊外打猎，打了个满载而归，一开心就写了这首'老夫聊发少年狂'，我也不敢让女歌手唱，就找了几个东州壮士跺着脚、拍着大巴掌高歌了几遍。我也不用那些箫啊琴啊琵琶啊红牙板啊来伴奏，直接让人敲着鼓吹着笛给壮士们伴奏。那场面真壮观啊！我很得意，就把这首词写下来寄给你，没啥别的意思，就图个乐呵呗。"

当然，出自《与鲜于子骏书》的这段话我是把原文翻译成了白话文。但有两个关键词我引用的是苏轼的原文，一个词是"自是一家"，另一个词是"呵呵"。

"自是一家"就是苏轼任性和自信的公开宣言了！

别看这个公开宣言只有四个字，但这一定是北宋词坛最高调宣言之一！北宋词坛两次最高调的公开宣言，一次出自苏轼，另一次出自苏轼学生的学生李清照。他们俩观点截然相反，但都足够惊世骇俗。李清照我们以后再说，现在先来说说苏轼的"自是一家"到底表了一个什么态！

看似简单的四个字其实包含了苏轼的三层意思：

第一层意思，词坛的主流风格已经奠定，我呢，不是没认真学，只是学习效果不大好，所以我决定放弃了；

第二层意思，现在的主流词坛是柳永的天下，他呢，我是追不上了，所以，我也不想追了；

第三层意思，主流词坛不带我玩了，既然你们的游戏规则我玩不转，我也不想跟在你们后面玩了，准备另起炉灶了，我要跟你们"分家"！"自是一家"，言外之意就是，你们所有人都属于同一个词坛大家庭，唯独我不是，我单独成了一个家！

你看你看，苏轼是不是足够自信、足够霸气？

这就有点像奥林匹克马拉松比赛，苏轼是参赛选手之一，眼看着被领先的选手甩开了一大段距离，怎么追都追不上了，于是他干脆离开主赛道，从岔道上另外开辟一条赛道，一个人先跑上去自嗨！

名次可以不要，自己开心最重要！

可是他是谁？他是苏轼啊！他一个人乐颠乐颠在岔道上跑得欢，后面的人一看苏轼从那边跑了，就有点左顾右盼、无所适从了：到底哪条赛道才是正确的赛道呢？慢慢地，就有零零星星几个人犹犹豫豫跟着苏轼跑到岔道上去了。管他方向对不对呢，反正苏轼就是方向！于是苏轼就从一个人自嗨变成了带着一群人嗨，并且跑着跑着，这条岔道上跑的人越来越多，路也越来越宽，在某些时候甚至可以跟主赛道一争高下。

后来人们把以前的主赛道称为词坛的"婉约派"，把苏轼开辟出来的这条岔道称为了"豪放派"。苏轼宣言中的"自是一家",其实就是后人定义的"豪放派"。

可是,那毕竟是一条岔道啊!如果是别的选手跑到岔道上去了,那裁判会毫不犹豫罚他下场,取消比赛资格。但他是苏轼,所以裁判就很纠结、很为难,怎么给他评价呢?主赛道上的冠亚季军肯定轮不到他了,那就干脆给他颁个"特殊贡献奖"吧!这个奖项代表性的颁奖词是这样写的:

子瞻(苏轼字子瞻)以诗为词,如教坊雷大使之舞,虽极天下之工,要非本色。

这段"颁奖词"是苏门六君子之一陈师道记载在他的《后山诗话》中的,是来自苏门文人群内部的评价!也就是说,即便是苏轼自家人,对他的评价也还是一分为二的:苏老师您的词嘛,写得跟您的诗没什么区别,"极天下之工",那可真是一流的好,就像唐代教坊里雷大使的舞蹈一样,跳得让人心服口服!但您的词"要非本色",也就是说,不符合词坛公认的审美标准。

词坛评分标准是合乐、言情、婉约三者结合,而且这三条评分标准又是以合乐为前提的。如果满分是一百分,你填的词能按照曲调毫不违和地唱出来,你就可以拿到六十分,确保及格了。在此基础上如果还符合言情、婉约的标准,那就有条件冲击高分了。

而苏老师呢,您的"老夫聊发少年狂"这类词,文字是很震撼了,可是跑调跑得太厉害,按评分标准,就凭第一条不合乐，您就只能得零分！但是苏老师您太厉害了，您明知自己跑调了，所以干脆自创了一套评分标准。那么，按照您自个儿创造的评分标准来打分，您可以拿一百分！

你说说看，苏轼是不是足够任性？

能够证明他这种任性的另一个词儿是——"呵呵"！

"呵呵"这个词儿，大家都熟吧？一般什么情况下大家会用"呵呵"或者用"呵呵"的表情包？大概率是，礼貌性微笑，兼有一点暗讽和自嘲的意味。我对你的说法不认同甚至不屑，但又懒得跟你争，那就发个"呵呵"吧：你说的都对，但是我不想跟你说了！聊天止于"呵呵"嘛。

苏轼就是这样！你们在歌厅里抱着话筒深情婉转地唱着柳永的情歌，呵呵，我就喜欢在苍茫的旷野里像北方的狼那样嚎两嗓子，呵呵！你们唱的都好，但是我苏轼有自己的调性。这就是我苏轼本苏了！

3

如果说密州时期的苏轼，已经成功地开辟出了词坛的一条岔道，接下来，仕途上的苏轼即将转战徐州，而词坛上的苏轼到了徐州就从任性、自信进一步到了彻底放飞自我的境界。

不信？那我们看一下苏轼在徐州当市长的时候写的一首《浣溪沙》吧，看看苏市长在徐州歌坛放飞自我的时候，又看到了什么别人看不到的风景！

> 簌簌衣巾落枣花。村南村北响缫车。牛衣古柳卖黄瓜。　　酒困路长惟欲睡，日高人渴漫思茶。敲门试问野人家。

为什么说这首词可以看作苏轼彻底放飞自我的标志性作品呢？

如果说密州市长苏轼"老夫聊发少年狂"是狂得没边的话，那么徐州市长苏轼在这首《浣溪沙》里完全换了一副形象：土得掉渣！

有多土？

首先，土在题材！苏轼第一次将农民题材系列地引入文人词当中。城市小儿女的呢喃软语，在苏轼笔下画风突变成了农民生活里的田园风光。

词是城市经济发展与城市娱乐文化的产物啊，可是苏轼不在乎这些，偏要写田园风光和农民生活！

苏轼笔下的田园风光是什么样子的呢？

一开始，苏轼就给我们营造了一个听觉的氛围：枣花"簌簌"飘落的声音。这是城市里听不到的声音吧？城市里的车水马龙、人声鼎沸早就淹没了自然界的声音。可是到了宁静的乡村，连枣花飘落的声音都清晰可闻。簌簌飘落的枣花，是来自自然界的天籁；接下来的"村南村北响缫车"则是人的活动制造出来的声音了。"缫车"，也就是缫丝车，缫丝是从蚕茧中抽丝出来的一道工序，"村南村北"当然只是一种互文见义的写法，并不是指只有村子的南边和北边有缫车运转的声音，而是指整个村庄到处都传出缫车工作的声音。

"簌簌衣巾落枣花。村南村北响缫车。牛衣古柳卖黄瓜。"上阕三句词，从乡村的自然风光，到村民的经济生活，最后落到了村庄的旅游服务业上了：穿着牛衣的村民在村口的古柳树下出售地里刚刚摘下来的新鲜黄瓜。

"牛衣"，本意是给牛御寒用的、类似于被子的披盖物，大多使用乱麻编制而成，有点像我们平时所说的蓑衣。这个词似乎是很真实地呈现了农民生活的俭朴和艰辛。但其实，这句词还有一个不大普及的版本，那就是"半依古柳卖黄瓜。"

南宋时候有一个叫曾季狸的人，在他写的《艇斋诗话》当中有这样的记载：苏轼在徐州的时候写了一首词，其中有一句"半依古柳卖黄瓜"。可是现在多数版本都印成了"牛衣古柳卖黄瓜"，这其实是错的。因为我曾经见过苏轼的亲笔手稿，写的就是"半依"，所以是印书的人将"半"字错认成"牛"字了。

那么，曾季狸的这个说法是不是靠谱呢？我觉得是靠谱的。

因为曾季狸不是一个乱说话的人。曾季狸是谁呢？他是唐宋八大散文家之一曾巩的弟弟曾宰的曾孙，是一个家学渊源深厚的学者，和朱熹、陆游这些大学问家都有交往。所以曾季狸说看到过苏轼的手稿，我觉得应该不是在吹牛。

"半依古柳卖黄瓜"就更有画面感了：卖黄瓜的农民坐在古柳树下，背靠着柳树的树干，很有那种慵懒散漫的味道。对于农民来说，卖黄瓜可能并不是他的主要收入来源，只是正好是黄瓜成熟的季节，顺便卖掉一些家里吃不完的黄瓜，贴补点儿家用。所以他并不像集市里那些专业的小贩一样，卖力地吆喝推销，而只是背靠着古柳树，在树荫下乘着凉，甚至半闭着眼睛打着盹儿，有路过的行人口渴了，买一两根解解渴，如此而已。

"酒困路长惟欲睡，日高人渴漫思茶。敲门试问野人家。"大概中午喝了酒，走了很远的路，天气又热，苏市长觉得有点昏昏欲睡了，几根黄瓜吃下去还是解不了渴，他现在只想大口大口灌几杯凉茶下去，痛快一下。于是他信步停在一户农家门口，敲了敲柴门："敲门试问野人家"。"野人"就是指居住在村野里的村民，是和"国人"，也就是城市居民相对应的一种称呼。苏轼说过，他出身于农村，原本也是一个"田间野人"呢。

什么"牛衣"啊，"黄瓜"啊，"野人"啊，这样土得掉渣的词语，在以前的文人词里是很难看到的，但在苏轼这里，就这么任性而自然地流出来了！

当然，苏轼写田园词，并非像陶渊明那样真正扎根在乡村土地，去种豆南山下。苏轼去农村是体察民生疾苦的，这是他的工作！但，我想请大家特别注意的是，我在这里并非要大力表彰苏轼是一个勤政亲民的地方官，虽然他的确受人尊敬，我在这里想说的是，在苏轼之前的高官词人，比如说晏殊欧阳修，他们是将娱乐休闲、日常生活与工作分得清清楚楚的！所以在他们的词里，我们一般只能看到休闲的一面和私人情感流露的一面，他们通常不会把工作状态带到词里来，那些宏大题材，例如关于国计民生的所见所闻所感，多是体现在他们的诗文之中。

但苏轼显然不太在意诗和词在题材上的这种分工。所以陈师道的颁奖词中还有一个关键词"以诗为词"，这几乎就是整个词史对苏轼词评价的公论了。

4

词是流行歌曲的歌词，它本来是依附于音乐的；而诗发展到宋朝已经成为纯案头文学，早就和音乐分道扬镳了。"以诗为词"的一个基本特点就是，苏轼的词没有充分照顾到词的音乐性，就像后来陆游评价苏轼的那样："世言东坡不能歌，故所作乐府辞多不协。"这里的"乐府"是指宋代合乐而歌的宋词。陆游的意思是：大家都说苏轼唱歌老跑调，所以他写的词很多是不合音律的。

别怪陆游批评苏轼啊，这个缺点苏轼自己也是承认的。我们都膜拜苏轼，认为他是全能型文人，可是他自己谦虚地自我批评过，他跟其他文人比起来有三个方面技不如人：第一是下棋，第二是喝酒，第三就是唱歌啦。

这就是苏轼的任性！明知自己唱歌不着调，还非要当麦霸，以诗为词，自顾自唱着自己的调。关键是，爱听他唱的粉丝还多得数不胜数！

"以诗为词"的另一个基本特点是，诗能表现的内容，词也统统可以写。到了苏轼这里，无事不可入词。也就是说，在题材内容方面，苏轼的创作几乎已经泯灭了诗词的文体界限。

以这首《浣溪沙》为例，虽然这首词看上去像写农家乐，但它真的不是苏市长周末去农家乐的体验，而是他工作状态的一种真实记录。

作为徐州的地方官，苏轼可不是一天到晚坐在官府衙门里办公，他跟一般的官僚不一样，他总是愿意深入老百姓中间去，对民生疾苦总是有着切身的体验。

熙宁十年（1077）四月，四十一岁的苏轼从密州调到了徐州，就在这年七月十七日，黄河在澶州决堤。九月九日，徐州城下洪水泛滥，"水穿城下作雷鸣，泥满城头飞雨滑"（《九日黄楼作》）。因为洪水来势太过凶猛，城里的富豪纷纷收拾金银细软，乱哄哄嚷着要出城避难。苏轼说："富民如果都逃跑了，民心必定动摇，我还能和谁一起守城？"于是，刚刚到任没多久的新官苏轼，一头扎进了抗洪救灾的紧急任务中，他亲自赶过去对那些富豪们说："只要有我在，决不会让洪水淹没徐州城！请你们相信我！"被苏轼的信心和决心所打动，富豪们不仅都安心回了家，有不少人还主动加入了抗洪大军，这一举措无疑对安定民心产生了很明显的效果。

因为徐州离京城比较近，这里长期驻扎着一支禁军队伍，本来只有皇帝才能直接调动。但事急从权，苏轼冒着被朝廷处罚的风险，亲自跑到军营中，请求禁军队长派兵支援抗洪抢险。队长看到苏轼那风餐露宿的憔悴面容、溅满泥浆的衣裳，深受感动，说："太守犹不避涂潦，吾侪小人效命之秋也。"（《宋史·苏轼传》）市长尚且不怕脏不怕苦，我们自然更要竭尽全力。

在长达两个月的抗洪救灾中，苏轼率领当地的驻军和人民，修筑长堤达九百八十四丈；他还派人派船抢救被洪水围困的居民，筹集钱粮救济落难的灾民。苏轼总是披着一袭蓑衣，拄着手杖，日夜奔走在抗洪第一线，夜里就睡在草棚里，一连许多天都顾不上回家。洪水到达徐州城下的时候，因为有长堤的保护，城中安然无恙。直到洪水退去，黄河恢复故道，这场抗洪救灾才宣告胜利，徐州老百姓的生命财产保住了！

苏轼调离徐州的时候，父老乡亲你扶着我、我搀着你，自发赶来为他送行。他们发自肺腑地说："要是没有使君，在前年的洪水中，我们恐怕早就变成鱼鳖了。"

熙宁十年的大洪水刚刚退去，第二年，也就是元丰元年（1078）的春夏之交，徐州又遭遇了春旱。苏轼作为地方官，又带头去城东石潭祈雨。大概真的是心诚则灵吧，祈雨之后不久徐州果然普降甘霖，旱情缓解，尤其是农村生活恢复正常，苏轼又专程去石潭举行了谢雨仪式。

在这次谢雨的途中，苏轼一连写下五首《浣溪沙》，反映喜得甘霖之后的徐州，尤其是农民虽然艰苦却也充满欢乐的生活场景。这首"簌簌衣巾落枣花"就是这一系列词当中的第四首。这次下乡，苏市长不仅举行了谢雨的仪式，他"敲门试问野人家"也绝不仅仅是讨了一碗水喝，而是深入农家，感同身受地体察老百姓的生活条件。他看到农作物长得很茂盛，闻到农家煮茧的香飘四溢，他还尝了尝农民日常吃的粗糙的干粮，关心地询问大家：豆类作物几时成熟啊？收成可还好呢？在回去的路上他看到有老农因为参加村里的祈雨谢神仪式，一开心就喝多了，躺在路边夕阳下醒酒呢。更好玩的是，农村少女们为了围观大名鼎鼎的市长大人，纷纷换上了她们觉得最漂亮的红裙子，三三五五地挤在柴门口，生怕自己看不到，又生怕被市长大人看见，又迫不及待又害羞腼腆，你推我搡的，结果连新换的漂亮裙子也被踩破了……

"酒困路长惟欲睡，日高人渴漫思茶。敲门试问野人家。"词写到这里戛然而止，敲门后有没有主人应答，苏市长有没有喝到茶，词里面都没有写。但我们现在知道了，这个答案根本不用写出来。"酒困"，是因为他和老百姓一起喝了他们自酿的土酒；"路长"，是因为他绝对不是象征性地把村民们都召集到村口的广场去照几张"合影"、喊几句口号，而是实打实一个乡村一个乡村地逐一踏访；"思茶"，也绝对不可能喝到他在城里喝的那种讲究的龙凤小团茶。而为什么能够不辞辛劳做到这些呢？苏市长也并没有多少豪言壮语，他只是轻描淡写地说："日暖桑麻光似泼，风来蒿艾气如薰。使君元是此中人。"（《浣溪沙》其五"软草平莎过雨新"）他是发自内心喜欢乡下的这种生活呀，阳光暖暖地照在桑麻上，蒿草艾草的香气在风中轻轻飘送，我本来就是乡村田野里走出来的人啊。所以现在我到农村，不是官员视察乡村，而是回家看看啊！

正因为是抱着回家看看的心态，所以苏市长下乡没有像打猎那样前呼后拥，也没有秘书随从提前安排行程，而是独自在酒困路长日高人渴之后，随意地停下来，敲响了一扇回家的门……

这就是任性而可爱的苏轼！他可以任性地打通工作与日常的界限，可以任性地打通官员与百姓的界限，更可以任性地打通诗与词的界限。

你们说我以诗为词，没错；你们说我"要非本色"，那又怎么样？你们说我唱歌跑调，呵呵！

反正，很多年以后，宋词怎么唱的你们也不知道了。但是，你们一定都会喜欢我苏轼留下的词，那可是"极天下之工"的神品啊！哈哈！

生活吻我以痛我却报之以笑歌

1

在北宋词坛第二代巨星的盛世光环中，黄庭坚长成了夹缝中的一朵奇葩。说他"奇"，是因为他的作品，极难用一个词语定义，词史上对他的争议甚至比对他的老师苏轼还要大得多。苏轼的词，无论内容多么庞杂，好歹用"以诗为词"这个评价还可以基本概括，只是对"以诗为词"的态度评论者各有不同而已。但是对黄庭坚呢，各家评价直接走向了两个极端，一个极端是认为黄庭坚的词极正宗极本色，代表性的评论就来自苏门文人群——苏门六君子之一的陈师道。陈师道在批评了老师苏轼的词"要非本色"、警告大家不要学他之后，紧接着就树立起了一个可以学习的标杆：那就是苏老师的两位得意门生黄庭坚和秦观，"今代词手，惟秦七、黄九尔"（七和九都是排行）。

另一个极端评论则是，黄庭坚的词极不正宗极不本色。例如清代著名词学家陈廷焯就说他："黄九于词，直是门外汉。匪独不及秦、苏，亦去耆卿远甚。"（《白雨斋词话》）用"门外汉"这个词来评价黄庭坚，可以说是相当看不上他了，别说跟苏轼、秦观相提并论，就是跟柳永比也不配呀！

既然有如此负面的评价，那我为什么还要讲黄庭坚呢？那是因为我还有一点私心，这点私心就是：我特别喜欢的李清照，对黄庭坚的评价是很高的。

李清照曾经在她的著名文章《词论》中，历数了从唐代到她生活的时代的所有著名词人，并且逐一批评了个遍，晏殊、欧阳修、张先、柳永、苏轼等等，统统不入她法眼。在李清照心目中，真正领会了词之真谛的只有四个人，这四个人是：晏幾道、贺铸、秦观、黄庭坚。虽然这四个人也都还有一些小瑕疵，但毕竟已经算得上是词人中的美玉了。

既然我的偶像李清照都这么说了，这四个人我一定都是要重点讲一讲的，黄庭坚这朵奇葩在北宋词坛应该得到他的一席之地。

那么，黄庭坚到底"奇"在什么地方呢？

我还是先说两个跟黄庭坚有关的小故事吧。

黄庭坚是苏门四学士之一，从年龄上看，他是苏门大弟子，和苏轼的关系非比寻常。更不寻常的是，黄庭坚除了在词坛，其他方面都可以和苏轼的水平一拼高下，甚至还有超过老师的地方。比如说，他的诗与苏轼齐名，并称"苏黄"。他是江西诗派的开山鼻祖，江西诗派在整个宋代诗坛可以说是一家独大，"东坡先生以为一代之诗，当推鲁直（黄庭坚字鲁直）"。（黄庭坚《与王彦周书》）苏轼认为一代之诗当推黄庭坚诗为魁首，黄庭坚实际上被苏轼认为是最有能力继承诗统的人。

北宋文坛本来就有一种代际传承的良好风气，正如同当年欧阳修将下一届文坛盟主的使命交付苏轼一样，在苏门弟子中，苏轼也曾将类似的使命托付给弟子中文学成就最高的黄庭坚。

还有我们多次提到的苏门六君子之一陈师道，虽然都名列苏门文人群，但在诗歌方面，陈师道真正佩服的还是黄庭坚。陈师道甚至在与黄庭坚初次见面之后，回家就将以前"数以千计"的诗作一把火全部烧了，下定决心"洗心革面"，从此学习黄庭坚的诗风诗法。他还写了一首诗献给黄庭坚，宣称"陈诗传笔意，愿立弟子行"（《赠鲁直》），表达了要拜黄庭坚为师的诚意与敬意。

这样看来，宋代诗坛黄庭坚实属老大。苏轼与黄庭坚虽然有师生的名分，但两个人的相处却像朋友。这两个小故事就跟"苏黄"这对师生有关。

2

黄庭坚比苏轼小 8 岁，相比苏轼与欧阳修相差 30 岁来说，苏黄几乎可以算是同辈人。"苏黄"二人神交已久，但直到元丰元年（1078）二月，时在大名府（今河南大名）任北京国子监教授的黄庭坚写信给正在徐州任知州的苏轼，并附上诗两首，苏轼随即回信并次韵和诗，二人才开始订交。就在同一月，苏轼写了《春菜》一诗，描述了春天各种可口的美味之后感叹说：提起苦笋啊、江豚啊这些美食我就口水直流，恨不得明年就上书辞职回去享受美味，可不能等到老了牙齿都松了只能看不能吃的时候再后悔啊！（苏轼《春菜》："明年投劾径须归，莫待齿摇并发脱。"）黄庭坚很快便次韵和诗，这也是黄庭坚第一次和苏轼诗。黄庭坚的和诗中有"公如端为苦笋归，明日青衫诚可脱"（《次韵子瞻春菜》）的句子，苏轼接到和诗，看到这两句不由得哈哈大笑，对身边的人说："我本来就不愿意做官，你们看鲁直硬是要用苦笋来诱惑我退休哈。"原来，黄庭坚也酷爱吃苦笋，黄庭坚的诗意思是说：先生如果您真的愿意为了苦笋辞职归隐，那我明天也脱了这身官袍陪您一起吃苦笋去！两位爱吃苦笋的大文豪就此成了一生的良师益友。

后来有一次，苏轼和黄庭坚聊起了唐代诗人张志和那首著名的《渔父》词："西塞山前白鹭飞。桃花流水鳜鱼肥。青箬笠，绿蓑衣。斜风细雨不须归。"苏轼首先发表高见：张志和的《渔父》词"语极清丽"，可惜《渔父》的曲调到北宋的时候已经失传了，没办法演唱了。于是苏轼就添了几句，将《渔父》词改写成了当时依然流行的《浣溪沙》。苏轼改写后的词是这样子的："西塞山前白鹭飞。散花洲外片帆微。桃花流水鳜鱼肥。自芘一身青箬笠，相随到处绿蓑衣。斜风细雨不须归。"苏轼改得好不好我先不评价，反正黄庭坚看到之后，先是拍案叫绝，接着自己也忍不住技痒起来，老师写得这么好，做学生的也不能认输啊。于是黄庭坚就说了："老师您改得很棒，唯一的瑕疵是散花的花，和桃花的花重复了。另外呢，打鱼的船很少用船帆，所以'片帆'这个词用得也不怎么妥当。学生斗胆，也改一稿，请老师批评指正。"然后，黄庭坚就将张志和的《渔父》又改成了这个样子的《浣溪沙》："新妇矶边眉黛愁。女儿浦口眼波秋。惊鱼错认月沉钩。青箬笠前无限事，绿蓑衣底一时休。斜风细雨转船头。"苏轼一向洒脱，被学生批评了，并不生气，不过幽默风趣的苏轼，也不忘调侃一下学生："你这首词吧，倒也算得上清新婉丽。不过你才从'新妇矶'出来，又进了'女儿浦'，你这个渔父，也未免太孟浪了吧?! 呵呵。"

苏轼对黄庭坚这个修改版的评价是"清新婉丽"，其实还蛮符合词体本色的，所谓词体本色当然说的就是女性化的婉约柔美了，比起张志和与苏轼的"隐士"版，黄庭坚的"女儿"版至少从字面上看的确更得体。

而且，黄庭坚的修改版，是将张志和的《渔父》词与另外一位唐代著名诗人顾况的《渔父》词进行了一番合并。顾况的《渔父》词是这样写的："新妇矶边月明。女儿浦口潮平。沙头鹭宿鱼惊。"所以，苏轼批评黄庭坚孟浪带着明显的调侃意味。事实上并不是黄庭坚风流，而是他巧妙地化用顾况和张志和两个人的诗词，将山光水色和女性的花容月貌相比拟，更加符合词体的婉媚本色。

苏轼、黄庭坚这对师生之间的"互怼"日常还挺让人羡慕的吧? 我再说一个他俩之间的小故事，也许你会惊讶地问:他俩到底谁是老师、谁是学生?

有一次，苏轼和黄庭坚在一起聊起了书法，苏轼又"嘲笑"黄庭坚了："鲁直啊，你近来写的字虽然清劲，但是这个笔势啊，有时候太瘦啦，瘦得就像树梢上挂着一条蛇！"黄庭坚被老师贬了可不会善罢甘休，立即反唇相讥："老师您的字我当然不敢随便批评，但偶尔我也觉得您的字过于'褊浅'了，不够雄浑啊，就像一块大石头压在一只小蛤蟆身上……"师生间这样的调侃简直就是家常便饭，关键是他们互相嘲笑对方，看上去挺损的，实际上还真的说中了对方作品的个性特点。

你见过这样的师生吗？反正我是没见过的，因为没见过，所以更羡慕。如果师生关系都能处成像"苏黄"这样，师生你追我赶，成就也能像"苏黄"这样，那无论作为老师还是作为学生，都该是多么幸福的事！

苏轼是真心佩服黄庭坚的。苏轼甚至写过题为"效庭坚体"的诗——老师模仿学生的风格写诗，可见苏老师对这名弟子有多赏识了！

3

我讲了这么多苏轼黄庭坚师生相处的故事，跟黄庭坚的词有什么关系呢？

当然有关系！因为黄庭坚一方面被认为得到了老师"以诗

为词"的真传，就像他的同门晁补之说的那样："黄鲁直间作小词，固高妙，然不是当行家语，自是著腔子唱好诗。"（吴曾《能改斋漫录》）就是说黄庭坚和苏老师一样，淡化了诗和词的界限。但另一方面呢，既然陈师道、李清照他们都高度评价黄庭坚的词，说明黄庭坚还是有相当数量的词作是当行本色的。不信，我们就来看看黄庭坚的这首《归田乐引》：

> 暮雨蒙阶砌。漏渐移、转添寂寞，点点心如碎。怨你又恋你。恨你惜你。毕竟教人怎生是。　　前欢算未已。奈向如今愁无计。为伊聪俊，销得人憔悴。这里诮睡里，梦里心里。一向无言但垂泪。

读了这首词，是不是觉得黄庭坚作为江西诗派开山鼻祖的人设有瞬间崩塌的嫌疑？这词也太女人味了吧？

哈，的确是黄庭坚典型的女人味的作品。整首词全部用女性口吻写成，非常典型的"男子而作闺音"：一个独守空闺的女子，独自抒发着对心上人的痴情与怨情，而且这样的词几乎通篇都是大白话，甚至大俗话，根本不用翻译我们就能读得明明白白，因为像"怨你又恋你。恨你惜你""梦里心里"这样的句子，就是放到今天也还是人人能懂的大白话。黄昏的时候，蒙蒙细雨洒在台阶上，随着夜晚的来临，我的寂寞啊，也是重重叠叠又添了许多，就像淅淅沥沥无休无止的雨声一样，点点滴滴就像心碎一样。我怨你啊，可是又不能不恋你；我恨你啊，可是又不能不牵挂你。我到底该怎么办呢？到底该怎么办呢？以前的欢乐还历历如在眼前，可如今你不在我身边，我只剩下无边无际的哀愁无法排遣！想忘了你吧，可你又是那般帅气聪明温柔多情，我为你真的心甘情愿销得人憔悴啊！我简直是无论睡着醒着梦着想着，心里眼里全是你！全是你！全是你！又要这样熬过一个无言垂泪的无眠之夜啊……

你看，黄庭坚是不是将一个女性相思中的心理刻画得淋漓尽致啊！你服不服我不知道，反正我是服气了，这样大胆直白率性撒娇撒痴的抒情，居然是江西诗派宗祖黄庭坚写出来的！我甚至都能想象，当一个柔情似水的女歌手唱着这样的词的时候，那副又娇嗔埋怨、又柔情万种、又呜呜咽咽悲悲切切的神态该是多么惹人怜惜！

读了这样的《归田乐引》，你是不是会突然好奇心爆棚，这个女子心心念念又爱又恨的那个"你"到底是什么样的人呢？他对女子的感情又会有怎样的回应呢？

别急，这样强烈的好奇心我也有！黄庭坚呢，好像是猜透了我们观众的好奇心理，还真就写了《归田乐引》的姊妹篇，并且就是用热恋中的男子口吻来回应女朋友的，我们一起来读读看：

> 对景还销瘦。被个人、把人调戏，我也心儿有。忆我又唤我，见我嗔我，天甚教人怎生受。　　看承幸厮勾，又是尊前眉峰皱。是人惊怪，冤我忒鶻突，拼了又舍了，

定是这回休了，及至相逢又依旧。

读这两首词，是不是觉得就像电影蒙太奇一样，我们仿佛在同一幅画面上，同时看到男女主人公各自在家生着闷气，各自揣摩着对方的心理呢：你到底爱不爱我呢？你这样子到底是对我好还是不好呢？一忽儿坚信双方的爱，一忽儿又产生了怀疑，热恋中患得患失的焦虑感真的是如在目前。而且我读这首以男子口吻写的《归田乐引》的时候，眼前就出现了一个呆萌呆萌的直男形象，他已经被刁蛮女友折磨得手足无措啦：我为什么越来越消瘦了呢？都是因为她、因为她、因为她啊！我心里有她，她心里肯定也有我吧！她想我，叫我去看她，可是每次一见面她又要骂我。这可叫我怎么好呢？到底是要去见她还是不要去见她呢？两个人见面的时候吧，前一分钟还亲密得不得了，后一分钟她就皱起眉头冲我发脾气了！连我兄弟都看不下去了，都说我太惯着他，迁就她，把她生生宠出了公主病，最后还不是自己找罪受！看她这回发这么大脾气，肯定是想把我甩了。算了算了，我也别死皮赖脸缠着她，这回就下决心分手吧！可是到了下次再见面的时候，我们好像又忘了上次的吵架，又亲昵得好像是一个人……

"忆我又唤我，见我嗔我"！是不是每个热恋中的直男都忍受过这样的待遇呢？"拼了又舍了，定是这回休了，及至相逢又依旧。"拼和舍是近义词，都是舍弃的意思。是不是每个热恋中的直男都有过这样的经历呢？莫名其妙被迫和女友吵了一架（也可能只是挨了一顿骂），以为这回完了，肯定要分手了，挽不回了，可是下次这样的情景又会循环重头再来一次……

4

说实话，我可太喜欢黄庭坚这样活泼有趣、充满真实又浓郁的生活气息的文字了。可以想象，这两首《归田乐引》就相当于那个时候流行歌坛的男女对唱，完全可以拍成一个音乐短视频，在歌厅里爆火一把。

这样的词，和苏轼那种"以诗为词"的写法风格完全不同吧？其实，这恰恰就是北宋流行歌坛的当行本色，非常贴近女歌手演唱以及传播的需要。只不过，如果以这两首词为代表，那么黄庭坚就和苏轼划清了界限，反而和柳永、秦观站在了同一条阵线上。这就难怪，苏轼要调侃黄庭坚才出"新妇矶"又入"女儿浦"了。

看了这样的词，是不是觉得黄庭坚有那么一点"分裂"？有！但又很正常，这类词不仅黄庭坚写，秦观、柳永写，即便欧阳修也经常写，因为这是他们对词体的正常认知，这是北宋流行歌坛的主赛道，大家都这么写，就看谁写得更好了。黄庭坚就属于在主赛道上写得很好的那种词人。可是在主赛道上写得太好，反而会被正统文人挤兑，就像当年晏殊批评柳永太俗一样，黄庭坚遭到过后代词学家类似的批评，比如说他"故以生字俚语，侮弄世俗"（刘熙载《艺概》卷四），也有人说他"鄙俚不堪入诵"（彭孙遹《金粟词话》）。

即便在当时，也有人当面批评他。比如说，有一个和尚法云秀，据说他平时就是个"铁面严冷，能以理折人"（释惠洪《冷斋夜话》）的人。那时黄庭坚早已名满天下，不管是诗还是词，一写出来马上广为传唱，轰动一时。法云秀和尚郑重其事地批评过黄庭坚："诗多写点倒没关系，你的那些艳歌小词以后尽可不必再写了。"

对于这样的批评，黄庭坚接不接受呢？我觉得，他当时表面上是谦虚地接受了，但内心其实是持保留态度的。因为他觉得词就是"使酒玩世"，是笑对人生的一种工具，是娱兴遣怀的途径，是拼命工作之余放松的加油站。为什么人生在世非得每分每秒都一本正经讲大道理干大事业呢？一张一弛也是文武之道，幽默诙谐地化解生活的紧张压力，又何尝不是一种更加积极的处世态度呢？

的确，黄庭坚的这类爱情词在婉约柔美的基础上，平添了几分小儿女的人间烟火气，还带着点让人哭笑不得的谐趣。诙谐滑稽，有声有色，完全突破了传统文人诗词对爱情题材要含蓄、要有所顾忌、要若隐若现欲露不露反复缠绵的要求，而是像竹筒倒豆子一样将热恋中的所有情绪三百六十度无死角地展现出来了。这类作品，代表了黄庭坚上承柳永，远接敦煌民间曲子词，又遥遥开启了元曲泼辣通俗的风格。从这个意义上说，黄庭坚的存在还真是一道又亮丽又奇特的风景。

5

当然，黄庭坚的词在流行歌曲主赛道上颇受欢迎，但他和苏轼一脉相承"以诗为词"的特色也不能忽视。换言之，黄庭坚是在词坛主赛道和苏轼开辟的新赛道上都跑得很帅气的那个人，他可以一会儿"当行本色"地将规定动作完成得完美无瑕，一会儿又突然来几个出人意料的自选动作，让人耳目一新。所以他在两边赛道上都拥有自己的忠实粉丝，这一点，实在是太了不起了。

别看黄庭坚平时幽默风趣，还经常和苏老师抬抬杠，其实黄庭坚一生的坎坷不幸并不比他的老师少，甚至因为他们这种互敬互爱的师生关系，他们在仕途上的命运也被绑定——苏轼的每一轮不幸，都会牵连到忠实追随他的弟子们，黄庭坚更不例外。例如绍圣初年宋哲宗亲政，贬斥旧党，苏轼被贬广东惠州，后又被贬海南儋州，黄庭坚则被贬涪州（今四川涪陵）别驾、黔州（今四川彭水）安置。宋徽宗即位后，黄庭坚的仕途并没有多大改善，依然辗转流寓各地。崇宁二年（1103）甚至还以"幸灾谤国"的罪名被除名，流放羁管宜州（今广西宜山）。崇宁四年（1105），六十一岁的黄庭坚卒于宜州贬所。

黄庭坚在最开始决定追随苏轼的时候，可能并没有料到自己后来的命运会如此坎坷，但无论命运如何折磨他们，他们都始终无怨无悔。尤其是黄庭坚，无论生活怎样报之以痛，他都可以笑对一切苦难，他骨子里的那种幽默是他对抗悲剧命运最有力也最有效的武器！

苏轼被贬惠州后，写下了"日啖荔枝三百颗，不辞长作岭南人"这样豪迈洒脱的诗句，被贬浙江杭州通判的秦观却承受不了这样的挫折，离京的时候已经吟咏着"便作春江都是泪，流不尽，许多愁"的悲伤绝望了。相比起来，黄庭坚被贬的黔州条件比秦观的杭州、处州等地差太多了，住的房子破破烂烂，阴雨连绵的时候漏雨漏得屋子里的积水都可以乘船了，可黄庭坚还能写出这样豪迈幽默的词句来："莫笑老翁犹气岸，君看，几人黄菊上华颠？戏马台南追两谢，驰射，风流犹拍古人肩。"（《定风波·次高左藏使君韵》）你们别笑话我这衰老头子还这么气概豪迈呀，你们看，像我这样的白发老头还有几个会把菊花插满头呢？我就是要赋诗填词，骑马射箭，纵横驰骋，风流气度直追古人哪！谁都别想看扁了我！

"风流犹拍古人肩"，这样的洒脱豪迈，比起苏轼来也毫不逊色吧？师徒两人的"苦笋"精神——苦中作乐，真的不是只停留在诗词唱和中，而是他们共同的人生价值观的真正实践。要不然怎么说：有一种师生关系，叫作苏轼和黄庭坚的关系呢！

最后再说一点黄庭坚词的奇特之处，黄庭坚在"以诗为词"的路上，和苏老师一样到了"无事不可入词"的任性境界。例如，黄庭坚写了不少咏物词，这可是流行歌坛的一件新鲜事儿！

黄庭坚不仅像传统词人一样写爱情，也像欧阳修、苏轼一样写个人气质抱负，他居然还发展了咏物词，而他写得最精彩的是跟中国人日常生活关系最密切的茶！我们一起来读一首他的咏茶词《品令·茶词》：

> 凤舞团团饼。恨分破、教孤令。金渠体净，双轮慢碾，玉尘光莹。汤响松风，早减了二分酒病。　味浓香永。醉乡路、成佳境。恰如灯下故人，万里归来对影。口不能言，心下快活自省。

这真是只有妙人儿才能写出来的绝妙好词。这首咏茶词从头到尾没有出现一个"茶"字，有点像猜谜语的味道吧？这正是咏物词的一个基本要求：不能出现所咏之物的本名，但又要句句不离该物的特点。黄庭坚这首词正是如此。上阕先写龙凤团茶印着凤凰图样的圆圆的外形，然后写到破茶，再写到碾茶——金渠、双轮应该是碾茶工具的美称，"玉尘"则是碾过之后茶粉的雅称。煮茶时汤水沸腾的声音仿佛是松林吹过的风声，光是听着这声音，酒仿佛就醒了几分。

上阕写了从打开茶饼、"察言观色"到煮茶汤沸的全部过程，下阕就开始写品茶带来的神仙般的悠然享受了。尤其是酒后饮茶，那就像是和万里归来的故人在灯下促膝谈心一样，身心愉悦。虽然茶不能和你对话，不能像苏子瞻老师一样面对面和你抬杠，但"心下快活自省"，心里那种幸福感真的只有自己明白却未必能够言传啊!

如果不是和老师一样可以笑对人生磨难,黄庭坚又怎么可能从吃苦笋、品团茶这样的日常小事中,发现生活的无限乐趣呢!

顺带说一句,这首咏茶词到处都可以看到苏老师的影子。苏轼的《试院煎茶》诗形容煮茶汤的声音就有这样的句子,"飕飕欲作松风鸣",用松风来形容汤沸的声音;而苏轼的另外一首茶诗也有这样的句子,"胸中似记故人面,口不能言心自省"。黄庭坚这首咏茶词的下阕描写品茶时仿佛和古人对饮的情景,完全就是化用了苏老师的诗句!

不知道黄庭坚爱茶是不是也受到苏老师的影响,但苏老师经常请四大弟子喝茶那是证据确凿的。苏门四学士每次来拜望苏老师,苏轼必让家人取最好的密云龙茶给弟子们享用,所以苏家人就记住了:以后凡是苏门四学士来,不用主人吩咐,直接献上密云龙!

你看,只有当上好学生,才可以喝到好老师的好茶。

所以,做苏轼的学生的确是最幸福的事情。

当然,有一个像黄庭坚这样的学生,那更是老师最幸福的事情。

忧郁的情歌王子
是无数少女的梦中人

1

在宋代第一代、第二代巨星群里，如果说有唯一一个公认是在词坛主赛道跑得最正宗、最本色的词人，唯一一个几乎没有争议的词人，那毫无疑问就是秦观了。

对于秦观而言，他主创的那个时代，是词坛最好的时代，但同时，也是最"卷"的时代。所以，秦观这颗星要想闪闪发亮，真心不容易！

为什么说秦观的时代是词坛最好的时代呢？秦观出生于宋仁宗皇祐元年（1049），这一年，晏殊、柳永、张先都还健在，欧阳修正值壮年，苏轼十三岁，黄庭坚五岁了。等到秦观成年的时候，所有的词坛巨星的影响力要么还在持续，要么正在强势上升。生活在这个大师云集的时代，是秦观最大的幸运！

但是，大师云集带来的"卷"显然也是空前的，青年秦观初出茅庐，就必须面对被大师们"挤压"的风险：词坛主赛道上有柳永、张先遥遥领先，让人难免望洋兴叹；即便是在苏轼开辟出来的"岔道"上，也有苏轼、黄庭坚撒着欢儿跑得潇洒无比，让人难免心生切莫东施效颦的谨慎之感。在这样强手如林的词坛，秦观想要占据一席之地，你说难不难？

难！太难了！

首先难在选择赛道，你到底跟着谁跑？这是个问题！

然后难在怎么在选好的赛道上跑得比别人更优秀，这更是个问题。因为你的对手强大到几乎不可能被超越！

　　这两大难题秦观能不能解决？

　　当然能！不但能解决，而且解决得相当漂亮。我们先来分享两个小故事，看看秦观将这两大难题到底解决得有多漂亮，再来看看他凭什么可以解决得这么漂亮。

　　第一个小故事来自庞大的苏轼团队。自从苏轼开辟了词"自是一家"的新赛道之后，不管群众反响如何，反正苏轼本人是沾沾自喜的，所以他才会很自信地老想跟主赛道上的一流高手比个高下。以前呢，是和词坛老大柳永比；等到秦观声名鹊起之后，他又忍不住跟秦观比了。

　　跟柳永比吧，还说得过去。因为在词坛上，柳永毕竟算得上是苏轼的前辈，跟前辈比呢，比输了不丢脸，比赢了可是往脸上贴金的大好事；可是跟晚辈比又算什么呢，比赢了没什么值得骄傲的；比输了可是丢脸丢大发了！

　　但苏轼就是这么一个超级自信又任性的人，他不但要跟前辈柳永比，还要跟自己的学生秦观比。有一次，苏轼和苏门四学士中的晁补之和张耒，也就是秦观的两位小师弟聊天。苏轼拿出自己写得颇为得意的几首词给晁补之和张耒看，并且故意问他俩："你们看看我写的词和少游的词相比怎么样啊？"（秦观字少游）没想到两位弟子不约而同地给出了一致的答案："老师老师，少游的诗写得像小词，您的小词写得像诗。"

　　看看，晁补之和张耒也够狡猾的啊！其实他们心里都有一个标准答案，那就是：老师，秦师兄的词写得可比您地道多了！但这种答案他们怎么敢说出口！于是就回避了苏轼问题的关键，根本就没有比较苏老师和秦师兄的词谁写得更好，只是将苏老师自己的诗和词以及秦师兄自己的诗和词进行了一番比较，然后得出一个各打五十大板的结论：苏老师的词真的不像词，而秦师兄的诗也不像诗。言外之意就是：苏老师的诗写得真的超级厉害，秦师兄跟您是没法比；秦师兄的词也真的是超级超级棒，苏老师那您也是比不上的！

看看，群众的眼睛是雪亮的吧？真让人怀疑这还是不是苏轼的亲学生了！

如果把柳永、苏轼和秦观三个人放在一起比，宋代词坛也有一个非常主流的评价："子瞻辞胜乎情，耆卿情胜乎辞；辞情相称者，唯少游一人而已。"（《白雨斋词话》）意思就是说，苏轼的词文采盖过了情致，柳永呢，太俗又不足以充分展示他的情致；能够将文采和情致完美集于一身的词人，那就只有秦观一人了！直到明代，词坛主流的声音还是这么说："少游多婉约，子瞻多豪放，当以婉约为主。"（张綖《淮海集》）虽然承认苏轼的豪放自有其重要价值，但词坛还是应该以秦观为代表的婉约派为主流，秦观被誉为婉约之正宗。

这个评价可以说是主流词坛对秦观比较一致的意见，他的老师苏轼不服不行。

2

接下来，我们可能又会关心另外一个问题：在大众消费者心目中，秦观的地位能否直追前辈柳永呢？下面我要分享的故事就可以回答这个问题。

这个小故事发生在杭州。有一次，在西湖边上，当地的官员们举行了一次雅集。参加雅集的一位公务员随口哼唱起了秦观那首名满天下的《满庭芳》词，不过，他不小心将词中的"画角声断谯门"唱成了"画角声断斜阳"。他身边一位名叫琴操的女歌手听到了，连忙小声提醒他："大人，不是'画角声断斜阳'，是'画角声断谯门'。"

这位公务员被人当众纠了错，一时有点尴尬。他斜着眼看了一眼琴操，假装醉意醺醺地说："我当然知道是'谯门'，我是故意唱成'斜阳'的，'斜阳'有'斜阳'的味道。不信，你把接下来的歌词全部改成和'阳'字押韵的句子试试？"

琴操可不是普通歌手，她原本就是杭州数一数二的知名歌星，有自己的原创音乐作品。所以，面对这种故意刁难，琴操并没有胆怯，而是从容地抱起琵琶，随口就唱出了一首改了韵的《满庭芳》：

山抹微云，天连衰草，画角声断斜阳。暂停征辔，聊共饮离觞。多少蓬莱旧侣，频回首、烟霭茫茫。孤村里，寒鸦万点，流水绕低墙。　　魂伤。当此际，轻分罗带，暗解香囊。漫赢得，青楼薄幸名狂。此去何时见也，襟袖上、空有余香。伤心处，长城望断，灯火已昏黄。

这么一听，大家可能还不一定了解琴操改得到底有多好，我们不妨再把秦观的原作《满庭芳》拿来比照阅读一下：

山抹微云，天连衰草，画角声断谯门。暂停征棹，聊共引离樽。多少蓬莱旧事，空回首、烟霭纷纷。斜阳外，寒鸦万点，流水绕孤村。　　销魂。当此际，香囊暗解，罗带轻分。谩赢得青楼、薄幸名存。此去何时见也，襟袖上、空惹啼痕。伤情处，高城望断，灯火已黄昏。

是不是觉得这两首词实在说不出有什么差别？的确，琴操的新词只改动了韵脚和少数几个字，与秦观原词相比，意境和情感都没有大的变化。这样一来，不但"公务员"消了气，满座的宾客们都心服口服，为琴操的急智热烈地鼓起掌来。

这个故事不仅可以看出女歌手琴操的多才多艺，同时也是秦观词深入人心的铁证！这首《满庭芳》在当时简直是"唱遍歌楼"啊，在歌厅里的点歌率长期高居榜首。有人说，这首词中的名句"斜阳外，寒鸦万点，流水绕孤村"，虽然是化用了隋炀帝的诗句"寒鸦千万点，流水绕孤村"，但秦观显然是

"点铁成金"的高手，原诗一经他化用，就更显得情致缠绵，意境空灵幽远。他的师弟晁补之忍不住夸他说："斜阳外，寒鸦万点，流水绕孤村"这样的句子，哪怕是不识字的文盲，也知道这是"天生好言语"啊！因为这首词，秦观还获得了一个雅号——"山抹微云秦学士"。而且，这个雅号，就是他的老师苏轼最早送给他的。

秦观的词中，至今让人耳熟能详的名句还非常多，比如说"两情若是久长时，又岂在朝朝暮暮""柔情似水、佳期如梦""金风玉露一相逢，便胜却人间无数""天还知道，和天也瘦""郴江幸自绕郴山，为谁流下潇湘去"等等。

可以这么说，在巨星云集的词坛，尤其是在前辈柳永和老师苏轼的巨大光环的笼罩下，秦观的风头不仅没有被压制，反而还一时风头无两且影响更为深远！在流行歌坛的主赛道上，"秦柳"并称，后代词学家有这样的评价："后人动称秦、柳，柳之视秦，为之奴隶而不足者，何可相提并论哉。"（陈廷焯）。在精英文坛，连苏轼、黄庭坚这样的文坛巨擘也不得不佩服秦观。"秦七黄九"并称，但事实上，黄庭坚在词坛上的影响力和美誉度远远比不上秦观，"词家每以秦七黄九并称，其实黄不及秦甚远……虽齐名一时，而优劣自不可掩"。（彭孙遹《金粟词话》）

3

你看，在词学家眼里，柳永、黄庭坚根本不配和秦观相提并论！

那么，我们忍不住要问了，在群星闪耀的词坛，秦观为什么能赢，而且还赢得这么漂亮？我觉得秦观有两大天赋的优势是其他人只能羡慕而无法模仿的。

第一就是帅！大家别笑，高颜值算不算绝对优势？如果是从事别的职业，帅不帅可能不重要，但是要在流行歌坛混，颜值还真的是最重要的加分项之一。从这点上说，秦观一开始就赢在了"起跑线"上。

秦观到底有多帅呢？我们固然没有照片、画像、视频可以证明，但主要看气质，气质就记载在别人第一眼看到秦观后的反应里。

举个例子，连苏轼、苏辙兄弟这样阅人无数的名人，第一次见秦观都被惊艳到了。苏轼第一次接见秦观的时候正在徐州当市长。苏轼当然是秦观的偶像了，秦观这样宣称过："我独不愿万户侯，惟愿一识苏徐州。"只要能让我见一眼苏轼，那我连万户侯这样的荣耀都可以不要。苏轼呢，其实也久闻秦观的大名。于是师徒俩的第一次正式见面就变得无比隆重且万众瞩目了。据说那天，苏轼准备了盛大的宴席，还专门请了礼乐队，接待规格之高令人咋舌。秦观更是从头到脚精心收拾了一番，一心要在苏男神面前留下最好的第一印象。他不仅帅，而且还风度翩翩，"行道雍容"，走在路上的时候那雍容气质碾压一众路人，"逆者旋目"，从他对面走过的路人都忍不住要回头仔细再看他两眼，回头率百分百啊！

告别苏轼之后，秦观又去拜访了苏轼的弟弟苏辙。苏辙的反应更出格，他竟然将秦观和自己的第一次见面，比作是李白和贺知章的第一次见面。当年贺知章第一次见到李白，就被李白的翩翩风采所倾倒，惊呼为"谪仙人"！天哪！这怕不是天上的神仙下凡了吧！所以苏辙就写下了这样的诗句："狂客吾非贺季真，醉吟君似谪仙人！"天哪！虽然我比不上贺知章，但是秦先生您可太像李白了啊！

我们不能肤浅地认为苏轼、苏辙兄弟俩是颜值控，他们主要还是被秦观的才华折服，但颜值能为第一印象加分我们不得不承认吧？路人回头率百分百这件事情我们也不能忽略不计吧？

秦观的第二大优势是他的出身！我说的"出身"并非说秦观出身于名门望族，在这一点上秦观恰恰没有任何优势，他根本不具备拼爹的资本，出身于一个非常普通，甚至可以称得上贫寒的家庭。但是，秦观的家乡却不同寻常——秦观是扬州高邮人！扬州这个城市的文化气质可以说是浸润在了秦观的血液里。

可能有人会有疑问，扬州这个城市有什么特别之处吗？要说经济繁荣、历史文化底蕴，那苏州杭州开封洛阳长安都很厉害啊，凭什么说出身扬州就能成为秦观的天赋优势呢？

扬州还真有别的城市不可比拟的优势。首先它的地理位置不一般，自从隋炀帝开凿大运河以来，扬州位于长江和大运河交汇处，一跃成为国际化大商埠。唐代的时候天下的才子佳人汇聚于此，再加上扬州美丽的自然山水，造就了扬州独特的浪漫气质。"烟花三月下扬州"成为每个唐朝人的梦想，就连扬州的月亮似乎都比别的地方圆、比别的地方美，"天下三分明月夜，二分无赖在扬州"（徐凝）。

正因为扬州在唐朝处于这样一个浪漫至极的地位，就有一位同样浪漫至极的诗人和扬州发生了许多让人回味不已的浪漫故事，这位诗人就是杜牧。仅是一个城市扬州或者仅有一个诗人杜牧，也许对秦观的影响还不会那么大，但扬州+杜牧的组合就成了秦观骨子里与生俱来的浪漫气质来源，这样的浪漫气质，正是爱情词里最动人心弦的部分。

4

那么，"扬州+杜牧"组合对秦观词的影响，具体体现在什么地方呢？

虽然写扬州的诗很多，虽然杜牧并不是扬州人，他也只是扬州的一个过客，但我认为，确立扬州在古典诗词中的浪漫形象，头号功臣非杜牧莫属。杜牧的诗，将扬州城市的风光之美、扬州佳人的风情之美、扬州才子的风度之美融合在一起，确立了扬州美的立体形象。而这三美，又由土生土长的扬州才子秦观完美继承并发扬光大了。不信？我们一起来看看秦观这首写在扬州的词《八六子》：

> 倚危亭。恨如芳草，萋萋刬尽还生。念柳外青骢别后，水边红袂分时，怆然暗惊。　　无端天与娉婷。夜月一帘幽梦，春风十里柔情。怎奈向、欢娱渐随流水，素弦声断，翠绡香减，那堪片片飞花弄晚，蒙蒙残雨笼晴。正销凝，黄鹂又啼数声。

这首词堪称最能代表秦观气质的作品，鲜明地呈现了秦观才情与扬州风情的融合之美。

从内容上看，这是一首写恋人离别的词。"爱情+离别+相思"，这是传统歌词最主流、最本色的题材，柳永就最擅长写这类流行歌曲。秦观词的主旋律也是爱情与相思，但和柳永比起来，秦观的词显然更能让人心旌摇荡。柳永的歌词，女歌手喜欢唱，是因为男歌迷喜欢听。但秦观的词就不同了，他的词，不仅女歌手喜欢唱，听众更是男歌迷和女歌迷通杀，女歌迷甚至更容易为之痴迷。为什么呢？我们仔细来分析一下这首词就能明白了。

这首词一开篇就起笔不凡，"倚危亭"！此刻的词人，正倚在地势高而险的亭子上，因为只有站得高，他才能看得更远，他的视线里是蔓延得没有尽头的芳草："恨如芳草，萋萋刬尽还生。"这哪里是春天的芳草啊，铲都铲不干净，简直是无边无际的恨啊！

我们常说一句话：爱得越深，恨得就越深。秦观的"恨"就是基于无边无际的爱，但他恨的不是那个人，而是把他和那个人生生分离的命运。所以即便他此刻只能一个人孤独地危亭倚望，他的回忆依然固执地留在了和恋人分离的那一刻："念柳外青骢别后，水边红袂分时，怆然暗惊。"他们的分别是在一个景色清幽的地方，柳外水边。他骑的是青骢马，那是古代才子酷爱的青白相间的马，俗称菊花青。青骢，代表的是即将远行的才子词人，而伫立在他对面的是"红袂"，是红袖飘飘的心爱的女子。

绿柳、青马、红袖，回忆中的色彩居然如此鲜明。我们是不是有这样的印象：回忆和梦里出现的物象通常都是黑白色调的居多。可是，秦观的回忆却是如此历历如在眼前的颜色，这是不是很能证明他的爱之深、恨之切呢？

上阕让我们在极含蓄又极深沉的爱恨之间，"怆然暗惊"。"念"的是回忆里的缠绵，"惊"的是回到现实里的凄冷。回忆有多少柔情，现实就有多少残酷，这就是爱恨之间的距离！下阕更由离别的痛进一步追溯到当年相依相守的快乐。"无端天与娉婷。夜月一帘幽梦，春风十里柔情"，这是这首词中的三句经典名句，"一帘幽梦"还被当代著名言情小说家用作长篇小说的书名。扬州本是佳人云集的地方，可是词人没想到"无端天与娉婷"，没想到自己能够在这里意外遇见那么美的意中人。

而这三句名句其实就是出自杜牧笔下的扬州情。当年的杜牧在和扬州恋人依依惜别之际写过两首《赠别》诗，其中第一首是这样写的："娉娉袅袅十三余，豆蔻梢头二月初。春风十里扬州路，卷上珠帘总不如。"

杜牧的那位恋人也是一位豆蔻年华的娉婷美人。她到底有多美呢？扬州最繁华的十里长街上，美女如云，流光溢彩，但在诗人心目中，所有这些扬州美女如果卷起珠帘来与他的心上人一比，都会黯然失色。春风十里，不如一个你！

扬州的夜月，珠帘里的幽梦，春风十里的柔情，请问，以上这三项，哪一项的魅力是你能够抵挡得了的呢！

当年的杜牧无法抵挡，如今的秦观也不想抵挡。哪怕柔情是一个深不见底的井，也让我义无反顾地坠落、坠落、坠落吧！

坠落柔情深井的秦观，在缱绻缠绵中不愿醒来，但，"怎奈向、欢娱渐随流水，素弦声断，翠绡香减，那堪片片飞花弄晚，蒙蒙残雨笼晴。正销凝，黄鹂又啼数声"。世上该有多少让人无奈的分离啊！幸福的时光总是太短暂，流水它带走光阴的故事，也带走了相依相伴的温柔，再也听不到她充满深情的琴声，再也闻不到她手帕上醉人的幽香。没有她的世界里，片片飞花、蒙蒙残雨兀自搔首弄姿，逗弄着夕阳。可是，这样的春光再美，又怎及得上她一半的美！正沉浸在回忆中失魂落魄的词人，耳边又传来了黄鹂的啼叫声……黄鹂啊黄鹂，我的伤心，你到底是懂呢，还是不懂呢？

结句杜牧的身影再次闪现，杜牧也写过一首《八六子》，最后两句便是："正销魂，梧桐又移翠阴。"秦观《八六子》词的结尾句法和杜牧如出一辙，都是在景色的描绘中蕴含着余味无穷的情意。南宋著名词学家张炎认为离别词都应该以秦观这首《八六子》为典范："离情当如此作，全在情景交炼，得言外意。"张炎甚至认为这首词写离情堪与王维"劝君更尽一杯酒，西出阳关无故人"媲美，王维的诗是离别诗歌的绝唱，而秦观的词则是离别词中的绝唱。

总而言之，词史上对秦观这首《八六子》的评价，简直就是无一处不妙，起句是"神来之笔"，结尾又被"名流推激"，各路词坛名家都纷纷表示激赏。在整个词史上，还有谁能像秦观这样，成为一骑绝尘的好评收割机呢！

5

解读完了秦观的这首代表作，我们该总结一下，秦观的魅力是如何融合"杜牧+扬州"的魅力了。

首先，作为扬州高邮人，秦观早就将杜牧视为自己的异代偶像——尽管苏轼是秦观最崇拜的老师，尽管在苏门四学士之中苏轼最偏爱的弟子也是秦观，但在秦观这里，杜牧是早就根植在他内心深处的男神。我甚至认为，秦观或许可以称得上是宋代词坛的"杜牧"。除了没有杜牧那样高贵的门第，秦观和杜牧相比似乎也不差什么：颜值高，气质好，翩翩佳公子的风采原本就魅力四射，更何况，他们都才华横溢。除了都能写一手漂亮深情的诗词之外，他们还有一个共同点，或者更准确地说，也是秦观学习杜牧学到神似的地方，那就是他们都很雄辩，口才很好，而且，他们还都精通兵法，都自诩为国家之栋梁、国防之长城！杜牧从小就悉心研究兵法，给《孙子兵法》做过注释，政论也常常能够一针见血，逻辑缜密。秦观也是从青年时期开始就慷慨豪俊，强志盛气，"读兵家书，以为与己意合"。（《宋史·秦观传》）秦观是以熟读兵法的军事家自诩的！尽管他自认为精通的兵法能否用于实战，那是另一回事，毕竟，他并没有机会真正去战场上运筹帷幄。但是，在秦观的文集中，的确有许多论及国家大政方针如财政、军事、法律、用人等诸多方面的鸿篇大论，被人认为是"灼见一代之利害"（张綖《淮海集序》）。

然而，本应在更广阔的天地挥洒才华的杜牧和秦观，却在扬州这个富贵繁华之地倾注了他们最温柔的情意。杜牧一声叹息："十年一觉扬州梦"，秦观在《梦扬州》里也倾诉过"瓣酒为花，十载因谁淹留？……佳会阻，离情正乱，频梦扬州"的款款深情，扬州梦牵系起了杜牧和秦观两朝情歌王子的知音相惜。

也许，秦观从扬州走出来，还要浪迹天涯许多年，但杜牧许给他的扬州情、扬州梦，将会伴随他的一生。甚至这一场一生不醒的梦，让我们忽略了秦观身上许许多多的闪光点，而只记住了他最温柔、最凄婉的那些情歌。

其次，如果仅仅只是模仿，不管是学习遥远的杜牧，还是学习近在眼前的恩师苏轼，都不可能成就一个词坛上的标杆人物秦观。秦观之所以成为秦观，是因为他始于学习，成于突破，最终在词坛卓然自成一家。而让他能自成一家的灵魂，是一颗别人没有的词心。

是的，有的人是用才华唱着美丽动人的歌，例如柳永和张先；有的人是唱让自己开心的歌，别人觉得好不好听无所谓，例如苏轼；但秦观是用心唱着自己的歌，他用自己流过的泪伤过的心，打动着千千万万听众和读者的心！

我想，这样的评价，或许能够解释秦观的情歌，为什么不仅能够打动男听众，还能深深打动女性听众。正如词学家所说："他人之词，词才也；少游，词心也。"（冯煦《宋六十一家词选·例言》）

你想啊，当一个才华横溢又高大帅气的男子，他想将最强硬的自己亮相给全世界，却只会用最忧郁的眼神凝视你；他的高谈阔论可以说给全天下听，却只愿意在你耳边唱最温柔的情歌；他最后给世界留下一个孤独的背影，却将全部的心留在了和你相守的那一刻……请问，这样的男子，你能否抗拒？

当然不能！

因为，所有听过秦观的情歌的女子，都会情难自已地想象着，有朝一日，会有一个像秦观那样的美男子，当他背朝世界面向自己的时候，清亮而忧郁的眼神里瞬间有柔情满溢，那是每个人梦里都在期待着的"夜月一帘幽梦，春风十里柔情"……

第九讲

晏幾道

梦里梦到的人醒来就要去见她

1

在宋代词坛，唯一一对以父子身份跻身于两代词坛巨星之列的只有晏殊和晏幾道，他们父子二人并称"二晏"，晏殊是"大晏"，晏幾道则被昵称为"小晏"。晏殊是第一代巨星中的领袖人物；晏幾道呢，虽然遭遇了苏门文人的集体强势围攻，他依然我行我素，就像天边高悬的一颗孤星，并不刻意与群星争辉。但没有一颗星敢无视他的存在，也没有一颗星敢说比晏幾道更明亮。

有意思的是，在两代词坛巨星之中，只有晏幾道一人拥有拼爹的资本，其他所有的词人都只能依靠自己的努力用才华改变命运，例如欧阳修、苏轼、黄庭坚、秦观，包括晏幾道的父亲晏殊都是如此，也有人拼了命都没能让才华改变命运，例如柳永。但晏幾道是含着金钥匙出生的贵人之子，按常理推测，原本，他应该拥有光芒万丈的人生。

但事实上，他这颗星的光亮，只够照亮他自己一个人的内心世界。

在北宋词坛的群星谱中，没有人，比晏幾道更孤独。他这颗星，亮得越璀璨，就显得越孤独。

人生是一个大舞台，而晏幾道的舞台，演员只有他一个人，观众也只有他一个人。一个人的精彩，一个人的喝彩，似乎构成了晏幾道人生的全部。

让我们从宋哲宗元祐三年（1088）的一个小故事说起，看看晏幾道是怎样在一个人的舞台上演绎着他全部的精彩。

元祐三年，黄庭坚向晏幾道转达了某人想去拜望他的请求，可是晏幾道听了黄庭坚的来意之后，只是淡淡地说了一句："今日政事堂中半吾家旧客，亦未暇见也。"（陆友仁《砚北杂志》）这句话什么意思呢？政事堂是宰相办公的地方，其实就是中书门下，北宋时是正、副宰相集中办公的地方，是国家的最高权力机构。这句话翻译成现在的白话文，大意就是：现在朝廷中当权主政的宰相们多半是我父亲原来的门生旧客，连他们我都没空见呢。言外之意是什么呢？

言外之意就是，宰相我都懒得接见，更别说接见你这样的人了！

这个答复真的蛮扎心了！表面上看似乎是礼貌的婉拒，可是我们稍微认真一揣摩，就会发现，这个晏幾道，是真心傲气啊！

因为，委托黄庭坚代向晏幾道致意的"某人"不是普通的路人甲，他可是黄庭坚的老师，是苏轼！

元祐三年的苏轼，并非默默无闻的人，而是正处于他事业的高光时刻。两年前（元祐元年），苏轼免试除中书舍人，九月又升为翰林学士，相当于皇帝的贴身秘书。元祐三年苏轼权知贡举，掌管了天下读书人鱼跃龙门的命脉。

论年龄，苏轼已年过半百，且年长于晏幾道；论地位，苏轼是名满天下的文坛盟主、政坛显贵。以苏轼实力派偶像的号召力，绞尽脑汁争着想去见苏轼一面、求个签名的人数不胜数。我敢打赌，那个时代，苏轼千方百计想求见却还被断然拒绝的人，晏幾道应该是唯一的一个。这样的大人物、大文豪，还这么谦虚地请求拜见晏幾道，可是这个晏幾道，连苏轼都被他拒之门外，连黄庭坚的面子都不给。他凭什么这么骄傲，这么目中无人呢？

说实话，我很难替晏幾道想出合适的理由来。一定要想的话，能摆在台面上的理由有一个，那就是苏轼的辈分不够。

虽然苏轼的年龄应该略长于晏幾道，但辈分却整整低了一辈！因为苏轼的恩师欧阳修出自晏殊门下，论辈分，晏幾道和欧阳修是平辈，是师兄弟的关系，苏轼应该尊称晏幾道为师叔！师叔拒绝师侄的求见，这个理由说得过去吧？

但，我还是觉得这个理由不充分。因为晏幾道显然不是一个看重辈分的人。最有力的证据就是，黄庭坚比苏轼还要低一辈，但在晏幾道屈指可数的几个好朋友中，黄庭坚应该是和他关系最密切的一个。晏幾道虽然拒绝了黄庭坚代为转达的苏轼求见的愿望，但他并没有拒绝黄庭坚这个朋友。

你可能会有点好奇吧？这个晏幾道是什么脑回路？懒得见苏轼一面，却认黄庭坚是最好的朋友，他有没有搞错？

没搞错。晏幾道和黄庭坚很可能年龄相仿，黄庭坚出生于1045年，晏幾道的生卒年还有争议，有学者认为他应该出生于1045年稍后一点点。这一对同龄人其实早有渊源：晏殊于

1050 年至 1053 年期间知永兴军（今陕西西安），黄庭坚的父亲黄庶曾在晏殊幕府中任职。虽然没有直接证据可以表明，童年时期的黄庭坚和晏幾道就成为发小，但很可能父辈的这层关系，为他们此后成为最亲密的朋友奠定了基础。甚至后来晏幾道的词集都是请黄庭坚为他写序，可见晏幾道对黄庭坚的信任。

2

我们先不说晏幾道和黄庭坚的关系，但真的要好好探究一下晏幾道拒绝见苏轼到底是出于什么样的心理。晏幾道自己没有明说，但从他一生的经历来看，我觉得，可能有这样的原因。

此时的晏幾道，已经向所有的人关闭了心门——此前的老朋友如黄庭坚除外。当他向整个世界关闭心门的时候，就已经没有了例外，包括苏轼。

那么，是什么原因让晏幾道自我封闭呢？有两个方面的原因，一是客观原因，二是主观原因。客观原因就是，这个世界伤害他太深；主观原因是，他太天真，还不懂得这个世界的游戏规则，或者说他不是不懂得，而是不愿意遵守这个世界既定的游戏规则。有两个小故事可以说明晏幾道与这个世界的格格不入。

大约在元丰五年（1082），晏幾道曾经监颍昌（今属河南许昌）许田镇，韩维是他的顶头上司。韩维是谁呢？韩维是晏殊的老部下，在相当长的一段时间内，晏、韩两家的关系非常亲密，韩维和上司晏殊之间的诗词唱和也很频繁。1055 年，晏殊去世的时候，韩维悲痛地写下《阳翟祭晏元献公文》，表达了对晏殊学问、道德与奖掖后进的敬仰与深深怀念。

正因为晏、韩这样的世交关系，晏幾道就去拜见这位"叔叔"了。他将自认为写得最好的词认认真真整理了一下，呈献给韩维，当然是希望得到韩叔叔的鼓励和支持。可是，韩维将这些作品翻了一翻，回了一封信给晏幾道："得新词盈卷，盖才有余而德不足者。愿郎君捐有余之才，补不足之德，不胜门下老吏之望。"（《邵氏闻见后录》）

韩维的回信是什么意思呢？翻译过来大概可以这样理解："看了你近来创作的新词，感觉你是才华有余而道德修养不够啊！希望你能丢掉那些多余的才华，好好弥补你品德的不足。千万不要辜负你父亲老部下我对你的一番殷切期望啊!"

可以想象晏幾道收到韩叔叔回信之后的心情了吧？这真是最让人脸红的批评！韩叔叔的措辞已经尽可能委婉了，但言外之意依然非常明显：你不务正业、不走正道，一手好牌被你打得稀烂，我都替你老父亲感到羞愧！

听了韩维这样的回信，大家不要以为韩维就是一个正襟危坐没有情趣的官员，恰恰相反，韩维酷爱流行歌曲，而且最喜欢听柳永写的歌！或许正是因为知道他有这样的业余爱好，晏幾道才傻呵呵地投其所好将自己最得意的"新词"敬献给他，以为能够得到他的赏识。

晏幾道实在是太天真了，还以为韩维会将流行歌曲这样的"小道"、业余爱好当成正儿八经的专业、事业来看待。其实，韩维心里有自己的一杆秤：流行歌曲偶尔听听放松一下，那是一种情趣；但如果你当成一件正经事去做，那就是旁门左道了。柳永不就是前车之鉴？小晏你难道还想重蹈柳永的覆辙，终身沉沦下僚，在娱乐圈混一辈子？那你就太没出息了！

韩维的态度非常明确，可是晏幾道傲气到竟然根本听不进韩维的批评，甚至从此断了希望父亲的门生、部下提携自己的念头。

所以小晏之所以拒绝苏轼的求见，很大概率因为苏轼也是"贵人"，而他是不屑见"贵人"的。这就是黄庭坚评价晏幾道所说的："仕宦之连蹇而不能一傍贵人之门。"（《小山集序》）

3

那么，晏幾道的"新词"究竟写成什么样，让韩维评价为才华有余而品德不足呢？我们不妨一起来读读小晏的一首代表作《鹧鸪天》，我个人最喜欢的小晏的两句词也出自这：

小令尊前见玉箫。银灯一曲太妖娆。歌中醉倒谁能恨，唱罢归来酒未消。　　春悄悄，夜迢迢。碧云天共楚宫遥。梦魂惯得无拘检，又踏杨花过谢桥。

小晏写得最美最动人的一定是爱情歌曲，但他的爱情歌曲跟其他任何人写的都不一样——秦观、柳永都以擅长写爱情歌曲而闻名，而且他们写得最多的是爱情中的离别和别后相思。小晏当然也写相思，但他的相思不是始于离别，而常常是始于——第一次见面！

人生若只如初见啊！还有什么比第一次见面时的怦然心动更美，更让人刻骨铭心呢？

小晏写相思，似乎总是从初见开始。也因此，他的相思，永远都是停留在初见时最美的那一刻，而不是离别时最伤心的那一刻。

如果恋人问你："你是从什么时候开始想我的？"

那么，最动人的回答一定是小晏的回答："我从第一次见你就开始想你了。"

如果恋人还不放心，再追问一句："你还记得第一次见我是什么样子吗？"

那么，最动人的回答还是小晏的回答："我记得！"

请注意，小晏的动人之处是，当他回答"我记得"的时候，一定不是敷衍，而是他真的记得，记得第一次见你时的所有细节。

这就是小晏啊！他在达官贵人面前不愿低下高傲的头，却愿意为了爱情全心全意。

这首《鹧鸪天》就是一首"从第一次见你就开始想你"的代表作。上阕写第一次见面时的场景。"小令"和"玉箫"原本是历史典故中的两个人名，在这首词中可以看作是男女主人公的化名。"小令"原是指东晋宰相王导的孙子王珉。王珉多才多艺而且擅长书法，尤其是写得一手好行书，他在王献之之后接任中书令，所以世称王献之为"大令"，王珉为"小令"。

"玉箫"原是唐朝一位女歌手的名字，传说她曾和唐代名臣韦皋有过一段奇妙的缘分，韦皋许诺过几年来娶她，还留下了一枚玉指环作为信物。可是后来韦皋逾期未至，玉箫绝望之余绝食而死。多年以后，韦皋娶了一名女子，这女子居然也叫玉箫，韦皋发现她的手指上有清晰的玉指环痕迹，这才知道，是玉箫转世投胎，兑现了前世以身相许的诺言。

既然小令和玉箫都是借用历史典故或者传说中的人物来作为这首词男女主角的化名，那么，这首词写的是小晏自己的爱情故事，还是他朋友的爱情故事，就不大好推测了。

在这里我想顺便强调一下，词人，其实就是流行歌曲歌词的作者。我们完全可以这样理解：词作者固然可以用自己的经历来创作歌词，但更常见的是根据他们所见所闻的各种人生经验来创作，也可以虚构故事来创作，甚至职业词作者还会为许多歌手量身定做歌曲。宋代词人的创作也是如此。但，一流的词人常常会在创作中融入自己的人生体验，即便是讲别人的故事或者虚构一个故事，其中也一定饱含着自己的情感体验。词学家周济曾经评价秦观的词"将身世之感打并入艳情"(《宋四家词选》),说的就是这个意思。小晏的词也有类似之处,无论他写的是谁的感情故事,一定会融入自己真实的情感体验。因为,只有融入真情的文字,才能既感动自己,也感动别人。

所以,我们不必纠结晏幾道是不是就是词中的那个"小令"。但我们确信,小晏一定也有过"小令"初见"玉箫"时那样的心动、那样的沉醉。

"小令"第一次见"玉箫"的那个夜晚多美啊,"银灯一曲太妖娆"。记得那晚,"玉箫"唱的小曲儿是《剔银灯》吧?她唱歌的样子那么投入、那么娇媚,她歌声中流淌的情意让人心醉。"歌中醉倒谁能恨,唱罢归来酒未消",一个用心地唱,一个倾情地听,"歌中醉倒"恐怕就是必然的结局了。

从此,她的歌声、她那情意流转的眼眸就深深烙印在了"小令"的脑海中,挥之不去。这样的沉醉是"谁能恨"的无怨无悔、一往情深啊。

词的上阕写初见的一见钟情、两情相悦,下阕转入绵绵不绝的相思。春天在悄悄流逝,夜晚漫长好像没有尽头,可是那样的春夜再也没有重来。"碧云天共楚宫遥","楚宫"用的是战国时期宋玉《高唐赋》中楚王与巫山神女梦中相会的故事,这里代指"玉箫"居住的地方就像女神居所一样遥不可及。"春悄悄,夜迢迢"是时间的距离,"碧云天共楚宫遥"是空间的距离,时空的久远与遥远,生生分离了一对有情人。

时空的距离对当代人来说或许不过是一张机票或者一张高铁票，但对于古人而言，很可能就是整个青春，甚至，是一辈子。

"小令"怎么可以忍耐如此漫长而遥远的分离呢？

于是，小晏买了一张那个年代的机票，飞越千山万水，也要赶去见那个梦中的你，就像巫山神女和楚王梦中相见一样："梦魂惯得无拘检，又踏杨花过谢桥。"

在宋代，能够飞越千山万水的方法只有靠梦境，那是小晏的机票。现实阻隔重重，唯有梦魂可以摆脱一切拘束，自由自在地飞向任何想要去的地方。在梦中，他又踏着风中飘飞的杨花飞过了那座谢桥——那是"玉箫"住的地方。"谢桥"就是通往谢秋娘家的桥。谢秋娘是唐代著名女歌手，曾经是唐代宰相李德裕的侍妾，后来的诗词常常以谢娘代指女歌手。

"梦魂惯得无拘检，又踏杨花过谢桥"，这真是至情之人才能写出来的至情之语。如果不是日日相思，又怎么可能梦中相会？如果不是小晏自己对这样的痴绝有着感同身受的体验，又怎能写出"梦魂惯得无拘检，又踏杨花过谢桥"这样的神来之笔！

此词一出，天下传唱，甚至连最严肃、最正经、最看不得小儿女情怀的理学大师程颐，偶然听到有人哼唱着"梦魂惯得无拘检，又踏杨花过谢桥"时，也忍不住笑了，说："鬼语也！""鬼语"可不是批评，而是实实在在的赞美。要知道，让一本正经、不苟言笑的程老夫子笑一笑，表扬一句，那简直比中彩票还难。

不信你看，同样是偶尔听到两句流行歌词，程老夫子的反应可是截然不同的。有一回程颐见到秦观，劈头就问了他一句："'天若有情，天也为人烦恼'，是先生您写的词吧？"秦观还天真地以为程老夫子要夸他呢，连忙拱手谦虚地表示了一番感谢："您老过奖了。"没想到程老夫子板着脸教训他说："上天是多么尊严的存在，怎么能够容忍你这样随便侮辱！"一席话说得秦观恨不得找个地洞钻下去。

可就是同一个程老夫子，却忍不住笑着称赞小晏的词是天才之语！

"梦魂惯得无拘检，又踏杨花过谢桥"，的确，这真不是"人话"，因为它毫无逻辑可言；可是它又如有神助，因为只有最执着的人，才能抛开人世间的逻辑，不顾一切去追求心灵世界的纯美与纯情。

这就是小晏的纯美与纯情。

小晏的词里描写了很多定格为永恒的初见。比如他另外一首代表作《临江仙》中写道："记得小蘋初见，两重心字罗衣。琵琶弦上说相思。当时明月在，曾照彩云归。"记得他和小蘋初见的那一天，小蘋穿着一件薄薄的罗衫，衣服的领口处绣着双重的"心"字。双重的心，那就是心心相印的意思啊。小蘋怀抱琵琶，指尖流淌着绵绵的情意。那也是一个醉人的春夜，如水的月色中，小蘋归去的身影如彩云一样美丽，从此在词人心上刻下最深的相思。

小晏还有一首《临江仙》写的也是初见："斗草阶前初见，穿针楼上曾逢。罗裙香露玉钗风。靓妆眉沁绿，羞脸粉生红。"他们第一次相见的时候，女孩正在阶前玩着斗草游戏，后来在穿针楼上又碰到了她，他还记得她头上随风轻轻摇动的玉钗，记得她乌黑的眉、如云的发，记得当他们一不小心四目相对时，她粉嫩的双颊顿时泛起绯红……

还有《蝶恋花》："碧玉高楼临水住。红杏开时，花底曾相遇。"你还记得吗？你家就住在小河边，那年我们的初相遇，正是红杏开时，你伫立花下，比杏花更美……

这就是小晏的爱情世界。在这个世界里，初见即永恒；在这个世界里，如果爱，就傻傻地爱！

爱的初心或许就应该像小晏这样傻傻地爱？不权衡利弊，不计较得失，不追问结局，只付出全部。

这样的爱，实在是爱得有些孩子气了。这种不谙世事的孩子气，让出身宰相门第的晏幾道终身偃蹇，几乎一辈子过着最高贵却又最落魄的生活。

4

1055 年，父亲晏殊去世的时候，晏幾道还未成年，这一年成了他人生的分水岭。童年的小晏，在父亲的庇佑下，生活在一个充满贵族气韵的家庭环境中，前人曾经评价小山词"如金陵王、谢子弟，秀气胜韵，得之天然"（王灼《碧鸡漫志》），就是说晏幾道好比东晋时期的世家大族王导、谢安两家的子弟，身上的贵族气质是"得之天然"，与生俱来的。

晏幾道的经历、个性和才华颇有点类似于《红楼梦》中的贾宝玉：男人是泥做的，女孩儿家却是水做的，宝玉见了男人只觉得臭烘烘，只有见了女儿家才觉得干净清爽。所以，每次父亲命令贾宝玉出去接待那些官场上的人，说些言不由衷的客套话，贾宝玉就满心不乐意，甚至亲人朋友提起"仕途经济"，他就觉得腻味，科举考试必考的八股文他也不耐烦作——虽然只要他愿意，这些事他也可以做得和别人一样好。贾宝玉所有才华都尽情展现在和大观园姐妹们的诗词唱和上，可是这样的才华对他的仕途经济没有任何帮助。

晏幾道也是这样，尤其在父亲去世、家道中落之后，不通人情世故的小晏连连遭受挫折。在现实中屡受打击和伤害的晏幾道，最愿意亲密相处的，还是那些清纯可爱的女子，因为只有在她们这里，他才能放下所有的防备，释放最真实的性情。

晏家就好像《红楼梦》里的贾府一样，晏幾道也经历了家族的由盛而衰，那种人世沧桑、恍若一梦的苍凉感、虚幻感，在他的心中也像贾宝玉一样浓烈，就像小晏给自己的词集作序时说的那样："追惟往昔过从饮酒之人，或垅木已长，或病不偶，考其篇中所记，悲欢合离之事，如幻如电，如昨梦前尘，但能掩卷怃然，感光阴之易迁，叹境缘之无实也。"（《小山词自序》）

当年和他一起"歌中醉倒"的那些人，随着时间的流逝，有的已不在人世，有的流落天涯不知所终。当他独自翻阅自己写的那些歌词，曾经和他一起唱歌听歌、一起欢笑一起流泪的人却早已不在眼前，他唯一可以和他们重逢的途径，只有一梦。他只能在梦中追忆最美好的过往，最动人的初见！

于是，当我们捧读小晏的词集《小山词》，会有一种强烈的感觉：晏幾道，是一个生活在追忆和梦境中的人。

听说他想见的人去了江南，于是他"梦入江南烟水路"，可是"行尽江南，不与离人遇"（《蝶恋花》）；

听说只有酩酊大醉，才能沉睡入梦，于是他"归来独卧逍遥夜，梦里相逢酩酊天"（《鹧鸪天》）；

听说雨夜的梦境最温馨，于是他"卧听疏雨梧桐，雨余淡月朦胧。一夜梦魂何处，那回杨叶楼中"（《清平乐》）……

有一部经典爱情电影《新桥恋人》中有这样一句台词："梦里梦到的人，醒来就要去见他。"晏幾道就是这样一个痴情和纯情的人，所以他才会执拗地沉浸梦中，"梦魂惯得无拘检，又踏杨花过谢桥"，只是为了见她一面！

念念不忘，必有回响。在经历了无数次梦醒后的失落与哀伤之后，终于，小晏在现实中真的又见到了她：

彩袖殷勤捧玉钟。当年拚却醉颜红。舞低杨柳楼心月，歌尽桃花扇影风。　　从别后，忆相逢。几回魂梦与君同。今宵剩把银釭照，犹恐相逢是梦中。（《鹧鸪天》）

记得当年那场酒宴上，她穿着艳丽的衣裙，殷勤地捧着美玉酒杯，一杯一杯地为我斟酒，又陪我一饮而尽。醉意朦胧的她载歌载舞，情景真是美到极致。正因为太美，所以我才舍不得离去，一直舞到杨柳环绕的楼头月亮西沉，一直歌到桃花团扇的香风袅袅散尽。让人沉醉的岂止是美酒和歌舞，更是她与词人之间心有灵犀的情意。

　　可是，自从我们分别之后，这样温馨浪漫的场景就只能在梦中不断回味了。"几回魂梦与君同"啊！我的梦境和你的梦境应该都是一样的吧？我的相思就是你的相思吧？我的爱恋就是你的爱恋吧？我忘不了的回忆就是你也忘不了的回忆吧？经历了无数次梦中的相会和梦醒后的孤独寂寞，词人几乎对现实和未来绝望了。可就在他绝望之际，他居然真的与梦中的女孩重逢了："今宵剩把银钉照，犹恐相逢是梦中。"他不敢相信这次居然不是梦！这次居然是真的！他只能整夜整夜让银灯照着女子的容颜，他极度欢喜着，又极度恐惧着，生怕这又是一场空欢喜的梦！

　　是的，这就是晏几道的情语、痴语、伤心语。在群星璀璨的北宋词坛，别人高歌着轰轰烈烈的爱恨情仇，他却仿佛一颗遗世独立的寒星：热闹是他们的，我只守着独属于我的梦中世界。

　　正如晏几道自己所说，那些如幻如电如梦如烟的前尘往事，是独属于他一个人的追忆的世界。

所以，如果你打开小晏的《小山词》，那么，就当是你和他两个人之间的一次心灵对话吧。

相寻梦里路，飞雨落花中。世界属于所有人，但梦境，你一个人去经历和回味就好。

第十讲

贺铸

我很丑可是我很温柔

1

　　贺铸是北宋词坛的一个异类，甚至他到底属于第二代还是第三代词人群，从生活年代来看也不大好判定，因为他生活的时期和第三代词人的灵魂人物周邦彦基本重合，但是基于他和苏门文人的关系相对比较密切，和第三代词人事实上的交集并不多，所以我暂时还是把他归入第二代词人群。

　　说贺铸是词坛异类，是因为他有两大特质，跟任何人都不一样。这两大特质一是相貌——相貌奇丑；二是职业身份——他是北宋顶流词人里唯一的一名武官。

　　相貌奇丑的一介武夫，却偏偏吟唱着最凄美、最缠绵的情歌……这画面，请你自己去脑补一下吧！

　　我们不妨先来说说贺铸到底有多丑，再来看看他的词到底有多美。

　　贺铸有一个著名的外号"贺鬼头"，陆游对他的评价是："貌奇丑"。说他丑还不够，还要说是"奇丑"，这不是陆游说话太损，而是贺铸实在太丑。他肤色铁黑，"色青黑"，"面铁色，眉目耸拔"，（《宋史·贺铸传》）口角歪斜，秃顶，头发稀少得连发簪都很难固定。他的身高似乎可以为他挽回一点颜值分：他身高七尺，相当于现在两米还要多。但是，两米多又实在是太高了吧？一个两米多高又奇丑的男人，往你面前一站，你会不会吓得直哆嗦？

别人背地里叫他贺鬼头，他心里应该也是知道自己有蛮丑的，但是，谁又愿意承认自己真的丑呢，所以贺铸说自己是"虎头相"："自负虎头相，谁封龙额侯？"（贺铸《易官后呈交旧》）认为自己的相貌和百兽之王的老虎有得一比，那是预示着将来可以封侯的"吉人天相"啊！

我们平时都喜欢说老天是公平的，给了你盛世美颜，就会夺走你的智慧；给了你无敌才华，就会收回你的绝世容颜。如果两者之间真的只能二选一，那么对于贺铸而言，这公平实在是太过严苛了一点。老天的确给了他绝世才华，却一丁点的颜值都没给他留下。

于是，贺铸注定要背负着不能承受之丑，艰难地周游在这个"看脸"的人世间。

顺带说一下，论颜值，贺铸是北宋著名词人中最低的；论出身，他的身体里却流淌着世世代代传下来的高贵血液。

你还记得唐代那个著名诗人贺知章吧？就是写过"少小离家老大回，乡音无改鬓毛衰。儿童相见不相识，笑问客从何处来"的那位。贺知章是贺铸的第十五代族祖。他们都是会稽山阴（今浙江绍兴）人，会稽山阴贺氏是当地响当当的名门望族。贺知章自号"四明狂客"，贺铸也自号为"北宗狂客"，可见他对这位族祖的崇拜。

贺铸的六代先祖贺景思与北宋开国皇帝赵匡胤之父赵弘殷是同事，两人关系很好，贺景思还将自己的长女许配给了赵匡胤，不过赵匡胤的这位夫人在北宋开国之前就过世了。北宋建立以后，作为赵匡胤的原配夫人，贺铸的这位五代祖姑母被追立为孝惠皇后。孝惠皇后留有嫡长子赵德昭，据说赵匡胤的母亲杜太后曾在临终之际留下遗命，要求赵匡胤将皇位传给弟弟赵光义和赵廷美，待二人相继为帝之后，再将皇位传与赵德昭。赵匡胤谨遵母亲的遗命，但是没想到赵光义取得皇位之后，逼死了赵廷美、赵德昭二人，将皇位留给了自己的子孙。孝惠皇后的子嗣不但没有登上皇位，反而被赵光义一脉猜忌并加以防范，贺铸作为宋太祖孝惠皇后族孙，这个皇亲国戚的身价自然也就打了折扣。

因此，贺铸这个高贵却也有些尴尬的出身不大能作为他仕进的资本，再加上天生奇丑，他从小就知道既不能跟别人拼爹，更不能跟别人拼颜值，那就只能拼才华了，所以他从小刻苦攻读，博学强记，"书无所不读"，文采飞扬，而且还"最有口才"，如果举行辩论大赛的话，最佳辩手肯定非他莫属。

男人的才华总会得到男人的赏识，贺铸的才华就得到了一个很重要的人物的赏识，谁呢？赵克彰！

赵克彰是宋太祖赵匡胤的弟弟魏王赵廷美的曾孙，封济国公，正宗的皇室后裔。在出身血统上，赵克彰和贺铸是有一定相似性的。赵克彰非常欣赏贺铸的才学和性情，将自己最钟爱的女儿嫁给了贺铸。贺铸和赵夫人，这两位皇族后裔的联姻，开启了贺铸三十来年恩爱情笃的婚姻生活，这是贺铸一辈子最幸运的事情，没有之一。

血统高贵却又出身尴尬，才华绝代却又相貌奇丑，但命运给贺铸开的玩笑还不止这一点，命运的玩笑会一个接一个降临在他身上。

命运给贺铸开的第三个玩笑是，在以重文轻武为基本国策的宋朝，武官既没有地位也没有什么发展空间，然而贺铸一家从他的七世祖开始，一直到他的父亲贺安世，居然世世代代都是武官！

熙宁四年（1071），二十岁的贺铸由门荫入仕，授右班殿直，监军器库门。文人出身的贺铸，第一份职业就是一个武官，并且这个身份还将持续半生光阴。元祐二年（1087），贺铸赴和州任管界巡检，主要的工作内容是掌管当地训练甲兵、抓捕盗贼、巡逻州邑等，实际上还是武官。长期在武官工作岗位上兜兜转转的经历，再加上家传武学，使得贺铸多少浸染了武官的方刚血气。所以，两米多高、奇丑无比的贺铸，绝非秦观、晏幾道那样风流倜傥的温柔情种，他在世人面前一亮相，就是一个路见不平一声吼，该出手时就出手的黑脸大侠。

《宋史·贺铸传》里记录了贺铸为官时的一个小故事：他的下属中曾经有一个权贵的子弟，这个人仗着有个位高权重的爹，平时不但不好好工作，还经常盗取公物，如果贺铸通过正常渠道去处罚他，那这个权贵子弟不但可以借助父亲的权势继续逍遥法外，连贺铸自己的职位都难以保住。

于是有一天，贺铸屏去下属和仆役，将这个权贵子弟单独关在一间密室之中，一手拿着他偷盗的铁证，一手拿着刑杖，呵斥那个权贵子弟说："你过来！你自己看看，这是不是你在某时某地偷去做某用的东西？你再看看，这是不是你在某时某地偷回自家去的东西？……"那纨绔子弟吓得直哆嗦，忙不迭地承认说："是我干的，是我干的。"贺铸说："如果你让我处罚你，并且保证绝不再犯，那么我也就不将你的丑事公之于众了。"

权贵子弟只好乖乖地脱掉衣服，请贺铸杖责。贺铸手起杖落，权贵子弟哪里受过这样的痛苦，磕头如捣蒜地求饶，贺铸才大笑着释放了他。

虽然贺铸自己没有张扬这事儿，但世上没有不透风的墙，这事儿传开之后，那些仗势欺人的纨绔子弟再也不敢耀武扬威了。因为大家都知道，"贺鬼头"那是真敢打呀！所以《宋史》说他："喜谈当世事，虽贵要权倾一时，小不中意，极口诋之无遗辞，人以为近侠。"

或许正因为这样不拘小节、侠肝义胆的性格，贺铸在武官的职位上并不得志。直到他四十岁那年，才终于在李清臣、苏轼等人的鼎力帮忙下改任文官，为承事郎，一个正九品的官职。然而，此后他在文官的职位上也并无重要的晋升。

2

奇丑的相貌、皇室的出身、武官的职位，北宋词坛独一无二的贺鬼头、贺大侠写起小词来又会是什么样子的呢?

毫不意外,这样的贺铸,唱起流行歌曲来也是特立独行,如果说苏轼是任性的豪迈,那么贺铸简直就是侠气四溢、一剑封喉了!不信?你看看他写的词,连题目都是虎虎生威。例如《行路难·小梅花》:"缚虎手。悬河口。车如鸡栖马如狗。白纶巾,扑黄尘,不知我辈,可是蓬蒿人……"还有他的经典代表作《六州歌头》:"少年侠气,交结五都雄。肝胆洞。毛发耸。立谈中。死生同。一诺千金重……"

这样集豪气、侠气、狂气于一体的词,在贺铸之前的词坛还没有见过,在贺铸之后也很少见到。而且,不知道你注意没有,在这类词作中,贺铸偏爱用三字句多的词调。喜欢唱歌的朋友可能都有这样的体会:密集的三字句歌词,节奏往往很紧凑迅疾,特别铿锵有力,很有那种侠肝义胆、激壮豪迈的气势。

豪士、侠士、狂士,这样的贺铸算不算词坛的"异类"?当然算!但是,如果贺铸仅仅是这样的贺铸,那为什么挑剔的李清照,居然让贺铸与晏幾道、黄庭坚、秦观并列,认为整个北宋词坛,只有他们四人才是懂得词之真谛的本色词人呢?

原因很简单。全世界的人都以为贺铸是一个巨高、巨丑、巨豪的大侠,那是因为他们没有看到,当这位大侠悄悄转身时,眼眸里瞬间涌起的温柔的泪。

他的无助的泪,还是有人会看见。那个曾经看见的人,是黄庭坚。

黄庭坚写过一首这样的诗："少游醉卧古藤下，谁与愁眉唱一杯。解作江南断肠句，只今唯有贺方回。"（《寄贺方回》）方回是贺铸的字。这首诗是黄庭坚寄给贺铸的。那是在秦观去世之后，黄庭坚伤感万分，他说：秦观离开这个世界之后，还有谁能唱出令人痛断肝肠的伤心词句呢？那就只剩下贺铸你一个人啦。

"解作江南断肠句，只今唯有贺方回！"

那么，特立独行的贺铸，会用怎样的断肠句，让我们和他一起潸然泪下呢？

这首词，我相信，大家都知道：

> 凌波不过横塘路。但目送、芳尘去。锦瑟华年谁与度？月桥花院，琐窗朱户，只有春知处。　　飞云冉冉蘅皋暮。彩笔新题断肠句。试问闲愁都几许？一川烟草，满城风絮，梅子黄时雨。（贺铸《横塘路·青玉案》）

贺铸在填词的时候，总是从词的句子中摘取几个字出来，作为这首词的标题，然后再注明这首词的曲调，这在北宋词坛可是独一份的。例如《半死桐·鹧鸪天》《愁风月·生查子》《卷春空·定风波》等等。这首《横塘路·青玉案》也是如此，《青玉案》是词牌名即曲调名，"横塘路"出自词的第一句"凌波不过横塘路"，是这首词的标题。

这应该是贺铸最有名的一首词，也是整个宋代最有名的词

171

之一了。尤其是最后几句"试问闲愁都几许？一川烟草，满城风絮，梅子黄时雨"更是千古流传的名句，因为它写江南的梅雨季节写得太凄美，贺铸赢得了另外一个浪漫优美的外号"贺梅子"，这个雅号就是来自"梅子黄时雨"的优美意境。人们都忘了，它的作者原本是一个外号"贺鬼头"的超级丑男。

贺铸曾经说过，他写词，很喜欢化用晚唐李商隐、温庭筠的诗："吾笔端驱使李商隐、温庭筠常奔走不暇"。（《宋史·文苑列传》）李商隐、温庭筠都以擅长写凄美的爱情闻名，贺铸的意思是，他的词化用这两位唐代诗人的句子太多，常常使他俩疲于奔命了。可是自贺铸《青玉案》一出，他自己也成了被别人笔端驱使、要为别人的创作疲于奔命的人了，"一川烟草"简直成了宋词中的高频词。

这首词到底有多凄美呢？我们不妨来细细品读一番。

首先，这是一首写得非常含蓄的爱情词。尽管贺铸自己拼命想掩饰点什么，但是我们还是能琢磨出这首词的脉络：他从一次擦肩而过的邂逅，写到一见钟情的念念不忘，再写到其后令人断肠的铺天盖地的相思。我们想知道的是，与他擦肩而过邂逅的是一位怎样的女子，他既然对她一见钟情，为何又不能长相厮守，却最终走到了相思断肠的结局。

答案仍然要贺铸亲自来告诉我们。

根据当代学者钟振振的考证，这首《青玉案》大约作于宋徽宗建中靖国元年（1101）贺铸客居苏州的时候，这一年，贺铸刚刚五十岁，而他的妻子赵夫人已于两年前去世。

中年痛失妻子的贺铸一度非常消沉，直到这一次偶遇，他灰暗的岁月才仿佛突然绽放了一丝光亮。"凌波不过横塘路，但目送、芳尘去"，词一开篇就营造出一种摇曳生姿的意境：词人目送一位女子的背影飘然而去，那位女子步履轻盈，姿态飘逸，就像女神一样超凡脱俗，长久地占据着词人深情追随的视线。

这三句开场白还包含着一个很浪漫的典故。"凌波"出自三国时期曹植的《洛神赋》。《洛神赋》写洛水女神的轻盈身姿用了两个极其优美的句子："凌波微步，罗袜生尘。"后来唐代著名学者李善在注释《文选》的时候作了一段说明：曹植一直暗恋甄氏，所以为她写了这篇赋。甄氏是谁呢？

甄氏本是袁绍次子袁熙的妻子，曹操破袁绍之后，将甄氏赐给曹丕当了妻子。曹丕称帝之后封甄氏为皇后，曹植从此对甄氏昼思夜想。后来甄皇后失宠被曹丕赐死，曹丕还故意将甄氏生前用的玉缕金带枕赐给曹植。曹植抱着这个玉缕金带枕返回自己的封地时，途经洛水，梦到甄氏前来与他相会，梦醒之后，他不胜悲感，写下了一篇《感甄赋》。后来魏明帝，也就是甄氏与曹丕的儿子曹叡觉得，叔叔曹植这样写他母亲很不雅，于是就将《感甄赋》改名为《洛神赋》。

这个故事的真实性其实很值得怀疑，学者们对此多有质疑。但是后代诗人在引用这个典故的时候，却常常会暗寓爱情得失的情绪。贺铸也不例外。贺铸另一首词《忆秦娥》有"凌波人去，拜月楼空"句，也是用了这个典故。

有意思的是，金庸的武侠小说《天龙八部》里也提到过"凌波微步"这个词儿。凌波微步是《天龙八部》里逍遥派的独门轻功步法，因为凌波微步的步法很神奇，所以虽然段誉的武功修为不怎么样，可是每当遇到危险，总能使出凌波微步，及时逃跑。凌波微步这门轻功的特点就是步速快、步态轻盈，让人完全判断不了它的路线，因而成了段誉的逃生利器。

当然，贺铸用这个典故，绝对不是说他偶遇的那位女子，因为看到他太丑，所以使出逃生利器——凌波微步，赶紧逃之夭夭。贺铸只是想借此表达他自己在这次偶遇中的心情：那个女孩，让他一见之下就像电击一样心动，可她是洛神一般可望而不可即的仙女啊！小仙女经过横塘却毫无停留的意思，词人刚想上前搭讪，却又只能目送小仙女离去，只留下一个令人浮想联翩的美丽背影。

横塘，并非一个神话中的地名，而是贺铸住在苏州期间经常经过的地方。横塘在苏州古城外的西南边，北面直抵枫桥，横贯南北，所以叫横塘。那里曾经有风景如画的横塘镇、横塘桥和横塘古渡。贺铸有一处小小的别墅就建在横塘，他经常乘着一叶扁舟，往来于苏州城内和横塘的别墅之间。或许，这次与小仙女的偶遇，就在他的某一次往来之间。

正是这一次的偶遇，不仅让贺铸从此念念不忘，而且还让他产生想对那位女子说"我的余生都是你"的强烈愿望。"锦瑟华年谁与度？"谁能与你共度锦瑟华年呢？是我、是我，还是我啊！"锦瑟"，是绘有锦绣般美丽图案的一种弦乐器，"锦瑟华年"也是贺铸"笔端驱使李商隐"的证据之一，因为李商隐《锦瑟》诗云："锦瑟无端五十弦，一弦一柱思华年。"连锦瑟都能发出如此凄美的声音，何况情根深种的词人呢？

正因为词人迫切地想和她共度余生，于是一厢情愿地展开了丰富的联想：那个能陪伴我相守锦瑟华年的人，她是在花前月下，还是在朱户窗前？"月桥花院"是室外的景象，"琐窗朱户"是室内的场景，一内一外的实景描写，呈现出一派富丽堂皇之态。然而场景的华美只能更反衬出内心的孤独，词人无数次的追问都得不到她的答复，难道答案只有春天才知道吗？

下阕"飞云冉冉蘅皋暮"化用了南朝江淹《休上人怨别》诗"日暮碧云合，佳人殊未来"，仍然延续上阕无人共度美好年华的意思。"彩笔"也是用南朝江淹的典故。《南史·江淹传》中有这样一段记载：一日，著名才子江淹在冶亭休息，梦见了一个自称是郭璞的男子。郭璞是晋代著名诗人，尤以游仙诗最为出名，他对江淹说："我有一支笔放在你这里很多年了，现在你可以还给我了。"于是江淹将自己怀中一支五色笔拿出来还给了他。从那以后，江淹再也写不出和以前一样美丽的诗句，这就是后人所谓的"江郎才尽"的出典。因此，"彩笔"实际是贺铸自恃才华的表达。从前的他，仿佛是江郎附体，才华横溢，美丽的句子在他的彩笔之下流淌不尽；可是如今，他写来写去，都只剩下伤心断肠的词句。

词人到底伤心到了什么程度呢？

"试问闲愁都几许？一川烟草，满城风絮，梅子黄时雨。"

在词中借用他物写愁，可以说是一种传统的写法，李煜说"问君能有几多愁，恰似一江春水向东流"，秦观说"自在飞花轻似梦，无边丝雨细如愁"。李煜的愁像一江春水，秦观的愁似连绵的细雨，贺铸的"愁"却是全方位、多角度的，是一川烟草的无边无际，也是满城风絮的绵密幽远，更是江南黄梅时节淅淅沥沥小雨的连绵不绝……愁之多，愁之深，愁之广，仿佛一张铺天盖地的网，朦胧缥缈却又无处不在，令词人深深陷落其中，无处可逃。

4

词读完了，也许我们会非常疑惑：这个贺铸，是不是也太自作多情了？哦，偶遇一位美女，连人家姓甚名谁都不知道，微信没加，电话没留，就陷入一厢情愿的单相思，一会儿想象美女住的地方有多美，一会想象自己离开了她会如何如何断肠——你还没和她在一起呢，至于就想象跟她分手以后得有多伤心吗？套用一句现在的流行语：你想多了吧！

贺铸是真的想多了吗？

或许是，或许不是。但贺铸的这一次邂逅，据他自己说，其实并非仅仅一厢情愿的单恋或者暗恋，而是曾经两情相悦，却又从此生离死别。

在贺铸的好友李之仪的文集中，记载了一个真实的故事：

贺铸在苏州的时候曾经偶遇一位姑娘，那位姑娘"宛转有余韵"。真实的情况是，姑娘未必真的美若天仙，但在贺铸眼里，她就是一个楚楚动人、我见犹怜的女子。那个时候的贺铸，因为经历过丧母、丧妻的巨痛，再加上仕途的失意，原本已经破罐子破摔，"垢面蓬首，不复与世故接"，不洗头不洗脸，本来就奇丑无比，再加上年过半百还蓬头垢面，完全是一副躺平摆烂的姿态了。但这一次横塘的偶遇，重新点燃了他生活的希望，他的心里重新燃起了在"月桥花院，琐窗朱户"和她一起共度锦瑟华年的强烈愿望，他的余生只要拥有了她，就胜过拥有了整个春天。所以，他整日整夜地等着那位女子，从春天等到夏天，从夏天等到秋天，又从秋天等到冬天……

那位女子有没有回应呢？据贺铸自己的交代，是有的。他们在偶遇之后有过一段热恋期，甚至一度到了谈婚论嫁的地步，贺铸已经打算下聘礼、明媒正娶将她迎进家门了。然而不知道什么原因，这桩婚事似乎中间隔着无数难以逾越的障碍，在纠结焦虑的过程中，贺铸忍不住经常向好朋友李之仪吐槽他的痛苦。有一天晚上，贺铸突然来敲李之仪的门，李之仪非常诧异他这么晚跑来干什么——果然，没有好消息。贺铸来是给好朋友报告那位女子早逝的消息，并且带来了他为那个女子写的两首词。贺铸哽咽着对好朋友说："已储一升许泪，以俟佳作。"意思是说：我的眼睛里已经储满了一升眼泪，就等着要唱出这两首爱情绝唱。于是"呻吟不绝，泪几为之堕睫"，贺铸一边唱着为她写的歌，睫毛上挂着盈盈欲坠的泪珠……

李之仪说：我非草木，听了贺铸的故事和他的词，又怎能无动于衷呢！

这样看来，《青玉案》的伤心，实在还暗含着悼亡的意味了。

你能想象，一个五十多岁、两米多高的汉子，哽咽着吟唱"试问闲愁都几许？一川烟草，满城风絮，梅子黄时雨"的样子吗？你能想象一个五十多岁、两米多高的汉子，在唱着这样的歌曲的时候，"泪几为之堕睫"的伤心吗？

听完这个故事，我相信，你和我一样，一定秒懂了"彩笔新题断肠句"中"断肠"的意味；一定会深深理解，是怎样的"闲愁"，才会让贺铸用"一川烟草，满城风絮，梅子黄时雨"来形容它；一定会无条件赞同黄庭坚所说的那两句："解作江南断肠句，只今唯有贺方回"吧？

据王兆鹏等当代学者的考证，这首《青玉案》还有一首姊妹篇，也就是贺铸向好朋友展示的两首爱情绝唱的另外一首《感皇恩》：

> 兰芷满芳洲，游丝横路。罗袜尘生步，迎顾。整鬟颦黛，脉脉两情难语。细风吹柳絮，人南渡。　回首旧游，山无重数。花底深朱户，何处？半黄梅子，向晚一帘疏雨。断魂分付与、春将去。

《青玉案》和《感皇恩》不仅用了同一个词韵，而且使用的词语、情绪都惊人的一致，例如两首词都用到了凌波微步，罗袜生尘的典故，都用到了花、絮、朱户、梅子、雨、断肠与断魂等词。毫无疑问，它们源于同一个悲伤的故事，也写于同一个时间。那是贺铸爱情世界里最后的一点微光，但终究，这点微光也随着春天的消逝而消逝了。

在那个消逝的春天，贺梅子用他一个人的断肠，换来了一首永恒的爱情绝唱。

透过"一川烟草，满城风絮，梅子黄时雨"，我和我们，看到了贺梅子丑陋而狂野的外表下，一颗绝美而温柔的心。

都说他是宋代词人里的杜甫

1

我们都知道唐诗有自己的"盛唐"，盛唐诗坛的双子星座当之无愧是李杜——李白和杜甫。但即便放到整个唐代，李白和杜甫也是当之无愧的诗坛灵魂人物，李白是天选诗人，被誉为诗仙；杜甫则是全能诗人，被誉为诗圣。如果将宋代词坛和唐代诗坛做一番比较的话，那么苏轼就是唐代诗人中的李白，欧阳修、秦观相当于唐代的王维，柳永似白居易，贺铸、晏幾道类似于大历十才子，南宋的辛弃疾可比韩愈。那诗圣杜甫有谁堪与相比呢？

答案是：周邦彦！

"词中老杜"，"非先生不可"！这段有关唐诗宋词的比较，可不是我一拍脑袋的胡言乱语，而是国学大师王国维的结论。这里的"先生"，就是清真先生周邦彦。周邦彦字美成，号清真居士。

在王国维心目中，宋代词坛的灵魂人物也有两个，一个是坡仙苏轼，他也是天选词人，仿佛可以不受规则束缚，任由才华和性情恣意流淌，落笔皆成绝唱；另一个就是集大成的词人周邦彦，他在各个方面都可以成为词坛标杆，不仅与他同时代的词人创作都要以他为典范，就连他之后的所有词人在词史中的定位都绕不开他这个最核心的参照系。例如，清代著名词学家周济就曾经这样告诫所有想学填词的人：你们想要成为优秀的词人吗？那我告诉你们一个步步登高的阶梯吧：第一步，入门级别，先认真模仿南宋末年的词人王沂孙；第二步，进阶，学习南宋词人吴文英；第三步，高阶，可以考虑向辛弃疾学习了；第四步，登顶，达到填词的最高境界，参照对象就是周邦彦。周济的原话是："问途碧山，历梦窗、稼轩，以还清真之浑化。"（《宋四家词选目录·序论》）用"浑化"这个词来形容周邦彦词的浑然一体、臻于化境。

这也正像李白、杜甫在唐代诗坛的特点一样。李白、苏轼属于天选，大家都知道他们非常厉害，但他们的天赋才华是不能被模仿、被复制的，光靠学是学不来的；但杜甫和周邦彦都可以成为学习的最高典范，你踮起脚来也许够不着，但你努力往上跳，却有可能学到他们的一些精华。我先说一个小故事，从这个故事我们或许可以看出来，周邦彦到底为什么能成为宋代词坛的"杜甫"。

宋神宗元丰二年（1079），二十四岁的周邦彦从老家杭州来到京城汴京（开封）求学，成为一名太学生，从此加入北漂一族。北漂生活不容易啊，强手如林，一个外地学生，在京城没有任何背景，要出人头地谈何容易！周邦彦虽然好不容易挤进了太学，可是接下来好几年的时光，他就仿佛石沉大海，没有任何引人注目的地方。直到二十八岁那年（1083），他才终于干了一件让所有人都瞠目结舌的大事儿！什么事呢？

献赋！

周邦彦写了一篇文采飞扬的《汴都赋》献给宋神宗！洋洋洒洒"万余言"啊！这是一篇以描写汴京繁华、歌颂盛世太平为主题的大赋，主要目的就是歌颂宋神宗的盖世功绩。

大赋是一种什么样的文体呢？这是一种规模极为宏大铺陈、辞藻极尽华丽之能事、擅长运用各种生僻汉字的文体，换句话说，它可以称得上中国古代文学中最为奢侈最为盛大的一种文体。而且，越是规模庞大的文体，细节的处理越是难把握，因为大赋不是散文，它有极为严谨苛刻的格式规范，要求作者必须具备这样的素质：首先，他必须是一部活字典，不仅认识更多别人不认识的字，还能将这些生僻字用得活色生香；其次，他必须才华横溢，才能在这种看上去板重晦涩的文体中游刃有余，起承转合、气韵流动而不让会人读起来昏昏欲睡；第三，他还必须博学多识，因为大赋从汉代产生，发展到唐宋已经成为文人学识最厉害的呈现，它要求作者要能够将各种历史典故信手拈来，融合在这种对格式规范有着极为苛刻要求的文体中……总而言之，一般的文人对大赋这种文体只能敬而远之，怕露怯啊！写好了，那当然是可以一举成名天下知，当年汉代的司马相如不就是凭借《上林赋》一鸣惊人，晋代的左思不就是凭借一篇《三都赋》让洛阳纸贵嘛！

2

那么，周邦彦能不能凭借一篇《汴都赋》改变北漂命运呢？

我们先来看看他献赋后最直接的效果。宋神宗看到这篇壮观的《汴都赋》后，非常诧异：咦？咱们太学那群毛头小伙子里，难道真还隐藏这样厉害的人物？他当即命令尚书右丞李清臣从头至尾将《汴都赋》读一遍给他听，可是这位也以博学著称的官员竟然好多字都不认识，因为太多"古文奇字"了！所谓秀才认字认半边，李清臣只能按这些字的偏旁去诵读。宋神宗觉得这个太学生简直是个奇才，太学还没毕业，学问却已经超过了很多名家宿儒，于是亲自召见了他，并将他从一个普通的太学生直接破格提拔为太学正，这相当于现在大学的教务长或者是学工部部长之类的职务了。

更厉害的是，别人写一篇大赋，可能要苦苦构思、精心布局，动辄耗费数年甚至十年光阴，例如让洛阳纸贵的左思写《三都赋》写了整整十年。而不到三十岁的周邦彦仅仅花了个把月就写成了壮观富丽的《汴都赋》，这份才力，让古往今来多少才子望尘莫及！这篇大赋不仅震惊了宋神宗，也震惊了一个时代，"声名一日震耀海内，而皇朝太平之盛观备矣"（楼钥《清真先生文集·序》）。并且，神宗之后的两代继承人宋哲宗、宋徽宗都对这篇赋叹赏不已，"以一赋而得三朝之眷，儒生之荣莫加焉"（楼钥《清真先生文集·序》）。三朝指的就是神宗、哲宗、徽宗三朝。作为一介读书人，其才华能连续得到三代皇帝的赏识，这份荣耀已经无以复加了！

有意思的是，唐代杜甫虽然后来以诗人之名独步天下，早年也曾经想要依靠献赋来获得皇帝的青睐。天宝九载（750），杜甫献《雕赋》，结果石沉大海；第二年又献《三大礼赋》，总算引起了唐玄宗的注意。唐玄宗命令宰相李林甫对杜甫进行考核，这件事让杜甫得意了一辈子："忆献三赋蓬莱宫，自怪一日声煊赫。"（《莫相疑行》）可李林甫是出了名的大奸相，大权独揽，嫉贤妒能，由他担任主考官，那些有才华、有能力的人哪有什么出头之日！不出意外，在长安漂了多年的杜甫仕进无门，最终落到了连饭都吃不饱的地步……

相比之下，被誉为词中杜甫的周邦彦，他学杜甫献赋的结果比杜甫幸运多了，至少，他从没有像杜甫那样饥寒交迫过。在仕途上，周邦彦一直按部就班地升迁着，虽然没有特别耀眼的政绩和辉煌时刻，但也没有受到过特别的打击；在词坛上，他则是声名鹊起，成为独领一时风骚的词坛领袖，也成了整个词史上殿堂级的词人典范。

3

那么，周邦彦的词到底好到什么程度，让他成为历代词人心目中的"珠穆朗玛峰"呢？

我先和大家分享一首我个人超级喜欢的词。在这首小词里，周邦彦完全隐藏了在大赋中炫技般的才华和学识，充分展示了情感细致入微到每一根毛细血管的能力。这首词便是当时盛传天下的《少年游》：

> 并刀如水，吴盐胜雪，纤手破新橙。锦幄初温，兽烟不断，相对坐调笙。　　低声问向谁行宿，城上已三更。马滑霜浓，不如休去，直是少人行。

我第一次读到这首词的时候，就有一种"如冷水浇背，陡然一惊"的感觉，如果觉得"冷水浇背，陡然一惊"八个字太复杂，那么用两个字简单形容就是——惊艳！

对！文人词从唐代时候的李白、刘禹锡、白居易等一直经过晚唐五代温庭筠、李煜，再到北宋词坛，名家辈出，各领风骚，什么样的题材没写过？什么样的感情没抒发过？什么样的技巧没施展过？什么样的个性没有挥洒过？到周邦彦这个时候，文人词都发展了三百多年了，对于读者而言，还有什么作品是我们没见识过的？可是周邦彦居然还能够用一首小令就轻轻松松让我们这些"见多识广"的读者被他惊艳到，被他圈粉，被他俘虏，这本事一般人还真的望尘莫及。

那么，这首词到底好在哪里呢？

这首词好就好在内容特别吸睛，描写方式特别巧妙。你可能会不以为然，不就是一首爱情词吗？写的不就是热恋中的恋人约会吗？这有什么新奇的！爱情本来就是词的专属领地，周邦彦也不过是写了一个爱情中的小场景而已，这首《少年游》凭什么让人惊艳？

的确，周邦彦只是写了一阕爱情小令，但是和别的词人相比，他最别出心裁的地方是他写的是两情相悦时的约会场景。为什么写两情相悦的约会就是别出心裁呢？

我们不妨回想一下，在我们读过的、熟悉的爱情词中，是不是绝大多数都在写爱情的失落？要么是求而不得，要么是得而复失，总之那些最为经典、传唱最广的词几乎都在写爱情中的忧伤。

大家不妨再想想看，我们现在耳熟能详的那些流行歌曲，是不是也以唱忧伤的爱情占据了最大比例呢？从唱歌和听歌的角度而言，或许因为幸福都是人人相似的，所以晒出来不大容易激发歌手和听众的强烈情绪震动；但不幸却是各有各的不幸，表达出来就特别容易激发人们的共情。从写歌的角度来说，幸福快乐的时候反而往往没有创作的激情，因为这个时候都在忙着充分享受快乐去了，哪里还有心思写作呢？倒是孤独和忧伤最容易催生创作的冲动。因为只有孤独和忧伤才会让你沉浸其中，让你有更多的情绪积累从而产生创作的灵感。所以，忧伤的歌曲相对容易写，也容易被歌手和听众接受；反而是快乐的歌曲不容易写，也不容易激发听众的共鸣。大多数的爱情词，即便写到两情相悦的幸福场面，也多是一两句轻轻带过，或者让幸福的场景在回忆中、在梦中复现，而其出现的意义也仅仅是为了更强烈地渲染幸福消逝过后的悲伤。

但，像周邦彦这样的绝顶高手是不受这样的羁绊的。他就偏偏要撒狗粮，而且一撒就是用一整首词的篇幅。爱得这么奢侈、爱得这么任性的作品在整个宋词中不说是绝无仅有，也是极为罕见的。

我们来看看周邦彦是怎么大把大把撒狗粮的。词的上阕其实只写了两个动作，而且这两个动作都是由女主角来完成的，男主角虽然不可或缺，但，男主角始终只出现了一个背影。

第一个动作，是女主角剖了个橙子。就这么一个我们日常经常能够看到，甚至自己也经常会做的动作，偏偏让周邦彦写出了极致的美！他像一个高明的摄影师，将特写镜头聚焦在了女主角那双柔嫩纤细的手上——纤手。这双纤细的手拿着一把水果刀——并刀如水。古代的并州以出产锋利的刀而著名，如水的并刀应该就是形容这把用来切橙子的水果刀是闪闪发亮到可以照出人影的。吴盐胜雪，吴地盛产细腻的白盐，古人就认为少许盐可以用来调和酸味。当然，如水的并刀与胜雪的吴盐其实都只是辅助道具，它们的存在只是为了引导真正的主角闪亮登场——纤手与新橙。如果说并刀和吴盐都是极为清冷的颜色，那么它们正好用冷色调烘托主角的暖色调，橙当然是艳丽的黄澄澄的颜色，而纤手呢，当然是类似于"红酥手"的感觉，白皙细嫩中透出少女特有的粉红色的光泽。

请闭上眼想象一下那个画面吧：一双纤柔的"红酥手"，

小心地拈着一把如水一般晶亮的并刀，细细地切开一只金黄艳丽的橙子，摘下一瓣轻轻地蘸上一点点雪一样洁白的盐，再慢慢地送到红润的樱桃小嘴中，又拈起一瓣送到男主角的口中。你一口，我一口，不慌不忙地，一边分享这个橙子，一边低声细语，这是不是我们熟悉的热恋的场景呢？可是被周邦彦这么一细腻地描绘，简直是香艳到极致，而且这么香艳的场景居然让人觉得很温馨，一点都不会心生邪念。

但，这还只是第一个动作而已！别人写甜蜜的场景往往惜墨如金，生怕让人看腻味了，可周邦彦简直是任性地挥霍啊！三句话只写了一个破橙子的动作。后面紧接着三句又只写了一个动作——调笙。

"锦幄初温，兽烟不断"，是悠然地宕开一笔，写写室内的布置，烘托一下温暖的场景。锦缎的帷帐静静地垂下来，"初温"说明室内刚刚温暖起来，并没有过于燥热，这是多么有分寸、不温不火、绝不涉一点点艳俗的描写。和静静垂下的帷帐相对应的，是兽形炉中袅袅升起的熏香，缕缕轻柔地沁人心脾。"锦幄初温，兽烟不断"是非常考究的室内环境，精致的细节透露出主人对这次约会的安排极为用心、极为细腻却又极为自然不过分。恋人相对而坐，女孩低眉"调笙"，绵绵的情意全都蕴含在那令人沉醉的乐声中。最妙的是，上阕写破橙和调笙两个动作，镜头始终聚焦在女子身上，男子自始至终没有给一个正面镜头，但"相对"情自浓，"调笙"意自真，当女子的纤纤小手或破橙或调笙的时候，男子的目光一定自始至终锁定在她身上吧！

下阕更妙！第一，妙在写时间流动却完全没有任何时间的具体表征；第二，妙在写恋人情意却不用一个"情"字或"爱"字，更不用任何山盟海誓、甜言蜜语，只用女孩一句温婉含蓄却又迫切期待的挽留来表达无限爱意。

上阕只写动作，下阕只写对话："低声问向谁行宿，城上已三更。马滑霜浓，不如休去，直是少人行。"下阕我们不妨直接翻译成大白话吧：相聚的时间过得真快啊，还没好好享受和你在一起的时光就到深夜了，男孩不得不恋恋不舍地起身道别，女孩也缓缓站起身，垂下眼帘，低声问了一句："今晚去哪儿住呢？已经三更天了，城里恐怕已经宵禁了吧？况且，天气这么冷，地面都结霜了吧，这种时候出门赶路马蹄会打滑的，很危险吧？外面都没什么人走了，要不，你今晚就别走了吧……"

你看，连挽留的话都说得这么情致旖旎却又让人不忍拒绝。而且，特写镜头依然牢牢对准那个女子，男子的反应在词中没有任何直接表现，但他的反应却又贯穿在整首词的情意流转之间。换头"低声问"三字已经蕴含了女孩儿的万种风情，她之所以有"低声问"，当然是因为有男子告辞，才引起了"向谁行宿"的提问，问而低声，依依不舍之情已宛转道出。接下来几句，依然温柔似水，但女孩子的态度却更加坚决，挽留的理由更加充分让人不能拒绝：一是时已三更不宜夜行，二是马滑霜浓不便夜行。看上去全是各种客观条件，其实还是因为一片柔情无法释然，所以才会如此极意挽留。"不如休去"不仅是对恋人双方而言最圆满的答案，而且还显示出女子缠绵温柔中蕴含的勇气与胆识，与一般女子的忸怩羞涩有着截然不同的韵味。

4

解读完这首词，我们是不是对周邦彦内心情感的细腻、创作手法的巧妙佩服得五体投地呢？难怪因为这首词周邦彦很快就火出了圈，还被人附会了一段火爆的八卦：有人说，词中的女子就是当时的歌坛天后李师师，男主人公就是九五之尊的皇帝宋徽宗。这首词说的就是宋徽宗带着新进贡的橙子私访李师师，而先于宋徽宗夜访李师师的周邦彦来不及回避，只好慌慌张张躲在床底下，将宋徽宗和李师师两人私底下的情话听了个一字不漏，还将这个风情旖旎的夜晚写进了《少年游》词中。

皇帝的私生活被朋友圈刷屏，这还了得！宋徽宗勃然大怒，随便找了个莫须有的罪名，一道旨下，将周邦彦贬谪出京……

这个八卦虽然在古代文献中被传得沸沸扬扬，但学界已经明确，这就是个无中生有的八卦，因为时间地点都对不上。不过，词中男女主人公的原型是谁并不重要，重要的是词学家们几乎众口一词地将这首词评为"神品"。他们还说，这样的内容，如果换一个词人写，比如换成同样擅长写艳情的柳永，肯定不知道会写出什么过头话，"如何煞得住"（王又华《古今词论》引毛先舒评语）！只有周邦彦，才能拿捏得如此恰到好处：既不失分寸，不落俗艳，又蕴藉袅娜，情意绵长，令人心醉神迷……

如果说，一首《少年游》显示出周邦彦直臻化境的填词妙技，正如同杜甫的诗艺也堪称代表了唐诗最高境界；那么，周邦彦被一致推许为词中杜甫，更重要的原因是他的创作标志着词这种文体被推向了成熟与规范。正像杜甫树立了律诗的典范一样——诗意与格律完美结合，周邦彦则是树立了词体的典范——词情与音律的完美结合。周邦彦和杜甫，都是戴着镣铐在跳舞，镣铐却不仅没有束缚他们的才华，反而助力他们的舞姿更加自由洒脱、美到极致。

5

周邦彦年轻时候的献赋之举显示了他非凡的文学才华，但他同时又是那个时代顶尖的音乐家，所以他能比其他人更加游刃有余地驾驭词这样一种音乐文学。周邦彦甚至还将自己与三国时候的周瑜相比，因为周瑜也是一个旷世难遇的音乐家，据说只要乐师演奏的乐曲中有任何一点点细微的瑕疵，他都能敏锐地察觉到，察觉到以后还一定要找到乐工，将瑕疵指出来。

所以当时人都说："曲有误，周郎顾。"

周邦彦也姓周，于是他就自号其堂为"顾曲堂"，说明他对自己的音乐才能自视甚高。

以周瑜自比，是不是挺自信啊？

当然，在这个方面，周邦彦是有资本自信的。政和六年（1116），周邦彦以杰出的音乐才能提举大晟府。大晟府是徽宗年间朝廷的最高音乐机构，网罗了当时一大批一流音乐人。有赖于他们的工作，词曲的收集、整理、创制、传播被推向极盛。

词发展到宋徽宗时期，以周邦彦为代表的专业词人终于正式登上了历史舞台。如果说，此前的词人大多是在业余时间、以业余爱好的心态来填词，那么从周邦彦开始，专业词人成为词坛主角了。以周邦彦为标志，词从业余真正走向了专门化、职业化和文人化。专业词人必须兼具文学与音乐的双重才华，周邦彦正是这样一位兼具"创调之才"和"创意之才"的专业词人的典范。周邦彦自创的词调（自度曲）在《清真集》中多达五十五调，且他的集中所存两百余首词，使用了一百多种词调，可见他驾驭音乐的超强实力。因此，周邦彦之所以被誉为词中杜甫，主要就是因为他树立了填词的"法度"，作为最高标准被当代和后代的词人不断模仿、学习与攀比。

至于创意之才，在前面我们解读的《少年游》词中，可以说是体现得淋漓尽致了。我们不妨再来看一首能够充分体现周邦彦的创调之才与创意之才的作品《六丑·蔷薇谢后作》：

正单衣试酒，恨客里、光阴虚掷。愿春暂留，春归如过翼，一去无迹。为问花何在，夜来风雨，葬楚宫倾国。钗钿堕处遗香泽。乱点桃蹊，轻翻柳陌，多情为谁追惜？但蜂媒蝶使，时叩窗槅。　　东园岑寂，渐蒙笼暗碧。静绕珍丛底、成叹息。长条故惹行客，似牵衣待话，别情无极。残英小、强簪巾帻。终不似、一朵钗头颤袅，向人欹侧。漂流处、莫趁潮汐。恐断红、尚有相思字，何由见得。

这首词的词牌名为《六丑》，是周邦彦的自度曲，也就是说这个曲调是周邦彦自己创造谱写的，其创调之才毋庸置疑；词题则是"蔷薇谢后作"，说明这首词的主要内容是蔷薇花凋零后的感怀。这个主题本来并没有什么新意，借落花来抒发时光流逝的悲情或感怀人生飘零、衰老本来就是词中常见的主题，但周邦彦的本事就在于别人都写的题材，他偏偏能够写得别出心裁。

比如写蔷薇花期，他不写几月花开，而说"单衣试酒"，宋代的惯例是在夏历四月初开煮酒，称为"试酒"。"恨客里、光阴虚掷"，又点名自己北漂身份的辛酸孤独——周邦彦是杭州人，自从二十四岁那年离开家乡来到京城求学谋生之后，长期的"北漂"让他尝尽了生活的酸甜苦辣。或许正是这样的心境，让他在吟咏落花的主题中融入了更多身世飘零的感慨。

三月末四月初正值春末夏初，蔷薇花期将过，所以他才有"愿春暂留"的切切愿望。但愿望越是迫切，现实越是冷漠：春天就像飞鸟掠过，不留一丝痕迹。词人的多情与春归的无情反差竟然如此之大，怎不让人又恨又悲呢！

"为问花何在"又是一层转折，从人的惜春转到了惜花，一夜风雨的摧残过后，落花飘零就如同楚宫里倾国倾城的美人被埋葬一般令人痛惜！花虽零落成泥，但花香依然幽幽飘散，就好像美人的钗钿掉落香气四溢。无数蔷薇的花瓣片片随风轻飞，飘过桃蹊柳陌，仿佛还在多情地追逐着什么、挽留着什么——"多情为谁追惜"？写到这里，惜花与惜人几乎完全融为一体，让人分不清是在惜花，还是在怜人了。只有蜜蜂蝴蝶仿佛懂得落花最后的痴缠，它们在花瓣雨中穿梭飞舞，仿佛在送落花最后一程……

下阕换头又是一次转折。词人因留恋春天、怜惜落花而随着漫天飞舞的花瓣雨来到寂静的东园，这里又是一番暮春的伤感景象：花已落尽，无人欣赏，所以东园里才一片岑寂，只剩绿叶朦胧暗碧。"静绕珍丛底、成叹息"，这两句感慨至深。如此久久徘徊，叹息悠悠，又何尝不是对落花最深的怜惜呢！既然徘徊良久，词人又切身感受到了"长条故惹行客，似牵衣待话，别情无极"。这几句真是反复缠绵，极尽沉郁顿挫之妙。花早已谢尽，空空的枝头却还伸着长长的枝条，仿佛要牵住词人的衣袖，有满腹的离情别怨要向他倾诉。"牵衣待话"，这是多么缠绵而又纯情的表达！"长条"如此恋人，人亦对蔷薇恋恋不舍，哪怕枝头只剩下残余的枯萎的花朵，词人也要采下来簪在鬓边，寄托自己深深的惜春怜花之意。即便如此，残花又怎能比得上花盛开时的旖旎多姿、妩媚动人呢！

结尾又是一层转折，"漂流处、莫趁潮汐。恐断红、尚有相思字，何由见得"，落花随流水，本是常见的现象，词人偏偏还在痴心妄想着落花不要随潮汐漂流远去，因为，他生怕那落花的花瓣上还题写着诉说相思的文字，一旦漂远了，自己又怎么能见得到呢？恐怕错过的就不仅仅是几瓣落花，而是一段珍贵的情缘了……

这样长的一首词，围绕一个"惜"字，真是千回百转、欲吐还吞、反复缠绵，决不纠缠絮叨却又满纸痴情与纯情，真乃"词中之圣也"（陈廷焯《云韶集》）！惜花惜春的主题本是陈词滥调，偏偏周邦彦写来每一句都在意料之外且情深如许。看上去娓娓道来的词中，还蕴含了众多典故，化用了不少前人的诗句，只不过周邦彦善于"夺胎换骨"，即便是化用，也能在他的笔下天衣无缝，呈现出浑然一体的境界。正如前人所评："美成词大半皆以纡徐曲折制胜，妙于纡徐曲折中，有笔力、有品骨，故能独步千古。"（陈廷焯《云韶集》）有笔力、有品骨，沉郁顿挫，是不是正是杜甫诗的特点呢？从这个角度来说，周邦彦为"词中老杜"真是实至名归。

顺带解释一下，这么美的词为什么取了《六丑》这样的词牌名呢？据说上古的时候高阳氏有子六人，都有绝世才华却又都长得丑，所以用这个典故来为此曲命名。周邦彦当时创制的这个词调"犯六调",所谓犯调简单理解就是调式的变化,犯六调也就是这首词调在演唱过程中要转调六次,而且"皆声之美者,然绝难歌"(周密《浩然斋杂谈》)。声调极美,但因为多次转调,变化繁复,格律又非常严谨,所以演唱难度极高。一般的乐工歌手驾驭不了,只有顶尖高手才能将其演绎得优美而雅致。

我时常忍不住要想:当年那个二十四岁的杭州小伙决定离开家乡,去京城北漂的时候,他有没有想过,自己会与流行歌曲痴缠一生,他后来写过的那些歌,唱过的那些曲,都成了后人永恒仰望和谛听的天籁回响呢?

李清照

整个宋朝欠她一个拥抱

1

李清照，是宋代词坛最特殊的一个存在。她的"特殊"，不在于她是一个女性，而在她可以说是整个宋代唯一一位称得上伟大的女词人。另外几位颇有名气的宋代女词人例如朱淑真、魏夫人等，无论是在作品质量还是在影响力方面，都不能与李清照相提并论。李清照的特殊还在于：在当时，她获得的词坛地位远远不能与她对宋词的贡献相匹配。换言之，宋词发展到李清照这里，已经迎来了巅峰时刻，而李清照正是这一巅峰时刻的标志性人物；但在宋词发展过程中出现的几乎所有一流词人都赢得了与其贡献大致相匹配的词坛地位，唯独李清照是个例外。当然，实话实说，李清照可能一点都不在乎什么词坛地位，但她在不在乎是她的事，时代有没有给她一个公正的评价却是另外一回事！

在古代以男性文人为绝对主导的文坛上，女性文人得不到公正评价倒也并不在意料之外，但，最最可怕的是，连女性自己都不认同李清照，这就让人很难接受了。有一个小故事很能证明这一点。

南宋有位孙夫人，据说十多岁的时候，就颇表现出了小李清照那样的才气。当时李清照已近古稀之年，早已是家喻户晓的大才女，她见这小女孩很聪明，便好心想收她做学生。要按当代人的常理推测，能成为李清照的学生，是多少女孩子做梦都不敢想的事儿啊！可令李清照万万没想到的是，这女孩儿很严肃地回答了她一句："才藻非女子事也！"（《夫人孙氏墓志铭》）

这是不是让李清照狠狠打脸的一个回答?!

我好心好意想收你做学生，你不但不表示感谢，还来这么一句：读书有才根本不是我们女人家应该做的事！看上去，这个女孩子只是婉言谢绝了李清照的好意，而且理由似乎还很冠冕堂皇，女子无才便是德嘛，这道理谁都懂。问题在于，这个拒绝的言外之意相当明显：我不想做你李清照那样的人！

这简直就是对李清照赤裸裸的批评和讽刺！

更有讽刺意味的是，南宋的大诗人、大文豪陆游，虽然自己也曾经在爱情上受过挫折，可是这并没改变他对女性的根本看法。陆游在为这位孙夫人写墓志铭的时候，是把故事中的孙夫人当成正面人物来赞扬的，认为她很懂得做一个好女人的道理：女人家要安守妇道，诗啊词啊，那是男人们的事，你们女人家瞎掺和什么？可见，在宋朝，女人有才，那不但不值得称赞，反而应该警惕！这在当时是很普遍的看法。宋代另外一位女词人朱淑真也曾写过这样一首诗："女子弄文诚可罪，那堪咏月更吟风。磨穿铁砚非吾事，绣折金针却有功。"诗题为《自责》，似乎是在责备自己没有像一般的女性那样恪守妇道，却不务正业地去舞文弄墨。那个时候的女子，应该做的正事就是生儿育女、持家、做女红，女性勤劳的标志是"绣折金针却有功”，至于风花雪月、吟诗作赋根本就不应该是女人的本分。"磨穿铁砚"对寒窗苦读的男人而言是值得赞美的勤奋，可对一个女人来说，那就是不安分的表现。

你看，这就是宋代才女面对的现实！所以，陆游笔下那位"幼有淑质"的孙夫人在父亲的教导下，没有成为像李清照那样的才女，而是日夜诵读各种古代烈女的生平事迹，并以此来要求自己，成为那个时代优秀女性的典范。

女子无才便是德的观念，可以说是贯穿了整个古代。不知道大家还记不记得《红楼梦》中的一个情节？薛宝钗有一段教训林黛玉的话："咱们女孩儿家不认得字的倒好。男人们读书不明理，尚且不如不读书的好，何况你我。就连作诗写字等事，原不是你我分内之事，究竟也不是男人分内之事。男人们读书明理，辅国治民，这便好了。……你我只该做些针黹纺织的事才是……"

可见，直到清朝，"才藻非女子事"还是社会上的普遍观念，李清照所在的宋朝并不例外！

"才藻非女子事也！"不知道李清照听了这样的拒绝，当时的她作何感想、有何反应！陆游并没有说，但是我们可以猜得到，高处不胜寒啊，满腹经纶的宋代第一才女，恐怕也是宋代最寂寞、最无人能懂的女人吧！

2

说到这里，你或许会不大认同我的观念？寂寞？无人能
懂？这不是事实吧！就算全世界都跟她作对，至少她还有一个
相濡以沫、相敬如宾的丈夫吧？李清照不是有一个相伴二十多
年、琴瑟相谐的知己丈夫赵明诚嘛。赵明诚和李清照不是古代
文人圈里有口皆碑的模范夫妻吗？

从旁人的角度上看，似乎的确是如此。跟古代其他大多数
的夫妻比起来，赵明诚和李清照的确算得上是模范中的模范，
是让所有人羡慕的神仙眷侣。但，有谁问过李清照自己的感受
呢？当然，即便真有人问，也未必问得出李清照内心深处的答
案。但在她自己的词中，这样的答案其实并不难找。不信？我
们一起来读读李清照这首《凤凰台上忆吹箫》：

> 香冷金猊，被翻红浪，起来慵自梳头。任宝奁尘满，
> 日上帘钩。生怕离怀别苦，多少事、欲说还休。新来瘦，
> 非干病酒，不是悲秋。　　休休。这回去也，千万遍阳
> 关，也则难留。念武陵人远，烟锁秦楼。惟有楼前流水，
> 应念我、终日凝眸。凝眸处，从今又添，一段新愁。

我们通常喜欢把李清照的人生及其词创作分为前、后两

期，以靖康之难、北宋灭亡和建炎三年（1129）丈夫赵明诚去世为界，前期的李清照生活在太平盛世与稳定的婚姻生活中，所以整体上是幸福无忧的；后期的李清照颠沛流离，尝尽国破家亡两重剧痛，加上再婚又离婚的巨大困扰，晚年的李清照整体是生活在孤独与艰辛中的。

这样的区分固然大体没错，但对于李清照的内心世界来说恐怕仍然太简单粗暴了。这首《凤凰台上忆吹箫》写于李清照前期，也就是说，是在既国泰民安又婚姻安定的时期，而词中流露出来的情绪又是怎样的呢？

用一个字来概括，那就是——愁！

这么长的一首词，从头至尾居然就只写了一个"愁"字！那李清照到底得有多难过呢？我们不妨透过这首词的字面来与李清照的心灵世界对对话。

词人的镜头一开始对准的是卧室的环境：狮形的香炉中香早已燃尽，只剩下冷冰冰的香灰，可是女主人没心情去添香，床上的被子胡乱堆放着，也懒得去整理叠放，女主人懒洋洋地起床了，她提不起一点梳妆的兴致，只是呆呆地坐在妆台前，"任宝奁尘满，日上帘钩"，盛放化妆品的盒子早已落满了灰尘——这说明女主人不是只有这一天懒得起床、懒得化妆，这样懒洋洋的状态已经持续了无数天了！她已经想不起有多少天没用过化妆品了，每天任由太阳就这样高高升起，她依然在梳妆台前茫然发呆。

词读到这里，情绪的主旋律已经呼之欲出。因为，在古典诗词中，一旦出现女子懒得梳妆的场景，那就必然指向一种情绪主题——相思。这个传统是从《诗经》时代就开始奠定了的。《诗经·伯兮》中的女主人公说，自从她的丈夫出征在外，她就再没用心打扮过自己了："自伯之东，首如飞蓬。"头发都乱得跟飞蓬一样，高档化妆品摆了一桌子，可她动都没动过一下。为什么呢？因为女为悦己者容，丈夫长期不在家，她能为谁精心打扮呢！后来杜甫写《新婚别》也是这样，新婚丈夫要出征了，新娘子"对君洗红妆"，当着丈夫的面洗尽红妆，这就相当于发誓：丈夫一天不回家她就一天不再对镜梳妆。

博学的李清照对这样的传统当然很熟悉，因此，她很快就揭晓了答案：她之所以不梳妆，就是因为"离怀别苦"，丈夫不在身边。但如果仅仅是离别相思之苦，她为什么又要强调一下"多少事、欲说还休"呢？而且在这种无休无止的离别中，她又不可遏制地消瘦了。消瘦的原因，不是因为醉酒，也不是因为悲秋——也就是说，她消瘦、伤心的原因绝对不是多愁善感无病呻吟！而是很可能有除了离别之外，让她说不出口却又无法释怀的其他原因——"多少事、欲说还休"！哪里只是离别那么简单！

李清照到底有什么难言之隐？在她与丈夫分离的这些日子里，到底发生了什么呢？李清照自己没有明说，我们当然也不好妄加揣测。那我们就再来看看词的下阕有没有什么蛛丝马迹。

换头"休休。这回去也，千万遍阳关，也则难留"！这几句简直是沉痛、绝望至极的语气了！

算了吧！算了吧！他这回一走，那就是头也不回、留都留不住的决绝了！就算你唱一千遍一万遍《阳关曲》，也留不住他的人留不住他的心啊！

《阳关曲》的歌词指的是王维的诗《送元二使安西》："渭城朝雨浥轻尘，客舍青青柳色新。劝君更尽一杯酒，西出阳关无故人。"从《送元二使安西》改编的《阳关曲》或曰《渭城曲》，是历朝历代送别时必唱的神曲。唐人在演唱《阳关曲》的时候会将其中一些诗句再三叠唱，所以又称《阳关三叠》。到了宋代，《阳关三叠》原曲谱已失传，但《阳关曲》依然传唱不衰。宋人"叠法"也就是演唱的结构有所改变，歌曲内容仍是表达惜别之情。所谓"三叠""四叠"实是以一遍又一遍地反复咏唱来渲染离情，"三叠"已经使人沉醉在依依惜别的意境之中，又更何况是千千万万遍呢！

接下来的两句还是化用典故："念武陵人远，烟锁秦楼。""武陵"是陶渊明《桃花源记》中桃花源的所在地，所以"武陵"其实是"桃源"的代名词。而桃源的典故除了《桃花源记》的出处之外，还有一个同样重要的出处：南朝宋刘义庆的小说集《幽明录》讲了一个桃源遇仙的故事。这个故事很香艳，说的是东汉年间有两个人，一个叫刘晨，一个叫阮肇，他们到天台山去采药，结果迷了路，回不去了，带在身边的干粮也吃完了。正饿得头昏眼花的时候，忽然看见悬崖上有一棵桃树，上面结满了大桃子，他们于是爬上去摘桃子吃，吃饱了下山的时候又邂逅了两个十分漂亮的仙女。仙女锦衣玉食地伺候着他们，当然最重要的是还以身相许了。住了十多天后，刘晨、阮肇想回家去，仙女又苦苦挽留他们住了半年，最后实在留不住了，只好送他们回家。可是两人回去一看，村子里的景物、人全都变了，原来在山中的这半年，人间已经过去了好几百年。他们拦住一个小孩子一问，这个小孩竟然已经是他们的第七代孙。

正因为这个广为流传的故事，桃源遇仙、刘阮天台成了诗词中频繁出现的一个著名典故，专门用来指男女艳情。在唐诗宋词中，武陵人入桃源与刘阮桃源遇仙这两个典故往往合二为一，"武陵人"已经演变为对丈夫或者恋人的代称了。

秦楼又是一个典故：传说秦穆公时有一个特别善于吹箫的才子叫萧史，秦穆公很喜欢听他吹箫，便把自己的女儿弄玉嫁给了他。弄玉跟着萧史学吹箫，能够将凤凰鸣叫的声音学得惟妙惟肖，后来两人吹箫引来了真的凤凰，夫妻俩跟着凤凰一起飞上天成了神仙。这位女子弄玉住的地方就叫"秦楼"，也就是凤凰台。

弄玉和萧史的故事，原本是一段夫妻间琴瑟和鸣的佳话，可是后来"秦楼"的典故往往被用来表示离别的悲伤。李白不就写过"箫声咽，秦娥梦断秦楼月"吗？李清照用这个典故，很可能隐藏了对夫妻间举案齐眉的美好生活的留恋，那是她做过的一个不愿意醒来的梦，但是"梦"终于还是"断"了，这段"秦楼"的幸福生活也被茫茫烟雾"锁"住了，再也看不到了。

大家别忘了，李清照用的这个词牌名就是《凤凰台上忆吹箫》啊！相思之情和调名暗合，难道不是李清照有意为之的吗！

3

词解释到这里，我们不得不怀疑李清照"欲说还休"的"多少事"，或许不仅仅是夫妻间的正常离别，是不是还包含了丈夫的三心二意呢？毕竟，李清照写夫妻相思之情的词很多，她有个著名的外号叫作"李三瘦"，因为她在词里写过三句带"瘦"字的经典名句，其中之一就是这首词中的"新来瘦，非干病酒，不是悲秋"，另外两句是"知否，知否，应是绿肥红瘦"和"莫道不销魂，帘卷西风，人比黄花瘦"。在这三"瘦"中，另外两"瘦"要么是闺中少妇的伤春愁绪，要么是夫妻小别之后的撒娇，虽然略带伤感，到底只是甜蜜生活里的小插曲而已。但这次的"新来瘦"，就不是撒撒娇、撒点狗粮那么简单了。"惟有楼前流水，应念我、终日凝眸。凝眸处，从今又添，一段新愁。"只有楼前无语东流的流水伴随着终日凝眸的词人，她的愁绪，不同于以往的小别相思，不是惯常的伤春悲秋，而是"一段新愁"，是最近才添的新的愁情。至于这"新愁"是什么，李清照依然固执地不肯明说——或许，她说了也白说。因为站在那个时代的角度，丈夫如果真的别有所遇那也实属正常，李清照除了默默伤心之外，只能大度接受。她别无选择。

这很可能是李清照婚姻后期的真实状况——她并非丈夫爱

情世界里的唯一。又或许，在那个时代里，向婚姻索要爱情原本就是奢求。很可能在丈夫的世界里，本来就没有什么真正的爱情，有的只是要共同面对的婚姻与事业。李清照是赵明诚最佳的生活伴侣与事业同志，但赵明诚却未必给得了李清照想要的完美爱情。

还有一件事，或许也令李清照无比寒心。这件事发生在靖康之难之后，赵明诚、李清照夫妻仓皇逃难期间。

建炎三年（1129），也就是南渡第三年的五月，赵明诚在逃亡的路上，接到了朝廷的旨意，被起用为湖州知府。

在逃难旅途中相依为命的夫妻，再一次面临人生不可知的离别。而且，这次离别，在李清照看来，一开始就有太多不祥的预兆。

这次，赵明诚必须与李清照告别，先行从陆路赶到建康去，参见暂时驻跸在那里的宋高宗。六月十三日，被起用的赵明诚似乎已经忘记了此前临阵脱逃的耻辱，意气风发地与妻子告别。可是李清照这回的感觉却很不好，她对已经上岸准备出发的丈夫喊道："如果城里局势恶化，我一个人该怎么办啊？"赵明诚叉着手，远远地答复她："反正你跟着大家一起跑就行了。如果实在到了迫不得已的时候，先扔掉笨重的家伙，其次是衣服被褥，再次是书画，最后再扔古器。但最珍贵的宗器，你得随身抱着背着，绝对不能扔，人在东西在。要是东西丢了，除非你人死了！切记切记！！！"说完，骑着马，一溜烟绝尘而去。

赵明诚的临别嘱咐，一方面体现出一个考古学家令人敬重的职业精神，一方面却又给我们留下了深深的遗憾。在这样兵荒马乱的时候与妻子离别，他最关心的是自己的收藏品，尤其是要求妻子用生命去保护"宗器"，也就是用于祭祀先祖的器具，却没有半个字关心妻子的安危！宗器固然神圣，妻子的生命难道就不珍贵吗？赵明诚的嘱托足够理性，唯独缺少了发自内心的温暖和爱。

　　这一次的告别，竟然就是夫妻俩的生死诀别。而这一次告别时赵明诚的嘱托，竟然也就是他留给李清照的遗言。

　　这样的告别方式，李清照应该并不感到特别意外。丈夫是工作狂，这一点她早就深深理解，而且她也全身心在支持着丈夫的事业并且成了丈夫最得力的助手；但作为妻子，尤其是一个情感丰富细腻的妻子，在这样生死交关的时刻，内心的寒意或许真的是令人"欲说还休"了。

　　"惟有楼前流水，应念我、终日凝眸。凝眸处，从今又添，一段新愁。"新婚蜜月期短暂的卿卿我我过后，漫长的婚姻里消耗了最初的浓情蜜意，包括赵明诚在内，甚至从来不会有人问起，在李清照那些愁肠百结的词句里，到底隐藏了她多少的落寞、无助与无奈。

　　即便是与她最亲近的人，也未必能够成为她的知音，何况是那些根本从未走近过她、却仍要对她指指点点的旁人。

　　回顾整个宋代，竟然没有人真正正视和客观评价过李清照的词。北宋时期，只有两三种文献约略提到了李清照，她的身份要么是"赵明诚妻",要么是"李格非女",而且也仅仅是涉及她的一两句诗。赵明诚写了多种金石序跋,也从未正面评价过李清照的诗词成就。

4

南宋以后,李清照的词开始有了一定影响力,但人们在肯定她的才华的同时,却更加否定了她的人品,最典型的代表就是王灼。王灼表扬了李清照的"诗名",认为她在宋朝女性诗人中算得上"文采第一",但又在人品上对李清照做了全盘否定和贬斥,认为"闾巷荒淫之语,肆意落笔。自古缙绅之家能文妇女,未见如此无顾籍也"(《碧鸡漫志》)。通俗地解释一下,王灼的批评其实就是说:李清照啊李清照,你到底还是不是一个大家闺秀?你看看自古以来有哪个大家闺秀像你一样肆无忌惮?你还真的什么"荒淫之语"都敢说啊!

最早对李清照进行全面肯定的人可能是朱彧,他认为李清照的"诗之典赡,无愧于古之作者",其"词尤婉丽,往往出人意表,近未见其比"(《萍洲可谈》),但他的评论在当时几乎没产生什么影响。

对于李清照词史地位乃至文学地位的极度推崇一直要等到20世纪。现代学者郑振铎认为李清照是中国文学史上最伟大的一位女诗人,胡云翼甚至说李清照的成就不仅仅在于词,她在文学史上的地位"已经与伟大的骚人屈原、诗人陶潜、杜甫,并垂不朽了"。当代美国汉学家艾朗诺在研究李清照的专著中也说"李清照是一位奇女子兼慧业文人……她在宋代就已只身闯入文人圈,虽然屡遭质疑,处处碰壁,但仍以出众的才华证明了自己"。她永远是"卓越的标杆""才女的象征"!

当然,你可以说现当代学者拔高了李清照的文学史地位,但同时我们也不得不承认,宋代文坛又过于无视甚至蔑视了李清照的特殊存在。她即便不是宋代最伟大的词人,至少也是宋代不可替代、不可或缺的最优秀的词人之一。能够证明她的卓越成就的,除了她那些令人拍案叫绝的经典诗词之外,她还创下了多个词坛"第一",成为宋代词坛上具有里程碑意义的关键人物。

首先,李清照是第一个用理论著作的形式来总结、反思到她为止的唐宋词全部发展历史的人,她的《词论》一文具有词学理论开山之作的历史意义。此时,词史的发展已经到了以周邦彦为集大成的高峰,理论总结和创作指导理应及时跟进。而这个理论工作是由李清照的《词论》正式拉开大幕的。

其次,李清照首次提出了词"别是一家"的理论,等于第一次正式向文坛宣布词作为独立文体的存在,词应该是有自己独特艺术价值的独立文体。所谓"别是一家",其核心意义就是词不是诗的附庸。李清照词"别是一家"的宣言反映了她词体自觉的意识,不再满足于男性文人嘻嘻哈哈填词的娱乐态度,要求词体被尊重,既强调内容上的真情实意和才情学识,也强调词独具的音乐美感。一句话:词就是词,不应该与诗混为一谈，像苏轼那样"以诗为词"就是混淆了诗词的差异性。打个比方来说：李清照认为诗和词应该像两棵树一样并肩而立，就像当代诗人舒婷的《致橡树》所说的那样："我必须是你近旁的一株木棉／作为树的形象和你站在一起……你有你的铜枝铁干，／像刀，像剑，也像戟；／我有我红硕的花朵，／像沉重的叹息，／又像英勇的火炬。"词和诗，应该像木棉树和橡树一样，并肩挺立，各自绽放各自不可替代的美，却又心意相通，彼此尊重、彼此懂得。

再次，李清照在词的创作技巧上有颇多开创性的突破，并且成为后代词人不断效仿的榜样。简单举一个例子，李清照特别擅长运用叠字，她的《声声慢》一开篇就是"寻寻觅觅，冷冷清清，凄凄惨惨戚戚"，连下十四个叠字，真是前无古人的大胆创新，被誉为词坛"绝唱"。好多后来的词人想学她的叠字用法，但都不过是东施效颦而已。清代词坛大家沈谦就曾经老老实实承认过：我也算是有才的了，曾经唱和过唐宋词三百首，唯独不敢唱和"寻寻觅觅"这一首，"恐为妇人所笑"（《填词杂说》）。为什么我不敢和呢？因为怕李清照笑话我啊！

想模仿李清照的一流词人多了去了，例如辛弃疾就写过好几首效易安体的词——注意哦，宋代顶尖词人那么多，能够自成一体被称为"某某体"的却只有寥寥几位，而"易安体"就是最重要的填词范式之一：她总是用最明白如话的句子来表达最真实深切的情感，却又总能呈现出不落窠臼、令人耳目一新的清丽之美。

南宋末年的爱国词人刘辰翁也曾经说过，他在元宵节的时候诵读李清照的《永遇乐》词，忍不住"为之涕下"，此后每每读到这首词，都情不自禁，于是也忍不住和了一首《永遇乐》，虽然文采和情致都比不上李清照，但悲苦之情却有过之而无不及了。

让刘辰翁每每读之都为之涕下的《永遇乐》是这样写的：

> 落日熔金，暮云合璧，人在何处。染柳烟浓，吹梅笛怨，春意知几许。元宵佳节，融和天气，次第岂无风雨。来相召、香车宝马，谢他酒朋诗侣。　中州盛日，闺门多暇，记得偏重三五。铺翠冠儿、捻金雪柳、簇带争济楚。如今憔悴，风鬟霜鬓，怕见夜间出去。不如向、帘儿底下，听人笑语。

《凤凰台上忆吹箫》是李清照南渡之前的作品，也就是她前期的作品；《永遇乐》则是她晚年且国破家亡之后的作品。她前期的作品主要吟咏自己个人生活中的愁情；后期的作品在孤苦无依的个人愁情之上，再涂抹了一层更为浓郁的家国悲情，这首《永遇乐》就是其中的代表作。

元宵节原本应该是宋朝的"狂欢节"加"情人节"，当年国泰民安、居住在京城的时候，每到元宵节，李清照总是会和好姐妹一起打扮得漂漂亮亮去赏灯游玩。而如今呢，她已容颜憔悴，鬓发斑白，即使有酒朋诗友来召唤她出去赏玩一番，她也以风雨不定、天气不好为理由婉言谢绝，她只是独自在"帘儿底下"，听他人的繁华热闹、欢歌笑语。

李清照并不是单纯地感慨自己的衰老，而是融入了对故国的殷切思忆：江南的元宵节，虽然依旧有流光溢彩的落日，有灿烂的云霞烘托着璧玉般的满月，可是在这样美丽的日子里，她却提不起游玩的兴致，而是不由得深深怀念起在故都汴京（即今河南开封）度过的每一个元宵佳节。今昔对比，往日的繁华热闹反衬出今天的憔悴与失意，正可谓"以乐景写哀"，而倍增其哀痛。

如果我们再进一步细审词意，会发现李清照在词中还隐藏着更深层的感慨：国家只剩半壁江山，恢复中原的希望渺茫，可是刚刚从战火中喘息过来的南宋小朝廷居然又开始莺歌燕舞，醉生梦死，这种苟且偷安的现状怎不叫心怀家国的词人心痛！她怎么能像那些人一样没心没肺，"暖风熏得游人醉，直把杭州作汴州"呢！

这样的李清照，这样走出小我的闺阁、融入家国大爱的李清照，不仅在整个宋朝没有得到本应属于她的温情，在后世的诸多评论中，人们更愿意津津乐道于争辩她后来有没有再婚、离婚的"八卦"，对她的所谓失节大加讨伐，却仿佛忘了，她一个人孤独而高贵的吟哦，成就了宋词一代之芳华。

所以，如果可以穿越，我愿意穿越到宋朝，给她一个温柔的拥抱。

这个拥抱，我们欠她欠得太久了……

原谅我这一生不羁放纵爱自由

1

大宋王朝转折的节点在靖康之难，而这一历史事件同样标志着词的流向在这里转了个弯。

靖康元年（1126）闰十一月二十五日，金兵攻破东京（开封）城；三十日，宋钦宗亲赴完颜宗望（斡离不）的大营，向金国投降称臣。第二年（1127）二月初六，金国正式废黜宋钦宗，已经是太上皇的宋徽宗也被逼来到金兵军营。"金人要求，必须在二月二十五日之前将所有的宗室交出，于是开封府官员下令彻底搜查全城，'如捕盗贼'。官吏们在城中一边巡查一边叫喊：'不得隐藏赵氏，如有收藏者，火急放出，庶免连累。'""宋朝已建立了一百六十多年，宋太宗、宋太祖及其兄弟的后代已经繁衍到了好几千人。在徽宗统治时期，宗室中有第四代、第五代、第六代、第七代和第八代的族人，总人数超过一万人。"（〔美〕伊沛霞《宋徽宗》）

金兵入城，对开封洗劫了三个多月后，于靖康二年（1127）四月押解着一万四千多名宋朝俘虏开始北迁，其中包括了宋徽宗、宋钦宗父子俩。这一路的艰辛与屈辱是不言而喻的，"北行过程中的艰辛之一是宋俘会不断目睹身边发生的各种凄惨景象。在很多地方，宋俘的尸体被抛于荒野。囚俘们经常因为车辆倾覆而受伤，女性也常常遭强奸。四月十六日，徽宗的弟弟燕王赵俣去世，据说是饿死的。徽宗将他的尸体放在一个马槽中，由于马槽太短，双脚都露在外面。徽宗请求将燕王的尸体运回开封安葬，但被拒绝了，尸体只能就地火化。徽宗在余下的旅途中一直抱着装骨灰的盒子。"（〔美〕伊沛霞《宋徽宗》）到达韩州后，徽宗最喜爱的儿子赵楷去世。徽宗、钦宗最终于1130年到达五国城（今黑龙江依兰县）。1135年四月二十一日，被囚禁四年之后，徽宗在五国城去世。

据徽宗的女婿蔡鞗记载，北迁期间宋徽宗写了一千多首诗，例如他途经燕京的时候，在一家寺庙中题写了这样一首诗："九叶鸿基一旦休，猖狂不听直臣谋。甘心万里为降虏，故国悲凉玉殿秋。"亡国悔恨之意溢于言表。

北迁途中宋徽宗留下来的最著名的词当属这首《燕山亭·北行见杏花》：

> 裁剪冰绡，轻叠数重，淡著胭脂匀注。新样靓妆，艳溢香融，羞杀蕊珠宫女。易得凋零，更多少、无情风雨。愁苦，问院落凄凉，几番春暮？　凭寄离恨重重，者双燕何曾，会人言语？天遥地远，万水千山，知他故宫何处？怎不思量？除梦里有时曾去。无据，和梦也新来不做。

这首词的上阕是吟咏杏花的色泽与形态，而且徽宗严格遵循了词体的"闺情"本色，将花儿与女性的美貌相比拟，既突出了杏花的艳丽，又抒发了鲜花在风雨摧残下凋残零落的"愁苦"与"凄凉"。显然，宋徽宗绝不是仅仅为了吟咏杏花而吟咏杏花，"更多少、无情风雨"无疑蕴含着国破家亡的剧痛。下阕抒情，将这种亡国的剧痛抒发得更为曲折深婉。他越往北走，离故国就越遥远。"天遥地远，万水千山，知他故宫何处？"在徽宗生命的前四十五年，他几乎没有离开过"故宫"——开封，那个曾经繁花盛开、歌舞升平的地方。然而，在他生命的最后八年，却遭遇了地狱般的折辱和煎熬。他永远不可能再回到他的故国，他永远不可能再回到他的从前，他只能希望于梦境中与故宫重逢、与故人重逢："怎不思量？除梦里有时曾去。"

北宋的灭亡，宋徽宗赵佶难辞其咎，亡国之君自当以受苦受难的方式去承担历史判罚给他的罪责。但，靖康之难改变的何止赵宋皇室的命运，它改变的更是大宋子民的命运。而在这场历史巨变中，词坛的发展也暂时中止了正常的走向——所谓正常的走向，就是沿着以周邦彦为代表的风雅派（或称格律派）奠定的重格律、重典雅的方向继续往前发展。

靖康之难让词坛风云随之突变，"异响"纷呈，由北宋入南宋的这一批词人拥有了一个特殊时期的共同身份：南渡词人群。南渡词人群又大致可分为三大流派。其一是以岳飞、李纲为代表的抗金名将，他们一方面浴血奋战在抗金前线，一方面以笔墨为武器，唱响慷慨悲歌，铿锵有如金石之声，如李纲的"调鼎为霖，登坛作将，燕然即须平扫"（《苏武令》）。岳飞

《满江红》更是其中典范："靖康耻，犹未雪；臣子恨，何时灭。驾长车、踏破贺兰山缺。壮志饥餐胡虏肉，笑谈渴饮匈奴血。待从头、收拾旧山河，朝天阙！"

其二是以李清照为代表，虽然她只是闺阁词人，国难之后成长为闺中女英，以特有的凄婉笔调写出了"故乡何处是？忘了除非醉"的沉痛。

还有一派以朱敦儒、叶梦得、向子諲为代表，他们将爱国忧思挥洒于词中，不满南渡以后朝廷君臣的苟安局面却又无力改变，最终都选择了隐居。南渡以后他们的词风也转向慷慨悲凉，如叶梦得的"坐看骄兵南渡，沸浪骇奔鲸。转盼东流水，一顾功成"（《八声甘州》）；向子諲的"谁知沧海成陆，萍迹落南州。忍问神京何在？幸有芗林秋露，芳气袭衣裘"（《水调歌头》）。这一派词人中，又以朱敦儒的创作最具识别度。

2

朱敦儒是北宋、南宋之交的重要词人，重要到什么程度呢？我引用南宋人汪莘的一段话来说明吧。汪莘认为唐宋词发展的历史经历了三次关键转变，可以称之为"三变"。第一变的标志性人物是苏轼，"其豪妙之气，隐隐然流出言外，天然绝世，不假振作"；第二变的标志性人物就是朱敦儒，他的特点是"多尘外之想，虽杂以微尘，而其清气自不可没"；第三变的标志性词人是辛弃疾。（《彊村丛书》）这三个人也是汪莘最喜爱的三位词人。其中对于第二变的灵魂人物朱敦儒，汪莘对他的经典评价是两个字——"清气"。

朱敦儒和李清照生活在同一时期，李清照的词被公认为"清丽"，朱敦儒则获得了"清气"的高度评价，这两位词人堪称南渡词坛上两颗清澈耀眼的明星。

那么，朱敦儒的词又何以能得到"清气自不可没"的高度评价呢？这当然要从他的为人和词句当中去寻找答案了。

朱敦儒生于 1081 年，自幼生长在河南洛阳，字希真，号岩壑老人。父亲朱勃，宋哲宗元祐至绍圣年间曾奉使西京（洛阳），历官河东转运判官、右司谏等。母亲张氏，封齐国夫人。青少年时代的朱敦儒，因为家境富裕，生活得比较率性，他无意于科举仕途，一身清高之气，过着诗酒风流、隐逸遁世的潇洒生活。

当然，放浪不羁只是朱敦儒少年生活的一个侧面，其实他更是一位颇负盛名的大才子。朱敦儒有"词俊"之名，和"诗俊"陈与义、"文俊"富直柔等人并称为"洛中八俊"，黄昇还称其为"东都名士"。《宋史》也记载："朱敦儒志行高洁，虽为布衣，而有朝野之望。"宋徽宗宣和年间，朱敦儒可能曾经入朝为官，不过他最终还是选择了辞官归隐。

后来，宋钦宗又慕名召他到京城并准备任命他为学官，但是朱敦儒居然再次谢绝了皇帝的征召，宣称自己"麋鹿之性，自乐闲旷，爵禄非所愿也"，"固辞还山"，又一次放弃了入仕的机会。

怎么样，这个朱敦儒的清高疏狂之气还真不是吹牛吹出来的吧？

朱敦儒在洛阳期间写过一首《鹧鸪天·西都作》，东京是开封，西都就是洛阳，这首词完全可以看作是他早年生活的真实写照：

> 我是清都山水郎，天教懒慢带疏狂。曾批给露支风敕，累奏留云借月章。　诗万首，酒千觞，几曾着眼看侯王。玉楼金阙慵归去，且插梅花醉洛阳。

这首词大约作于宋徽宗宣和末期，应该是在朱敦儒辞官归隐后所作，词中流露出来的口气真的是比天还大。"我是清都山水郎"！"清都"是什么意思呢？"清都"是神话中天帝居住的宫殿啊！我也是有官职的，我的官职是"山水郎"，是天帝命令我掌管山水，所以我的性格也是天帝赋予的天性。"天教懒慢带疏狂"，我的天性就是懒散、狂放不羁，不愿意受任何人间的约束。"曾批给露支风敕，累奏留云借月章。"天帝给我批了敕令，让我管风管露；我呢，也没少给天帝上奏章，一会儿要天帝为我留住云，一会儿问天帝借走月。你看，天帝给我的权力大不大？

一句话，山川风月，都听我朱敦儒的调遣，你说我酷不酷？飒不飒？这样的工作岗位，你羡慕不羡慕？

上阕这样吹牛还只是铺垫，词人是为了下阕直抒胸臆、宣告自己的人生理想，才故意搬出"天帝"来吓唬人。词人真正的人生理想是什么呢？是"诗万首"，是"酒千觞"，只要能自由自在地写诗喝酒，什么王侯将相的身份地位，又怎么会入我的法眼呢！

"玉楼金阙慵归去，且插梅花醉洛阳"，我连天帝那儿的玉楼金殿都懒得回去，人间的功名富贵又岂能吸引得了我？我喜欢的就是在洛阳过着这样纵情诗酒、醉卧花间的隐士生活，这才是符合我天性的自由与不羁！

你看看，朱敦儒以天帝敕封的山水郎官自诩，掌管着风露云月的批给支配，宣告自己摆脱尘俗羁绊，睥睨王侯富贵，他只管风月不问俗务的傲骨清风，是不是颇有点魏晋名士的潇洒风度？

当然，我们也不得不说，朱敦儒早年的辞官归隐，或许并非仅仅是因为生性不羁受不了官场束缚，而更可能是因为看到宋徽宗主政后期的荒唐和国势的颓败，失望之余才做出的不得已的选择。

3

然而，诗酒风流的生活必然随着国难的降临而终结，多少像朱敦儒这样的名士在金人铁骑的践踏下，不得不裹挟进逃难的洪流。

覆巢之下焉有完卵，国家的倾覆必然影响到每一个人的人生轨迹，但，并不是每一个人都能记录下这个特殊的时代与特殊的心路历程。朱敦儒的词描写亡国灭家之恨和颠沛流离之苦，不仅记录了个人的南渡历程，更是靖康之变后整个民族悲惨命运的缩影。

甚至可以这么说，朱敦儒是唯一一个用词作完整记录南渡前后士人生活轨迹和心态转变过程的词人。从这一点来说，朱敦儒和杜甫还颇有点相似。当然，杜甫是典型的儒生，虽然也有过纵情诗酒的年少疏狂，但毕竟，致君尧舜才是他的毕生理想，这和朱敦儒的隐士风流并不相同。他们之间相似的是，国家不幸诗家幸，安史之乱下杜甫的诗歌创作串连成一部"诗史"，个人的颠沛流离与国运沧桑无缝连接，呈现出一部宏阔的时代画卷；靖康之难则让朱敦儒的词创作成了一部"词史"，他个人足迹的延伸连接着国家命运的动荡起伏。

注意哦，到朱敦儒这个时代，词经过了几百年的发展，但第一个能称得上"词史"创作的词人，非朱敦儒莫属。在此之前，苏轼的词创作虽然基本上能够清晰地勾连起他的人生轨迹，因为苏轼也喜欢在词牌名下加个题目或者加个小序什么的，说明这首词创作的时间、地点或者背景故事。但苏轼生活的年代，北宋基本处于承平盛世，并未经历大的波动，而且苏轼的词创作也基本不直接反映国家的政治事件，因此苏轼的词并没有将个人与国家命运紧紧绑定。

如果说，苏轼的词算得上是半部"自传"的话，那么朱敦儒的词就可以算得上是"自传+词史"。从这个意义上说，时代的剧痛反而成就了朱敦儒"命中注定"的"词史"第一人。

经历了南渡逃亡的朱敦儒，一改此前流连花间的词风，将国耻家难一一倾泻于词笔之下，他的一系列词作串起了他南逃的真实行踪。

在逃难金陵期间，朱敦儒写下了最著名的代表作《相见欢》：

> 金陵城上西楼，倚清秋。万里夕阳垂地大江流。　　中原乱，簪缨散，几时收？试倩悲风吹泪过扬州。

可以想见，国家多事之秋，瑟瑟秋风中的金陵城，带给了词人何等悲凉的感慨。词的起句就交代了创作的具体地点和时间："金陵城上西楼，倚清秋。"金陵，就是今天的南京，秋天的南京天清气朗，正是最好的季节。更何况，登上金陵城楼，放眼四望，开阔的景象令人更添豪情："万里夕阳垂地大江流。"长江波涛汹涌、滚滚东流，水天相接处落日正圆，缓缓西沉的斜阳，向大地洒下了最后一片熠熠金辉。

"金陵城上西楼，倚清秋。万里夕阳垂地大江流。"这是何等清澈澄明却又雄浑苍茫的景色！

上阕纯粹写景，下阕笔锋陡变，抒情色彩骤然变得浓厚起来："中原乱，簪缨散，几时收？试倩悲风吹泪过扬州。"

"中原乱"，一个"乱"字，道出了那个特殊的时代背景。靖康元年（1126）年底，北宋的京城东京沦陷，随着京城的陷落，无论是世家大族还是平民百姓，纷纷加入了南渡逃难的队伍，歌舞升平的北宋盛世永远结束了。宋钦宗的弟弟，康王赵构于 1127 年 5 月在南京（今河南商丘）被拥立为皇帝，改元建炎，这就是历史上的宋高宗，南宋王朝的第一个皇帝。

朱敦儒这首《相见欢》正是作于建炎元年也就是 1127 年秋天的南京。

"中原乱，簪缨散，几时收？"下阕一开始，朱敦儒就直奔主题，揭示了靖康之难给国家带来的巨大创伤。"中原乱，簪缨散"，簪缨是古代官吏帽子上的冠饰，这里代指朝廷显贵。中原战乱，国家已成一盘散沙，连世家显贵都如丧家之犬，又何况老百姓呢！

"几时收"一问真有惊天地泣鬼神的力道。"收"可以有两层理解：一是问沦陷的中原何时才能收复；一是问这种百姓乱离的悲惨局面何时可以结束，人心何时才能重新凝聚在一起。

最后一句更是出人意料，词人竟然幻想请求悲风吹泪直达扬州。"试倩悲风吹泪过扬州"，扬州是地标式的城市，长江恍若一道天堑，是南宋王朝抵御金兵的天然屏障，江北的扬州就成了当时抗金的前线重镇。然而，南宋初年扬州屡被金兵洗劫，从唐宋以来最繁华的国际化大都市之一几近变成了废墟。此刻，逃到金陵的朱敦儒伫立在城楼之上，北望满目疮痍的扬州城，不禁悲从中来，仿佛连掠过城楼的秋风都携带着最剧烈的亡国之痛。

祈求悲风吹泪过扬州，实际上也正是词人表达亲赴前线杀敌建功的强烈愿望。

谁又能想到，这一路南逃，朱敦儒的足迹最远竟然到过江西以及两广地区。

绍兴三年（1133）秋天，朱敦儒继续南逃到了泷州，即今广东罗定市，他又填了一阕《相见欢》：

> 泷州几番清秋，许多愁。叹我等闲白了少年头。　人间事，如何是，去来休。自是不归归去有谁留。

词中的"叹我等闲白了少年头"，和岳飞《满江红》中的"莫等闲、白了少年头，空悲切"是何等的知音相惜。

4

国家的患难不仅改变了朱敦儒的词风，也改变了他的人生志向。早年的他诗酒轻狂，可是南渡之后，对于国家命运的忧心让他改变了人生选择。

高宗即位之后，曾下诏让大家广为举荐流亡于草泽的才德之士，名满天下的朱敦儒屡次被强力举荐，朝野都认为他有

"经世之才"，他却屡屡固辞。直到有朋友苦口婆心地劝他："现在天子求贤若渴，迫切希望国家复兴，你怎么还能若无其事一般，在岩壑山谷间白首终老、不问国事呢？"这就相当于用家国担当和使命感作为激将法来当头棒喝朱敦儒了。

果然，听了朋友的劝告，朱敦儒这才"幡然而起"。

绍兴三年（1133），朝廷诏令朱敦儒从一介布衣特补右迪功郎，命肇庆府敦促并礼送朱敦儒赴行在临安（杭州）。朱敦儒这才离开两广北上。绍兴五年（1135），五十五岁的朱敦儒来到临安，受到宋高宗召见，赐进士出身，授秘书省正字，开始了他在南宋的仕途生涯。

这个时候的朱敦儒，满怀着收复中原、报仇雪恨的慷慨志向。可是，南宋政府奉行的主和政策却一再摧毁了仁人志士的希望，像陆游、辛弃疾都是壮志难酬的爱国志士。朱敦儒的仕途也不顺利，他曾经愤慨地说：我"有奇才，无用处。壮节飘零，受尽人间苦。欲指虚无问征路。回首风云，未忍辞明主"（《苏幕遮》）。

朱敦儒自负有奇才，希望能在国家危难之际倾尽一身才华救国救民，可是，现实无情地浇灭了他心头熊熊燃烧的报国之火。当时的他真的是进退两难，进吧，报国无门，退吧，又不忍心弃君国于不顾，"回首风云，未忍辞明主"！

南宋统治者的不思进取，让朱敦儒的内心充满了痛苦的挣扎。他在临安写的词毫不掩饰地倾诉了这种强烈的痛苦：故国家乡还狼烟满地，偏安江南的小朝廷却已经开始醉生梦死。在所有人都觥筹交错、粉饰太平之际，只有词人在黯然神伤、缅怀故国，但他对南宋朝廷偏安享乐的现状有再多的不满，却也无力回天。他也想过，索性像别人一样痛饮狂歌，借酒浇愁吧，可是酒醒之后"转更销魂。只是皱眉弹指，冷过黄昏"（《风流子》），爱国忧思溢于言表。

绍兴十六年（1146）十二月，朱敦儒被弹劾，有人说他"专立异论，与李光交通"，就是说他经常和朝廷唱反调，还和李光暗通款曲。

李光是谁呢？

李光是抗金名士，也是秦桧的死对头，因为不附和秦桧的和议被罢官，李光每次提到秦桧，都咬牙切齿地称他为"咸阳"。为什么会把"秦桧"叫作"咸阳"呢？咸阳曾经是秦朝的都城，而秦朝是以暴政闻名的，秦桧又正好姓"秦"，所以李光是把秦桧当作"暴秦"，他曾经在朝廷上当着秦桧的面痛骂他卖国求荣。绍兴九年（1139），参知政事李光被罢。同在这一年，因为宋金议和，一批抗金名将都相继被罢官，李纲、张浚、赵鼎均被逐出京。

在秦桧一手遮天之际，朱敦儒竟然敢暗中和李光这样的人交往密切，后果可想而知：朱敦儒被罢职，开启了晚年的隐居生活。绍兴十九年（1149）朱敦儒正式致仕，此后便隐居在嘉禾（浙江嘉兴）岩壑。

和早年在洛阳的隐居不同，曾经意气风发、睥睨诸侯的山水郎官此时已经是一位漂泊异乡、饱经风霜的古稀老人了。

朱敦儒隐居嘉禾期间，陆游曾经和朋友一起专程去拜访过他。据陆游的记述，他们相会的场景极为浪漫："闻笛声自烟波间起，问行者，曰：'此先生吹笛声也。'顷之，棹小舟而至，则与俱归。"（周密《澄怀录》）

这段话实在太美，美得让人忍不住闭上眼睛，冥想那一番人间仙境的画面：薄薄的烟雾在波光如练的湖面上袅袅升起，笛声从烟水迷离之间悠悠传来，令人心醉神驰。陆游不禁询问路过的行人："这是谁在吹笛子？"行人说："这就是朱先生的笛声啊！"不一会儿，果然看到宽袍大袖、衣袂飘然的岩壑老人乘着一叶小舟，穿透萦绕湖面的袅袅烟波，翩然而至，仿佛天上的神仙降临凡间……

拜会朱敦儒的这一年，也就是绍兴二十年（1150），陆游二十六岁。在青年才俊的心目中，古稀之年的朱敦儒简直是神仙一流的人物，所以他们的第一次见面才会给陆游留下如此如真如梦、如仙如幻的深刻印象。

然而，谁能料到，曾经祈愿一生不羁放纵爱自由的"清都山水郎"，曾经发誓报国救民的朱敦儒，曾经一叶扁舟漂游于岩壑间的"老神仙"，在晚年还有过一段无奈且不堪回首的经历。

绍兴二十五年（1155），秦桧强迫朱敦儒再度出仕，并且不管三七二十一，根本不顾朱敦儒的个人意志，就给他安了个鸿胪少卿的职位。为什么说是强迫呢？因为秦桧当权多年，为了显示自己的政绩，喜欢用当时有名望的文士来为自己粉饰太平。而且，秦桧的儿孙中颇有爱好舞文弄墨的人，秦桧非常赏识朱敦儒的才华，很希望利用他来给自己的子孙做个榜样。

秦桧当然也知道，朱敦儒不是一个会轻易屈服于权势的人，于是他用了一个阴招。什么阴招呢？他先给朱敦儒的儿子安了个删定官的职位——这就相当于用他儿子来当"人质"，迫使老父亲朱敦儒就范了。

这招阴不阴？

可以说是阴损到了极致。一个年过七旬的老人，出于舐犊之爱，害怕连累了儿子的性命，不得不违心再度出仕。不过，秦桧很快就死了，朱敦儒也再度致仕。然而这一段不到二十天的被强迫复出的短暂经历，却在士林中为朱敦儒留下了晚节不保的污名。

可是，一个垂老父亲的护犊之情，总是可以被谅解的吧？

垂暮之年的朱敦儒，回首这跌宕起伏的一生，该有多少叹息和感慨呢？一首《西江月》或许就是朱敦儒对自己一生的总结：

> 元是西都散汉，江南今日衰翁。从来颠怪更心风，做尽百般无用。　　屈指八旬将到，回头万事皆空。云间鸿雁草间虫，共我一般做梦。

这首词作于绍兴二十八年（1158）和绍兴二十九年（1159）之交。朱敦儒卒于绍兴二十九年正月初八，因此，这首《西江月》极有可能就是他留给这个世界的绝笔之作。词人从早年的"西都散汉"到晚年的"江南衰翁"，同是隐居，心态却已大不相同：一个"散"字道尽往日豪迈不羁的浪漫生活，而如今，一个"衰"字又诉说着英雄末路的穷途之悲。"颠怪"，也就是举止癫狂，在别人看来就是不正常了，性格古怪就像心神混乱一般。而且一辈子一事无成，"做尽百般无用"。

在即将迈进八旬的老迈之年，词人回首这一生，却什么都没有留下，就仿佛云间的鸿雁、草丛里的鸣虫，一生不过是大梦一场……

1159 年，七十九岁的朱敦儒逝世。一代历史的见证者，一代"词史"的记录者，最终只留一声叹息，在寒夜里如雪花飘落。

或许，在另外一个世界的山川风月里，他仍可以自在徜徉，仍有诗酒相伴，仍是那个一生不羁放纵爱自由的"清都山水郎"吧。

还记得年少时做过的梦吗

1

这一讲，我要讲的是一位让我特别纠结的词人——陆游。

对的，"纠结"，就是这个词。

通常，我选择解读的一定是在宋代词坛最具代表性、最不可替代甚至是具有殿堂级价值，或者转折意义的词人，而且他们各自的风格在整个词史上必须极具识别度和典型性，通常可以用几个甚至只用一个关键词就可以基本概括他们的特点或者词史地位。

但是，在面对陆游的时候，我变得特别纠结，甚至在最开始圈定我要讲的 20 位宋代词人的时候，第一次"海选"的名单里并没有陆游的名字。尽管我个人对他非常景仰非常熟悉，但一开始我并不认为他是最具代表性的 20 位宋代词人之一。不过，几经纠结过后，差点因此患上"选择困难症"的我，还是将陆游圈进了这个系列之中。

我之所以这么纠结，主要有三个原因：第一个原因，陆游的文学成就主要在诗文，尤其是诗。他可以说是宋代最伟大的诗人，跟他的诗比起来，词在数量上就无法与之相提并论。陆游传下来的诗有九千多首，词仅仅一百多首，只当诗作的大约百分之一。家喻户晓的词似乎也只有两首：一首《钗头凤》"红酥手，黄縢酒"和一首《卜算子·咏梅》"零落成泥碾作尘，只有香如故"。这两首词走红的主要原因可能还并不是词本身，而是陆游和唐琬的悲剧爱情让人记住了他的"错错错"和"莫莫莫"；人们记住"零落成泥碾作尘"的咏梅词，很大程度上则是因为毛泽东的同款词作"待到山花烂漫时，她在丛中笑"（《卜算子·咏梅》），这带动了人们对陆游原词的欣赏……

我纠结的第二个原因是，陆游自己对词的态度比我更"纠结"！你知道他面对自己的词，有多纠结吗？我举例子证明一下。

第一个例子，陆游在古代算是高寿诗人，活了八十五岁，而他留存到现在的一百多首词绝大多数写于中年。也就说，他在青少年时期和晚年都绝少填词，尤其是在他六十多岁到八十多岁的二十多年中，几乎完全搁笔罢写。

陆游晚年曾经亲自编订自己的词集，淳熙十六年（1189），六十五岁的陆游写了《长短句序》，非常老实地承认了自己的纠结。他说，我以前年轻的时候也喜欢赶时髦，流行歌曲没少写，"晚而悔之"，年纪大了以后回想起来就很后悔。可是后悔没用啦，谁让他是一个名满天下的大诗人，还有宋代"小李白"的外号呢！全世界都知道陆游写过流行歌曲，你想不承认都来不及了啊！陆游也老实得可爱，他继续说，"今绝笔已数年"，我已多年没再填过词了，但是考虑到年轻时候的文字已经传得尽人皆知，自己也知道"旧作终不可掩"，"罪证"昭然，掩盖是不可能的了，所以干脆编成集子，证明一下，是我写的我不否认，不是我写的也别想"栽赃"给我。而即便是我自己写的，年轻时候的孟浪也不应该。"因书其首，以识吾过"，所以呢，我在词集前面写下这篇自序，提醒自己记住自己的过错。

你看陆游这篇自序是不是非常纠结呢？明明写过词，写得还不错，喜欢的人还不少，他自己内心隐隐还有些小得意，自编词集也有点"敝帚自珍"的意思。但他又要"口是心非"地声明当初填词是不小心被潮流裹挟了，而且自己也早就"改邪归正"了，保证绝不再犯。这说明，虽然词经过周邦彦、李清照等词人专业化、理论化的推动，词的地位日益得到了尊重，可是在陆游眼里，词还是小道，还是登不得大雅之堂的流行歌曲。要承认自己也曾年少孟浪，曾经流连于歌厅，哼过一些靡靡之音，仍然需要莫大的勇气。从这点来看，陆游能够勇于承认"错误"，说明他是勇敢的；可是他不敢承认词与诗并列的文学地位和价值，却又说明他在思想上是趋于保守的。这一点，比他年纪小一点的辛弃疾，就要大方得多，辛弃疾几乎将全部的才情都倾注给了词，诗则完全没有什么影响力。这样比起来，陆游对词的态度，是不是的确非常纠结呢？

我纠结的第三个原因是，陆游自己的纠结导致了整个词史在面对陆游词的时候，也显示出了无比的纠结。你以为只有我一个人纠结吗？不是的！没有人纠结于陆游的人格与诗坛地位，但很多人都在纠结他的词坛定位。比如说最早对陆游词进行评价的南宋著名词人刘克庄，他说，陆游的长短句啊，"其激昂慷慨者"，连辛弃疾都未必赶得上；"飘逸高妙者"，可以与朱敦儒一比高下；"流丽绵密者"，甚至还超过了晏幾道、贺铸……（《后村诗话·续集》）刘克庄也真敢说啊，他的意思就是陆游是全能选手，而且一出手就直逼各种风格的顶尖高手。当然，我们承认，一流大诗人大词人的确能够驾驭多种风格，但你行走在词的江湖，总要有一样独门绝技吧？样样武器都耍得让人眼花缭乱，还是不如把独门武器耍到无人能敌吧？

很遗憾，在词坛上，陆游并没有什么必杀技。正面一点评价的话，我们可以说他各种风格都能驾驭得很好，但不那么正面评价的话，我们也可以说他的词各种风格都还到不了可以绝杀顶尖高手的地步。比如清代《四库全书总目·放翁词》提要就说：陆游词雄慨似苏轼，纤丽似秦观，他本来大概是想在这两方面分别超过苏轼和秦观。所以一会儿学学苏轼，一会儿又想和秦观比一比，但最终的效果却是"皆不能造其极"，意思就是这两种风格都没有达到苏轼和秦观最高妙的境界。

2

陆游的词带给他自己、带给我们这么多的"纠结"，但他又是宋代词坛绕不开的一个重要词人。那么，到底我们该怎么去理解和评价他的词呢。我想，我们还是先来欣赏一下陆游的一首代表作吧。当然，既然陆游词的特点是风格多样，他的代表作也不可能只有一首，我们先来看其中一首——《夜游宫·宫词》：

> 独夜寒侵翠被，奈幽梦、不成还起。欲写新愁泪溅纸。忆承恩，叹余生，今至此。　　薪薪灯花坠，问此际、报人何事。咫尺长门过万里。恨君心，似危栏，难久倚。

词题是"宫词"，也就是说主题写的是后宫女子的幽怨。我们看这首词，也的确通篇都在写一位空床独守的后宫妃嫔的情绪。漫长的夜里，她一个人拥着"翠被"，任由夜晚的寒意侵袭，她翻来覆去睡不着，连做梦都成了一种奢侈。披衣起来想写下自己的愁绪吧，结果笔还没落下，伤心的泪水已经湿透了案头刚刚铺开的纸。此刻的她，不由得回忆起当年被皇帝宠幸的时候，那是多么的缠绵甜蜜，自己在后宫的地位又是多么让人艳羡啊。那时她怎么可能想到，自己将来也会有色衰爱弛的一天，也会有日日思君不见君的一天，也会有夜夜等待却夜夜绝望的一天呢！

"叹余生，今至此"！今天的自己沦落到了什么地步呢？

下阕回答的就是这个问题："薪薪灯花坠"，灯花纷纷落下。她不由得奇怪地问：灯花这样不停坠落，是想告诉我什么呢？我这里早已门庭冷落，不会有人来看我啊！"咫尺长门过万里"，我现在住的地方和冷宫又有什么区别呢？

"长门"的典故，出自汉武帝的第一任皇后陈阿娇。陈阿娇是汉武帝姑姑的女儿，关于阿娇有一个流传很广的传说。阿娇很小的时候，她妈妈故意指着身边一群宫女问小刘彻（那时刘彻还叫刘彘）："你愿意娶妻吗？"刘彻摇摇头。姑妈又指着阿娇问："那我的女儿阿娇怎么样啊？"这回刘彻毫不犹豫地回答："我若得阿娇为妻，一定专门为她盖一座黄金屋。"刘彻后来果然娶了阿娇，登基后，封阿娇为皇后，成语"金屋藏娇"的典故就是这么来的。可是，后来汉武帝宠爱更为年轻美貌的歌女卫子夫，皇后陈阿娇因为妒恨且又无子，竟然被汉武帝废掉，打入冷宫长门宫，皇后的地位也被卫子夫取而代之。

传说幽居长门宫的陈皇后在绝望之中，曾花重金请当时的著名才子司马相如，专门为她写了一篇《长门赋》，向汉武帝表白：你虽然不要我了，但我还是一心一意等着你回心转意呢！从此以后"长门"的典故被诗人词人频繁使用，代指遭到丈夫冷落或者遗弃的妻子，"长门"成了冷宫、弃妇的代名词。

"咫尺长门过万里"，长门宫离皇帝的寝宫不过咫尺之遥，可是皇帝的心离我却早已有万里之遥。我恨啊！恨君王的心意，就像高楼的栏杆一样，不可能成为你长久的依靠！

是不是有一点不敢相信这样幽怨的词句竟然出自宋代最伟大的爱国诗人陆游之手？是不是有一点不敢相信"铁马冰河入梦来""铁马秋风大散关"这样的如椽大笔竟然和"咫尺长门过万里"的怨妇口气是出自同一位诗人？

不管你信不信，这就是事实。正因为陆游可以自如驾驭不同风格、不同题材的词，所以他的这一类凄婉之词才会被认为酷似秦观和晏幾道等婉约派词人。

但，请不要忘了，陆游毕竟和秦观、和晏幾道不同。他毕竟是身处南宋与金国矛盾对峙的特殊时期，他毕竟是一位坚定的抗金主战派爱国诗人，他毕竟不是一个会长时间沉溺于儿女情长的柔弱词人。他是陆游，是"亘古男儿一放翁"，是可以和苏轼、和辛弃疾并称的英雄词人！那么，他写这样悲悲切切的宫怨词是不是别有隐情呢？

果然，这样一问，我们就问出了词背后隐藏的真实故事。的确，这不是一首普通的宫怨词，而是陆游利用了词体的闺情本色，寄托他的君臣、家国深意。换言之，这不是一首爱情词，而是一首政治词。

这首词作于南宋乾道九年（1173），这一年，陆游四十九岁。四十九岁的陆游正经历他人生当中最重要的一次转折，从他事业与诗歌创作的最高峰陡然跌到了低谷，并且从此坠入了无止境的黑暗期。那么，在陆游四十九岁前后，到底发生了什么呢？

我们知道，陆游一生最大的事业理想就是"王师北定中原日"（《示儿》），是宋朝的军队打过淮河去，赶走金人，收复中原，统一祖国。而他一生中离这个理想最近的时刻就是他四十八岁这年。

乾道八年（1172），四十八岁的陆游投笔从戎，来到南宋西北边疆前线，离金兵最近的地方——南郑（今陕西汉中）。

汉中是南宋和金国交界的西北边陲。在西边，南宋和金是以秦岭为边界的，秦岭以北，包括今天的西安在内，当时都已经沦为金国的属地。汉中处在秦岭的南边，当时是四川宣抚使司所在地。宣抚使是地方军队最高的军事统帅，大概相当于今天的军区司令员，当时担任这个职务的是王炎，而陆游的职务则大概相当于宣抚使的军事参谋、宣抚使司办公室主任等。

接到这个光荣的任命，陆游才真正算是实现了他的愿望：穿上军装，从大后方到了最前线，终于有了"执戈王前驱"的机会。从乾道八年的三月到十月，短短八个月的前线从军经历，成了陆游一生事业的最高潮，也是他诗词创作的最高潮。

有一次，陆游参加了发生在大散关的战斗，大散关在今天陕西宝鸡的西南边，向来是金国觊觎的军事要塞。宋金曾经有好多次在大散关交火，但金人始终没能打开这个缺口。边疆的战斗是艰苦的，陆游在诗里回忆说："铁衣上马蹴坚冰，有时三日不火食。"穿上军装，跨上战马，踏着冰天雪地跟敌军作战，冰霜打到脸上像刀割一样疼。两军对峙的时候，有时甚至好多天都不能生火做饭，只能靠冰冷的干粮充饥。可是这样的生活，陆游并不觉得有多艰苦，"一寸赤心惟报国"，因为这是他赤胆忠心报效国家的最好机会，这才是他梦想中的金戈铁马的生活。

3

在南郑从军的日子里，像这样的小规模战事随时都有可能发生，陆游过的军营生活基本上就是枕戈待旦、风餐露宿，很少有清闲的时候。像夜间急行军，野外露营，边防巡视，甚至孤身一人突破敌军防线传递情报等等，都给他的军营生活增加了刺激，当然也增加了危险。然而，所有的这些艰苦，甚至是生命危险，后来都成了陆游终生回忆的亮点，都是他经历过的最最浪漫的事。有了这些浪漫的回忆，他这一辈子，才算是没有白活，才算是真正享受到了他生命的高光时刻。

陆游最具代表性的一首词就是写在南郑从军的这八个月之间，这很可能也是他一生中最不纠结的一首词——《秋波媚·七月十六日晚登高兴亭望长安南山》：

> 秋到边城角声哀，烽火照高台。悲歌击筑，凭高酹酒，此兴悠哉！　　多情谁似南山月，特地暮云开。灞桥烟柳，曲江池馆，应待人来。

这首词作于乾道八年七月十六日，高兴亭就在南郑子城的西北面。可以想象，这正是陆游到南郑从军期间最为意气风发、斗志最为昂扬激荡的时候。他和宣抚司的同事们在工作之

247

余，呼朋引伴一起到高兴亭去欢宴。觥筹交错、开怀畅饮中，渐渐地，诗人酒兴上来了。他乘着酒兴，豪迈地铺开纸，满饮了一盅酒，挥毫写下了这首词——或许这是他这辈子写得最畅快淋漓的一首词了。

七月的汉中已经能感觉到秋天的凉意，前线传来军中号角的声音，在清凉的秋夜越发显得苍凉悲壮；远处的烽火映照着高台，渲染出边疆战场的气氛。诗人似乎忘了这是难得的闲暇时光，他的心里无时无刻不记挂着的，只有两个字——"中原"！"悲歌击筑，凭高酹酒"出自《史记》中的典故，燕太子丹派遣荆轲去刺杀秦王，来到易水边的时候，高渐离击筑，荆轲和而歌曰："风萧萧兮易水寒，壮士一去兮不复还。"诗人心中也涌起一股战士即将出征的豪情，他又满斟了一杯酒，洒在地上，向苍天祷告：让老天保佑我们如愿以偿，顺利地收复中原吧！

也许上天真的被诗人这一腔赤诚感动了，连月亮都感染了诗人的真情，特意为他破云而出，深情地照耀着"南山"，照耀着中原大地。这里的"云"也许还可以理解为金人对于大宋王朝领土的侵占。诗人热切盼望赶走敌人的心情，就正和多情圆月破云而出的勇敢一样，他们一定会等到冲破云层的阻隔，重见光明的那一刻！

"南山"是长安（今陕西西安）的终南山。借着明亮的月光，诗人仿佛看到了长安的灞桥，杨柳依依；仿佛看到了长安的曲江，池馆依旧。那都是我们的故土啊！如今它们都在月光下静静地等候——"应待人来"。它们如此殷切等待的人会是谁呢?

当然是南宋朝廷的收复大军!它们在等着我们的军队越过秦岭,夺回沦落的土地,让流离的人民重新回到亲人的怀抱。在这支威武雄壮的大军中,一定少不了诗人陆游威风凛凛的身影。一个"应"字,充分表达了诗人对收复中原的自信和热切。

如果说,我们在陆游的诗中更多地体会到他的豪情,那么在这首词中,我们又在豪情中触摸到了他的深情。这固然与陆游对诗词不同文体的风格理解有关,同时也说明在陆游的心中,他心系中原的深情与出征北伐的豪情是交融在一起的。谁说侠骨与柔情不能并存?谁说铁石男儿就不能作"销魂语"?情到深处,表现的形式已经不重要了,重要的是那份情感的昂扬与激荡。

天若有情天亦老,陆游的这份豪情与深情,足以让天地也为之动容,就像终南山上空的月亮一样,多情的凝望,只是顽强地为了等待云破月出的那一刻!

这样的词,不仅陆游写得畅快淋漓,我们读起来也是畅快淋漓啊!

是的,在陆游八十五岁的一生当中,他最不纠结的人生只有这短短的八个月,他最不纠结的词创作也只在这短短的八个月中!

不知道这是陆游的幸还是不幸?

让陆游万万没有想到的是，就在乾道八年（1172）的十月，四川宣抚使王炎突然被朝廷召回，到京城临安担任枢密使的职务。表面上看，王炎是升官了，可实际上这是朝廷对王炎的明升暗降。朝廷召回王炎，其实是意味着朝廷用兵的意志又动摇了。因为王炎这几年在四川所做的一切，都是在为北伐做准备，现在，一切都快筹备好了，只等最后的号令一发动，就可以正式出师北伐。临阵换将，本是兵家大忌，朝廷却在这个关键时刻突然调走"司令员"，这当然是一个不祥的信号——果然，王炎被召回之后不久，就被罢官了。"司令员"这一走，出师北伐又变得遥遥无期了。

朝廷这个命令下达的时候，陆游正被王炎派出去巡视前线，等他回来的时候，一切都发生了变化。王炎手下的幕僚基本上都被遣散，陆游也被撤回成都。充满战斗激情的陆游，还没正式遭遇大规模战争，还没有亲手杀死过敌人，又被调到了大后方。他就像霜打的茄子一样——蔫了，建功立业的机会眼看就在面前，可是一转眼就消失得无影无踪。他知道，自己已经是快五十的人了，岁月不饶人啊，这次离开前线，这辈子可能就再也没有机会重返战场了。

理想和现实的巨大落差，让陆游的心情一下子从兴奋的顶点跌到了失落的深渊。《夜游宫·宫词》就写在陆游撤回后方的第二年，也就是说，写于陆游理想破灭的情绪最低谷。所以，词中真正的主人公压根儿就不是什么失宠的后宫妃嫔，陆游只是继承了"以男女比君臣"的传统手法，用爱情来比拟君臣之情。那个独自守在冰冷的"长门宫"的女子，其实代指的是陆游在南郑军营中的顶头上司——四川宣抚使王炎。"忆承恩"是暗喻以宋孝宗为代表的南宋朝廷对王炎的信任，委任他到宋金前线筹备北伐；而"叹余生，今至此"则是感慨君心善变，北伐形势一触即发的关键时刻，前线军营竟然瞬间土崩瓦解，而主帅王炎先是被调离，紧接着被撤职，从此再也没有被起用过，直到他郁郁而卒……

"恨君心，似危栏，难久倚"！

不，这不是一首宫怨词，这不是后宫失宠妃嫔表白对皇帝的单相思，这是陆游借主帅王炎的遭遇自悼壮志未酬的"代言体"，是形式上非常符合词体闺怨本色，内容上却又寄托深厚、沉郁悲凉的言志之作，是陆游无比纠结无比痛苦之时的肺腑之声。

4

陆游还有一个和以往多数词人不尽相同的最大特点，那就是他词中深藏的感慨往往能够在同时期的诗作中得到呼应。也就是说，当北宋大多数词人将诗和词的功能分得清清楚楚的时候，陆游却是将他的一腔真情同时交付给了诗与词这两种不同的文体，正因为他对词体的独特性并没有那么在意，所以他才会在诗和词中抒发同样的感慨。比如说，就在创作这首《夜游宫·宫词》的同一年，他的《长门怨》诗也写过这样的句子："早知获谴速，悔不承恩迟。"这样的怨愤之词和《夜游宫》中的："忆承恩，叹余生，今至此""恨君心，似危栏，难久倚"完全是同一寓意。

所以，你说，陆游词的风格怎么可能用一两个关键词就完全概括呢？他到底是纤丽如秦观，还是雄慨似东坡呢？貌似都说得过去，又貌似都不尽准确。

其实，陆游一生纠结的并非面对诗词的文体之别，他一生纠结的是理想与现实的巨大落差。晚年的陆游被迫闲居家乡山阴（今浙江绍兴），这种纠结更是发展到了极致。在他六十岁左右的时候，他写下一首《诉衷情》，我们更能够从中读到这种痛苦纠结的深挚情怀：

> 当年万里觅封侯，匹马戍梁州。关河梦断何处？尘暗旧貂裘。　胡未灭，鬓先秋，泪空流。此生谁料，心在天山，身老沧州！

走向暮年的陆游，经常会在梦里、在回忆里，回到当年他骑着战马、不远万里来到四川边境南郑从军的那段时期。可是这段经历，已经像梦一样消失了。当梦骤然被惊醒，他睁开眼睛，看到的只有墙上挂着的旧军装——"尘暗旧貂裘"，那是他当年穿过的貂皮做的军服，现在军装上覆满了尘土，颜色褪了，就像遥远的往事一样暗淡了，被尘封了。其实陆游哪里是在感叹旧军装呢？他是在感叹自己——他的人也就像这件旧军装一样，被朝廷遗忘了，被战场抛弃了，英雄暮年，再也不复当年的英姿。

敌人还没有被消灭，可是英雄已经老去。他不甘心啊！"此生谁料，心在天山，身老沧州。"沧州，本来是指古代隐士闲居的地方，往往选择在水滨，这里指陆游晚年隐居的绍兴镜湖边的三山。在这首词里，陆游用到了唐代大将薛仁贵的典故。他一直认为自己是薛仁贵那样的大将之才，可是，他却没有机会像薛仁贵那样出师远征，平定天山，收复国土，他只能在小乡村里虚度年华，"身老沧州"。一想到这些，怎么能不让老英雄泪流满面呢？

"关河梦断何处？尘暗旧貂裘。"这样的纠结与痛苦也同样倾泻在了他六十八岁时写的经典诗作中："僵卧孤村不自哀，尚思为国戍轮台。夜阑卧听风吹雨，铁马冰河入梦来。"（《十一月四日风雨大作》）

六十八岁的诗人，已是英雄迟暮，包围着他的只有贫困、衰老、疾病和孤独。可是当诗人抱病僵硬地躺在冷冷清清、荒凉的乡村里，并没有因为个人的穷困而感到悲伤，他念念不忘的还是有朝一日能够再上前线，再为国家戍守边疆。

"铁马冰河入梦来"，和"关河梦断何处"的情绪简直如出一辙。

是的，陆游一生的事业，一直在激情的理想和冷酷的现实之间纠结；陆游一生的爱情，一直在缠绵的回忆和悔恨的自责中纠结；陆游一生的词，一直在诗的耀眼光环下找不到安放的位置……

六十五岁的时候，陆游在词序中自称"今绝笔已数年"，这说明在他生命的最后二十余年中，他几乎不再填词。

然而，对陆游而言，年少时候做过的那些梦，是他记忆里永不凋零的花；他曾经填过的那些词，是他生命里最痴的情与最深的痛。暮年的陆游，对于那些伤痛与痴情或许不敢再问、不能再碰，却永远藏在心里最安静的角落，永远不会忘记。

我和我骄傲的倔强

1

"靖康耻，犹未雪；臣子恨，何时灭。"岳飞《满江红》中的这几句词表达了整个南宋爱国志士心中的雪耻梦、救国梦、统一梦。如果说，南渡之后，陆游主要用诗来宣泄"王师北定中原"的梦想，那么，辛弃疾最擅长的"武器"就是词。

辛弃疾居然是一位词人，而且是一位非常专业的词人，这一点，真真让人想不到！我们总觉得，以他的雄才大略，以他的威猛英勇，他应该在诗坛纵横驰骋才对，可他偏偏在南渡以后的词坛笑傲江湖！有一个小故事挺有意思的，我想和大家分享一下：辛弃疾年轻的时候曾经带着自己写的诗词习作去谒见一个叫蔡光的人，蔡老师看了他的诗词以后，给出了这样一句评价："你的诗写得真不怎么样，但以后你肯定会成为一个著名词人。"

既然辛弃疾这么虚心地向蔡光请教，说明蔡光是非常有学问、非常有名望的人，但这个人在现存文献上居然几乎没有记载。所以有人怀疑辛弃疾拜谒的这位蔡老师其实是蔡松年，蔡松年是金代著名文人，而且的确当过辛弃疾的老师。蔡老师这么直言不讳地评价自己的学生，那是完全合情合理的。

"子之诗则未也，他日当以词名家！"不管是哪个蔡老师，反正蔡老师对辛弃疾的这个评价，准确预言了辛弃疾后来在文学史上的地位。而且，这句评价还从一个侧面证明了词从北宋进入南宋之后发生了一个转折性变化。北宋的词，绝大多数是流行歌坛的歌词，北宋的著名词人，绝大多数都是以业余时间、业余精力填词，将唱歌作为业余爱好。词这样一种文体，由"业余"走向"专业"，标志性地堪称"专家"的词人应该是北宋末年的周邦彦；标志性的理论著作是李清照的《词论》。自此以后，南宋词坛上的顶尖高手几乎全被专家词人所占领，像北宋那样由一群"业余选手"雄霸歌坛的局面可以说是一去不复返了。

南宋词坛上，第一个最闪耀的专业级明星词人，毫无疑问，当属辛弃疾。

能够证明辛弃疾是专家词人的另外一个人，名字叫作岳珂。

岳珂这个名字我们可能不太熟，可是说起他的爷爷，那就无人不知无人不晓了：岳珂的爷爷就是岳飞，他的父亲是岳飞的第三个儿子岳霖。岳飞被杀害时，岳霖才十二岁。

或许正是因为出身的关系，辛弃疾非常看重岳珂，虽然岳珂比辛弃疾小四十多岁，但辛弃疾还是将他视为忘年之交，两个人交往颇为密切。所以，岳珂说的话，值得相信。反正我相信。

岳珂怎么能够证明辛弃疾是专业级别的词人呢？岳珂这么说过："稼轩（辛弃疾号稼轩）以词名……乃味改其语，日数十易，累月犹未竟，其刻意如此。"（《桯史》）

这段话有意思啊！岳珂说，辛弃疾已经是著名词人啦，可他每填一首词都要修改几十遍，有时候甚至好几个月都没修改完，他对待填词的态度竟然如此"刻意"！

你看，这段评价是不是很颠覆我们的刻板印象？我们可能会以为，像辛弃疾这样豪迈的词人，写起词来肯定是一挥而就，下笔如有神啊！怎么可能一首词要改好几十遍、改好几个月呢！这说明，辛弃疾跟苏轼、陆游不一样，他们抱着随意、游戏的心态填词，辛弃疾是真的按专家词人来自我要求的。他这个较真的劲儿，不是专业级别又是什么呢？

"刻意"填词，是辛弃疾对自己的要求，那么，辛弃疾在词坛上的"专业"形象、专家地位怎么确立的呢？客观的评价标准当然是两个，一是数量，一是质量。

从数量上看，辛弃疾是词作留存数量最多的宋代词人，以六百二十多首词的数量雄居两宋词人之冠。从质量上看，他的作品也在排行榜前列。

当代学者王兆鹏领衔统计的宋词排行榜上，宋词百首名篇综合指标中，辛弃疾有两首词入围前十，和辛弃疾一样在前十中占据了两席位置的词人还有两位，一位是北宋的苏轼，另一位是南宋和辛弃疾基本同时的姜夔。但入围前一百名的作品中，周邦彦占十五首，辛弃疾十二首，苏轼十一首，这是入围作品数量前三名的词人。这个排行榜并不是学者按自己的主观好恶排定的，而是根据历代词选、词评、唱和，包括当代互联网链接指标等各项可定量的数据综合排名得出的，因此，它代表的是一种相对客观的结论。

这样来看，辛弃疾的词，无论是数量还是质量，都稳居两宋词坛金字塔的尖端。面对这样庞大的词作数量，我们面临的最大挑战就是，如何给专家词人辛弃疾的词作风格一个定性呢？

当然，你可能马上会给出一个答案：豪放派词人领袖啊！的确，我们通常都会说，豪放派的开创者是苏轼，而豪放派成就最高、最有影响力的词人非辛弃疾莫属。这样理解当然没错，但仅仅"豪放"这个词，绝对概括不了辛弃疾词的全部风貌。我曾经打过一个比方，也许是不太恰当的比方，但我自己觉得很得意。我说，如果将两宋词坛比作是一个侠客江湖，将几位词坛大家的词风与当代作家金庸武侠小说中的经典武功相比，你觉得辛弃疾的武功路数更像谁呢？反正我是这样来打比方的：

晏幾道有如小龙女古墓派的"玉女心经"，在一片虚静中沉醉在梦幻般的过往，却流溢着超越肉体情欲的纯真爱恋，需要以心会心的心灵默契；苏轼颇似周伯通自创了"空明拳"，原本是游戏为之，并不刻意遵循既定的章法，却因自身高深的武学造诣，即使是消遣，亦虚实相间，空明澄澈，柔韧兼具，直臻化境；秦观几类杨过在极度伤感、茫然中悟出了"黯然销魂掌"，一片凄恻缠绵却仍不失柔厚内力；周邦彦的词好比全真派的剑术，法度严谨，章法缜密，游刃有余，颇具大家风范；姜夔词的风韵，则仿佛是段誉的"凌波微步"，独得"神仙姊姊"逍遥派武功的精髓，潇洒飘逸，轻灵玄妙，姿态万方……

至于辛弃疾，则有神似黄老邪的"落英神剑掌"，即便是虚晃一招，其实虚招之下已暗含无数招变化，招数繁复奇幻，招招威猛凌厉，如桃林中狂风骤起，落英缤纷，可谓出神入化，神行百变！

"出神入化，神行百变"，我用这八个字来形容辛弃疾词的风格。因为你永远猜不透他下一次出手是什么招数，但他一旦出招，肯定是"一剑封喉"，让你毫无还手之力。

2

正因为辛弃疾"神行百变"，要在他六百多首词中选择一两首作为代表来诠释他的风格，实在是一件太难的事儿。所以，我索性就不代辛弃疾来选了，我们不如看看辛弃疾自己挑选的、自认为最得意的作品会是哪一首吧？是这首《贺新郎》：

甚矣吾衰矣。怅平生交游零落，只今余几？白发空垂三千丈，一笑人间万事。问何物能令公喜？我见青山多妩媚，料青山见我应如是。情与貌，略相似。　　一尊搔首东窗里。想渊明《停云》诗就，此时风味。江左沉酣求名者，岂识浊醪妙理？回首叫云飞风起。不恨古人吾不见，恨古人不见吾狂耳。知我者，二三子。

我怎么敢断定这首《贺新郎》是辛弃疾的得意之作呢？这个答案啊，也是岳飞的孙子岳珂告诉我们的。岳珂经常去辛弃疾家做客嘛，所以对辛弃疾的好恶就特别熟悉。据岳珂说，辛弃疾每次请朋友聚会都会让家中的乐队歌手演唱他填的词，而且他最喜欢的词调是《贺新郎》。其中有一首《贺新郎》中的警句辛弃疾经常挂在嘴边，所以歌手唱了他还不满足，还要自己抢过话筒一边放声吟唱一边自我陶醉。他最爱唱的几句词就是："我见青山多妩媚，料青山见我应如是"，还有"不恨古人吾不见，恨古人不见吾狂耳"。每次唱到这几句，辛弃疾都要拍着大腿大笑不止，还一定要问席上的宾客："你们觉得我这首《贺新郎》写得怎么样啊？"

客人们哪里会扫他的兴呢！当然是异口同声地说："您写得太棒了！""您这绝对是大师手笔啊"……诸如此类的赞美夸奖辛弃疾耳朵恐怕都听得起茧子了。但表扬的话谁都听不厌，辛弃疾也不例外啊！

既然辛弃疾对这首《贺新郎》这么"自恋"，那我们就不妨好好琢磨琢磨，这首词为什么值得他自己反复"炫耀"？它究竟能不能代表辛弃疾词的主要特点呢？

我觉得是可以的。虽然辛弃疾的词"神行百变"，但他对词史的最大贡献其实也可以用四个字来概括，那就是"以文为词"。词本来是特别讲究柔婉的抒情性的，可是苏轼"以诗为词"，已经用诗化的风格，为柔婉的词坛注入了一股阳刚之气；辛弃疾则比"以诗为词"走得更远，他竟然用散文化、口语化的语言风格进一步为词体"扩容"，真正达到了"无事不可入词"的境界。

除了散文化的口语表达方式，喜欢用典故而且是在同一首词中密集用典，也是辛弃疾"以文为词"的另一显著特点。其他词人也有喜欢用典故的，比如周邦彦，但他们大多是化用唐诗中的名句，毕竟，从文体血缘关系来看，诗和词是关系最近的。但辛弃疾却是"驱使《庄》、《骚》、经、史，无一点斧凿痕"（《词林纪事》引楼敬思语），也就是说，古人的经典名作，经史子集，没有辛弃疾不敢用、不会用、不能用的，他完全打破了散文、诗和词的壁垒，实现了在词中融合各种文体的"神行百变"。

这首《贺新郎》第一句"甚矣吾衰矣"就是非常典型的散文化语气和用典，而且用的是儒家经典《论语·述而》中的典故。"子曰：'甚矣吾衰矣！久矣！吾不复梦见周公。'"孔子说："我老得太厉害了！我已经很久没有再梦到周公了。"必须注意，孔子的重点不在感叹自己的衰老，而是在"梦见周公"。因为"周公"代表的是孔子毕生追求的"道"，是他的信仰。孔子害怕的不是身体的衰老，他害怕的是道之不行，是追求信仰的志向衰退。辛弃疾劈头一句引用孔子的原话，首先表达了字面的意义——老了。辛弃疾写这首词大约嘉泰二年（1202），也就是他六十三岁这年，古人在年过花甲的时候感叹衰老是合乎常情的。但更重要的是，他引用孔子这句话其实也包含了和孔子类似的言外之意——我害怕的是壮志未酬身先老啊！

是的，谁又敢说自己面对时光飞速的流逝，一点都不感到恐惧呢？你看，辛弃疾的第二个典故紧接着劈头而来："怅平生交游零落，只今余几？""交游零落"化用的是苏颂的诗"人物风流今已矣，交游零落痛何如"。辛弃疾写这首词的时候，庆元党禁刚刚解除。所谓庆元党禁，指的是南宋权相韩侂胄发动的一次政治事件。韩侂胄是太皇太后的姨侄，他的侄女又是宋宁宗的皇后。韩侂胄以外戚的身份手握重权，他上台以后，忙着通过各种手段来巩固自己的权力，树立威信，一手发动了"庆元党禁"。这次斗争的打击面很广，包括著名学者朱熹等人都在打击范围之内。自庆元党禁以来，辛弃疾的很多好友例如朱熹、洪迈等人都先后辞世，这不能不令辛弃疾怅然伤感："怅平生交游零落，只今余几？"他身边志同道合的朋友，剩下的还有几人呢？

"白发空垂三千丈，一笑人间万事"又化用了李白的名句"白发三千丈，缘愁似个长"（《秋浦歌十七首》），以及杜甫的名句"兵戈不见老莱衣，叹息人间万事非"（《送韩十四江东觐省》）。一个"空"字，感叹的是自己年华老去，却一事无成。空垂的不是白发，而是无处落脚的理想；一个"笑"字，不是开心的笑，而是苦笑，笑的是"人间万事"荒谬，自己却无力回天，只能"一笑"了之。

3

那么，能让自己真正开怀大笑的是什么呢？

接下来这一问一答真是出人意料！"问何物能令公喜"，何物，就是"什么"的意思。何物这一问，也有典故，典出《世说新语》"能令公喜，能令公怒"。《世说新语》中说的是一个叫王珣、一个叫郗超的人特别多智谋，很为大司马桓温所喜欢，他们有办法左右桓温的情绪，要他开心就开心，要他生气就生气。王珣、郗超、桓温这样的朋友，是令人羡慕的莫逆之交。

"问何物能令公喜？"看上去是普通一问，其实典故背后有深情——朋友至情。因为辛弃疾这首《贺新郎》的主题就是友情。辛弃疾给这首词写了一段小序，序是这样说的："邑中园亭，仆皆为赋此词。一日独坐停云，水声山色，竞来相娱，意溪山欲援例者，遂作数语，庶几仿佛渊明思亲友之意云。"

这首词是辛弃疾闲居上饶铅山时候写的。淳熙八年（1181），辛弃疾从隆兴知府兼江南西路安抚使任上被罢职。才四十二岁的辛弃疾，正当年富力强，却因为他一贯的抗金主战立场受到朝廷主和派的排挤，不得不投闲置散。这一闲下来，前前后后就是二十余年的时间，其间除了两次短暂的复出，他再也没有被南宋朝廷重用过。在生命的最后二十多年里，辛弃疾先是居住在上饶带湖，庆元二年（1196）带湖居所失火被烧后，全家移居瓢泉的别墅，并且在此终老。

瓢泉别墅，不只是一处生活安居的处所，更是安放辛弃疾灵魂的一个归宿。瓢泉居所的每一处建筑物，都倾注了辛弃疾的理想与心血，他移居瓢泉之后，为其中的每一处园林亭台都写了词。词序中提到的"停云"就是瓢泉居所中他最喜爱的一个地方——停云堂。

"停云"名字取自陶渊明的《停云》诗序："停云，思亲友也。"可见，"停云"之名本身就包含了友情的主题。辛弃疾在瓢泉写的词多次提到停云堂。停云堂很可能是瓢泉居所中地势较高的地方，很适合登高远眺，因为辛弃疾还写过这样的句子"山上有停云，看山下、蒙蒙细雨"（《蓦山溪·停云竹径初成》）；"停云高处，谁知老子，万事不关心眼"（《永遇乐》）等等。停云堂是辛弃疾登高独坐的地方，是他读书写信的地方，是他排遣愁绪的地方，是他离自然最亲近的地方。所以他才会在词序中说，当他独坐停云，与自然亲密相处的时候，他不由得想起了陶渊明因思亲友而作的《停云》诗，于是自己也想效仿陶渊明，填了这首《贺新郎》词，也是寄予对至交好友的相思深意。

理解了辛弃疾《贺新郎》词的用意，我们就能明白，他为什么一开始就感叹衰老、感伤知交零落、感慨人间万事皆非。

或许，悲伤是人生必然经历的一个过程？或许，再亲密的朋友总有一天也会散落天涯再不能相见。那么，人世间还能有什么让你真正开心呢？辛弃疾的答案是："我见青山多妩媚，料青山见我应如是。情与貌，略相似。"

这几句竟然又是典故，想不到吧？这个典故出自唐代著名忠臣魏徵。魏徵是唐太宗朝的谏议大夫，据说先后谏言达两百多次，深得唐太宗的赏识与倚重。唐太宗对魏徵曾有一个经典的评价："人言徵举动疏慢，我但见其妩媚耳！"（《新唐书》）意思是：别人都说魏徵举止傲慢，我倒是越看越觉得他很恭敬谨慎啊！当时魏徵也非常机智地回答了一句："如果没有陛下的从谏如流，臣又怎么敢屡屡冒犯陛下呢！"

你看，妩媚可不只是用来形容女性姿容的美好可爱，也可以用来形容男性魅力，而辛弃疾此处又用这个词来形容青山的可爱和他自己的可爱：我看青山那么可爱，青山看我肯定也觉得我很可爱啊！我与青山，日日相对，却永不相厌；无须语言，却彼此懂得。世上最好的感情莫过于这样灵魂相许的默契吧！

当然，这样的"妩媚"相对，是不是还暗含了辛弃疾对唐太宗和魏徵君臣相得的羡慕与向往呢？

无论如何，辛弃疾是很偏爱"妩媚"这个词儿的，例如"青山意气峥嵘，似为我归来妩媚生"（《沁园春》），"桃李风前多妩媚，杨柳更温柔"（《武陵春》）等。这个让人有点意外的偏爱，实际上是辛弃疾与自然万物惺惺相惜的沉浸式体验。"情与貌，略相似"，当纷扰人事让你失望至极的时候，至少你还拥有一个纯净、可爱的自然。即便只有你一个人独坐停云，那些围绕在身边的水声山色，都是最值得信赖的朋友。

4

词的下阕回归到了陶渊明的《停云》诗："一尊搔首东窗里。想渊明《停云》诗就，此时风味。"《停云》诗其一云："静寄东轩，春醪独抚。良朋悠邈，搔首延伫。"其二云："有酒有酒，闲饮东窗。愿言怀人，舟车靡从。"所谓的"停云"风味，大概就是这种独坐独饮独怀人的状态吧。这样通达的状态，又岂是江左那些沉溺于富贵功名的人所能理解的？"浊醪"就是浊酒，"江左"其实暗指西晋灭亡晋室南渡以后，江东的东晋士人汲汲于个人功名、却无意于北伐收复的历史。这就是辛弃疾一生最深的痛了！宋代的南渡之耻，与晋室南渡何其相似！但历史的教训居然还要惊人地重演，怎不让人扼腕长叹！

"江左沉酣求名者，岂识浊醪妙理？回首叫云飞风起。""云飞风起"化用的是刘邦建立汉王朝以后荣归故里沛县时，唱的那首《大风歌》："大风起兮云飞扬，威加海内兮归故乡。安得猛士兮守四方？"

这样看来，辛弃疾表面上写的是像陶渊明那样"停云"怀友，实际上是对南宋主和偏安、不思恢复的痛心疾首！六十多岁的辛弃疾，回首一生，他二十三岁冲破金军重重阻碍，率领山东万余名抗金起义军回归南宋朝廷，可是，南宋小朝廷只给他安排了一个江阴签判的小差使。他带回来一起投奔"娘家"的万余起义军，都被当成流民遣散到各个州县。

就这样，无法走上前线杀敌的辛弃疾，只能在后方做做地方官了。可是，辛弃疾的名气太大，朝廷里眼红妒忌甚至害怕他的人太多，即便是做地方官他也常常不得安生。有人曾做过这样的统计，辛弃疾在南宋生活的四十多年里，长达近一半时间完全被朝廷弃置不用，闲居在家；其他断断续续当官的十余年中，竟然有十七次被频繁调动……有时更是一年之中被调动三四次之多！

人间清醒的辛弃疾，深知那些苟安江南的"沉酣求名者"最终会是让国家残破的蠹虫，他一生都在呐喊、在抗争，却使尽毕生精力也无法唤醒那些沉酣或者假装沉酣的人。

"不恨古人吾不见，恨古人不见吾狂耳。"这也是辛弃疾自己酷爱的两句词。虽然这两句也不是辛弃疾的原创——南朝张融对自己的草书非常自得，有一回齐高帝对他说："爱卿的书法很有骨力，可惜的是缺乏二王（王羲之、王献之父子）的笔法。"张融也不管对方是皇帝，直接给怼了回去："您不用可惜我没有二王的笔法，要可惜的是二王也没有我的笔法。"张融还常常感叹："不恨我不见古人，所恨古人又不见我。"

这个张融狂妄吧？可是，这份狂妄背后其实还有知音难觅的伤感：我在我的时代没有知音！辛弃疾的狂妄与孤独丝毫不亚于张融。"不恨古人吾不见，恨古人不见吾狂耳。知我者，二三子。"

是的，越狂妄越孤独，越清醒越痛苦，这就是《贺新郎》里辛弃疾高唱出来的心声。一首《贺新郎》，有三个表达强烈情绪的关键字：一个是"怅平生交游零落"的"怅"；一个是"笑人间万事"的笑；一个是"不恨古人吾不见，恨古人不见吾狂耳。知我者，二三子"的"恨"。这三个关键字的情绪层层加深，"怅"的是岁月无情、知交零落，"笑"的是人事荒谬自己却无能为力，"恨"的是平生志向无法施展，满腹文韬武略只能尽付东流水……

英雄如辛弃疾，面对如此无奈的现实，只能将满腔忧愤全部倾注在长歌当哭里。都说辛弃疾是豪放派之首，可谁能理解，豪放如辛弃疾，在他的歌里挥洒的字字都是痛哭的泪。在宋代，似乎没有哪个词人会像辛弃疾那样泪倾如雨！他有时是克制地饮泣："罗帐灯昏，哽咽梦中语"（《祝英台近》）；有时是情不自禁潸然泪下："倩何人唤取，红巾翠袖，揾英雄泪"（《水龙吟·登建康赏心亭》）；有时是北望河山泪倾如河："郁孤台下清江水，中间多少行人泪"（《菩萨蛮》）……哭到最后，哭出来的竟已不是泪，而是血："正壮士、悲歌未彻。啼鸟还知如许恨，料不啼清泪长啼血！"（《贺新郎·别茂嘉十二弟》）

都说流泪是女性的"专利"，女性化柔美的宋词更是盈盈粉泪浸染着的爱情世界；但男人哭吧不是罪，辛弃疾的泪是长歌当哭的泪，是壮士断腕的泪，是英雄困顿的泪，是倔强地仰望天空永不服输的泪！

谁能想到，就在写这首《贺新郎》的第二年，也就是宋宁宗嘉泰三年（1203），闲居近二十年的辛弃疾忽然再次被朝廷起用——任绍兴知府兼浙东安抚使。嘉泰四年（1204）正月，宋宁宗亲自召见辛弃疾，询问他北伐抗金的有关细节。辛弃疾对这一次召见寄予了无限厚望，他慷慨激昂地对宋宁宗说："金必乱必亡，愿付之元老大臣，务为仓猝可以应变之计。"（宋李心传《建炎以来朝野杂记》乙集卷十八《丙寅淮汉蜀口用兵事目》）

看来宋宁宗对辛弃疾的建议是颇为赞许的，这年三月，辛弃疾被派到镇江担任知府。镇江是宋金对峙的前沿，军事地位极其重要。辛弃疾一到镇江，立即着手进行北伐的各项准备工作。

然而，令英雄扼腕的是，此次北伐的主导者韩侂胄并非辛弃疾所期许的那种沉稳智慧的"元老大臣"，甚至韩侂胄发动北伐的动机也并不全是为了国家恢复大计，而是掺杂了私心——韩侂胄的侄女是宁宗的皇后，他是以外戚的身份手握重权，为了巩固自己的政治地位，他急于干几件大事来树立自己的威信。只是可惜得很，大权在握的韩侂胄最终辜负了大家的期望。他虽然有心恢复，却是个志大才疏的人。更要命的是，他的旗下大多是一些纨绔子弟，把北伐当儿戏，以为建功立业唾手可得呢。他们哪里等得及让辛弃疾这样的"元老大臣"做好充分的战备，对敌情进行深入的探察与了解？

于是，辛弃疾这次重新出山还不到十五个月，因与韩侂胄战略不合，又一次被安上"好色贪财"的罪名，于开禧元年

（1205）秋罢归乡里。这一年，辛弃疾六十六岁。

辛弃疾归田以后，韩侂胄北伐果然如辛弃疾所预料的那样，因为过于仓促草率而遭遇惨败。这次惨败的结局，是南宋朝廷再一次向金人求和。

开禧三年（1207），金人以索取权臣韩侂胄的脑袋为议和条件。金人的挑衅让韩侂胄勃然大怒，准备再次对金朝用兵，而且又想到了请辛弃疾再次出山，以壮军威。但是，这一次，辛弃疾再也不能豪迈应征了。1207年，这也是辛弃疾生命的最后一年，在这年的秋天，六十八岁的辛弃疾，抱恨长眠。在辛弃疾临终前的一刻，他强撑起病体，拼尽全力大喊三声："杀贼！杀贼！杀贼！"这是辛弃疾留在这个世界上最后也是最顽强的呐喊！

"不恨古人吾不见，恨古人不见吾狂耳。知我者，二三子。"

恨过爱过，笑过哭过，繁华过也孤独过，但就是没有放弃过，辛弃疾一生都在唱着最深情的歌，他唱给妩媚的青山听，他唱给虽然寥落却始终在他身边的二三知音听，他更是唱给那个既痛苦又倔强的自己听。

男人哭吧哭吧不是罪！这就是辛弃疾！即便有千千万万人阻挡，也绝不放弃自己最骄傲的倔强。他曾经无数次失望地痛哭，但他从不曾绝望地放弃。

他在青山的妩媚里倔强地唱，他在古人的疏狂里倔强地唱，他在词的温柔与豪迈里倔强地唱……

他和着血泪唱给自己听，但全世界都听到了他的倔强。

你的柔情我不是不懂

1

我们通常以"苏辛"并称概括两宋词坛的豪放派领袖，这其实忽略了一个很重要的问题：苏轼虽被公认为宋词豪放派的开创者，但在北宋词坛，苏轼的豪放并没有形成"振臂一呼应者云集"的发展潮流，苏轼"老夫聊发少年狂"之类的豪迈在当时反而显得有点孤掌难鸣，连他的弟子们都对他的创新不以为然，基本上也就没有什么追随者，更没有形成"苏派词人群"。但辛弃疾的时代就不一样了，靖康之难、南渡之耻彻底改变了词坛以柔情独步天下的局面，辛弃疾满腔报国热诚成就了宋代豪放词的巅峰。尽管辛弃疾的词风格多样，但"英雄词人"毕竟是他最具识别度的身份标签，他真正开启了应者云集的豪放派潮流，忠实的追随者一批接一批，好比一个声音高亢、气势如虹的大合唱团——这就是南宋词坛让人不可小视的辛派词人群。

辛派词人群中的佼佼者是"一陈三刘"——陈亮、刘过、刘克庄、刘辰翁。这四位词人的共同特点是都学习或者继承了辛弃疾的爱国慷慨之志和"以文为词"的豪迈洒脱。其中陈亮、刘过与辛弃疾生活在同一时代，交游颇为密切，都被视为南宋中兴词人群的中流砥柱；稍晚的刘克庄与宋末遗民词人刘辰翁则堪称辛派词人后劲，他们共同撑起了南宋词坛以豪放为旗帜的"半边天"。

在"辛派三刘"中，刘过无疑是极具辨识度的一位。

辨识度！对，就是这个词！我之所以强调一下刘过"极具辨识度"，是因为很多人认为在辛派词人群里，他是最没有辨识度的一位，是活在辛弃疾万丈光芒下的一个不太起眼的存在。比如有人说："改之（刘过字改之，号龙洲道人），稼轩之客。词多壮语，盖学稼轩者也。"（黄昇《花庵词选》）"壮语"一词评价了刘过的词风，"稼轩之客"说明在词坛上辛弃疾为主、刘过为次的地位。还有人直截了当将刘过视为辛弃疾的附庸："龙洲自是稼轩附庸，然得其豪放，未得其宛转。"（冯煦《宋六十一家词选·例言》）还有人认为刘过学辛弃疾仅得其皮毛，未得其神韵。

总体而言，刘过的词，比辛弃疾的词，似乎粗犷雄壮有过之而无不及，但辛弃疾的婉转绮丽之处，刘过却没有学到。

刘过的词，有人很喜欢，有人很不喜欢，但他却有三个铁杆知音：第一位当然是辛弃疾，第二位是陆游，第三位是陈亮。这四位堪称同气相求的同志，他们都是一生主战抗金、力图收复中原的爱国志士；都曾经慷慨上书皇帝，纵论恢复大计。陆游写过一首《赠刘改之秀才》诗，将刘过比作是汉代飞将军李广："放翁七十病欲死，相逢尚能刮眼看。李广不生楚汉间，封侯万户宜其难。"陆游感慨：虽然他见到刘过的时候已经是七十高龄、老病缠身，但仍然被刘过的豪迈所震撼，可惜刘过这样的英雄人物就像李广一样，生不逢时，不能凭借赫赫战功拜相封侯。

陈亮更是盛赞刘过气贯长虹的才华："刘郎饮酒如渴虹，一饮涧壑俱成空……刘郎吟诗如饮酒，淋漓醉墨龙蛇走……"（《赠刘改之》）。陈亮诗中的刘过，酒量和才华都是人中豪杰，却一直没有用武之地。写这首诗的时候，陈亮和刘过一样还是落魄潦倒的布衣书生，他俩在一起畅饮酣醉，陈亮借这首诗既赞美刘过的高才，怜惜他的怀才不遇，同时也表达了自己和刘过"同是天涯沦落人"的愤慨，寄希望于有朝一日他们都能纵马疆场，收复中原，意气风发地衣锦荣归。写完这首诗的第二年，陈亮就高中状元。多年之后，陈亮已去世数年之时，刘过仍然是一个漂泊江湖、一事无成的布衣书生，当刘过重读这首诗时不由得感慨万分，写下了一段跋文表达对陈亮的怀念："每诵此诗，幽明之间，负此良友。"陈亮已逝，当年的诺言却终究没有实现，刘过深深叹息自己辜负了好友的这一番热切期望。

陆游、辛弃疾、陈亮、刘过，几位英雄豪杰彼此惺惺相惜，也都曾因为抗金主张被朝廷排挤打压，直至被落职罢官。可他们的个人命运却又截然不同，辛弃疾和陆游都在官场上经历过几起几落，陈亮更是状元及第，他们的人生都曾经历过辉煌，唯独刘过终生流落江湖，生于贫寒、死于贫寒，一辈子穷困潦倒。但刘过以布衣身份与辛弃疾、陈亮这些一流大词人相交，却获得了他们一致的尊重。

2

既然刘过被誉为是"天下奇男子"，又得到了陆游、辛弃疾、陈亮的真心推重，那他的词究竟写得好不好呢？我个人觉得，在专家词人主导审美风向的南宋词坛，一位词人要想脱颖而出，没有两把刷子是万万不可能的。就算被笼罩在辛弃疾的耀眼光环之下，刘过也依然是一个个性鲜明、让人不得不多看两眼的词人。他有一首代表作，至今还是网络上红得发紫的网红词，这首词就是《唐多令》（又名《糖多令》《南楼令》）：

芦叶满汀洲。寒沙带浅流。二十年、重过南楼。柳下系船犹未稳，能几日、又中秋。　　黄鹤断矶头。故人曾到否？旧江山、浑是新愁。欲买桂花同载酒，终不似、少年游。

这首词的最后几句"欲买桂花同载酒，终不似、少年游"就是网红句子，和另外一句网络流行语"愿你走出半生，归来仍是少年"，可谓"各领风骚"。

这两句话虽然都流行于网络，字面表达的意思却是截然相反。"愿你走出半生，归来仍是少年"，表达的是看尽人事沧桑，经历所有风雨之后还能初心不改，仍然保有最初的激情与理想。"欲买桂花同载酒，终不似、少年游"表达的却是半生辗转过后，那种载酒买花的年少轻狂再也回不去了。

有学者认为，刘过这首词写于淳熙十三年（1186），这一年，他三十三岁，正客游武昌。他在词题后的小序里说明了创作这首词的背景：这年八月五日，词人与刘去非等几位朋友在武昌的安远楼小集。当时还有一位姓黄的歌手为他们唱词助兴，黄姓歌手当然知道刘过是名满天下的大词人，于是请他即席填一首新词，刘过便当场赋了这首《唐多令》。

必须解释一下，词中出现的"南楼"并非词序中提到的安远楼。南楼又名白云阁，位于黄鹄山也就是黄鹄山山顶，即今天的蛇山山顶。武汉还有一座名气更大的楼——矗立在长江边的黄鹤楼，北宋时黄鹤楼和南楼并存。南楼与黄鹤楼相望，名气却远远比不上黄鹤楼。宋人作品中常常以南楼或黄鹤楼代指鄂州、江夏、武昌，但黄鹤楼才是文人雅集的首选。南宋绍兴后期，黄鹤楼被毁，仅存南楼，陆游和范成大在经过武昌的时候黄鹤楼已只剩下遗址供人寻访了，南楼的名声于是反超黄鹤楼。南楼在山顶，站在这里可以鸟瞰武昌城和大江东去，此后南宋人在武昌雅集通常就选择在南楼，南楼代替黄鹤楼成了武昌的地标。直到宋末元初，黄鹤楼复建，南楼才又渐渐隐没在黄鹤楼的声名之下了。

安远楼的故址则在江夏灵竹院，据说是二十四孝之一的主人公——三国时期吴国哭竹生笋的那位孟宗的故居。

因此，黄鹤楼、南楼、安远楼实际是三座地理位置不同的楼，这一点必须强调。刘过这首词是在安远楼雅集时所写，词中提到的"二十年、重过南楼"，"南楼"应该是作为地标代指武昌。刘过出生于绍兴二十四年（1154），吉州太和龙洲（今江西省泰和县澄江镇龙洲村）人，号龙洲道人，少年时期即在吴、楚间漫游，武昌的南楼应该是他曾经登临而且比较熟悉的地方，而安远楼在淳熙十三年（1186）才落成。这年冬天，姜夔也曾来到武昌并且在安远楼和刘去非等朋友雅集。

尽管《唐多令》是在朋友宴饮的场合即席而作，却并非一般游戏娱乐的小词。词的首两句是写眼前的实景："芦叶满汀洲。寒沙带浅流"，从楼上远眺俯瞰，只见芦苇的落叶覆满了水中的小洲，秋日浅浅的寒水从沙滩上缓缓流过。紧接着从眼前的实景转入了回忆："二十年、重过南楼。"这是二十年前词人曾经到过的地方，二十年前，刘过还是一个意气风发、满怀梦想的少年啊！光阴似箭，二十年之后的词人已历尽人事沧桑，当他故地重游的时候，心情是那么的迫切，还没等柳树下的小船系好停稳，他就匆匆登楼，期待着和故友重聚了——毕竟，再过十天就是中秋团圆日了！

"能几日、又中秋"！中秋是亲人团圆的日子，可是在刘过的笔下，又不仅仅是亲人朋友团圆的日子，更应该是国家领土团圆的日子。所以下阕词人从二十年光阴的回忆转回眼前的感慨："黄鹤断矶头。故人曾到否？旧江山、浑是新愁。"这是二十年前词人曾经游历的故地，如今的黄鹤石滩只剩断壁颓崖，当年同游的故人有没有重来过呢？江山如旧，却平添了满满的新愁。所谓新愁，既有刘过个人命运的不幸，还有心中始终不能忘怀的国家残破的愁绪。"欲买桂花同载酒，终不似、少年游"，中秋是赏桂花、喝桂花酒的节日，但是，他就算想买上桂花，带着美酒，和少年时一样纵情泛舟，那些无忧无虑的少年时光终究是一去不复返了……

以刘过的个性，写这样一首深蕴家国兴亡感慨的词并不令人意外，但在朋友欢聚、歌姬侑觞的宴席上，即席挥洒出这样一首沉痛的歌词，那只能证明一点：这样的感慨早就植根在刘过心里，随时都有可能喷涌而出。武昌在长江之滨，在宋金对峙的年代里战略地位十分关键，战火的阴影从来未曾消散，满目残败的江山更容易激发词人的情绪迸发。此外，如果这首词真是词人三十三岁所作，那么就在两年前，三十一岁的刘过在临安应举，落第后再度漫游荆楚之间，心情的黯然寥落可想而知。"欲买桂花同载酒，终不似、少年游"，三十多岁就有少年不再的感慨，的确显得有点早，可是对于出身贫寒又持续潦倒，且刚刚经历落第打击的刘过而言，三十多岁就有了中年沧桑之感却也并非不能理解。

"欲买桂花同载酒，终不似、少年游。"旧游或可追寻，那颗无忧无虑、激情四溢的少年心却再也找不回来了。

这个时候的刘过，可能还没有那么清晰地预料到，他此后的人生，会一直在四处碰壁中仓皇度过。而与辛弃疾的相遇，或许是他坎坷命运中的一抹亮色。

3

南宋宁宗嘉泰三年（1203）的夏天，六十四岁的辛弃疾被朝廷重新起用，在闲居多年之后重返官场，知绍兴府兼浙东安抚使。绍兴和杭州离得很近，当时刘过正在杭州逗留，辛弃疾便派人去邀请名气早已如雷贯耳的刘过来绍兴一聚。

刘过的名气，不仅仅在于他的词风酷似辛弃疾，更重要的是，他以一介贫寒布衣的身份，居然也做过几件了不得的大事。其中一件名震朝野的事，发生在绍熙五年（1194）。

淳熙十六年（1189）二月初二，宋孝宗赵昚禅位给儿子赵惇，这就是历史上的宋光宗。可赵惇实在不是当皇帝的料，他有两大致命的毛病：一个毛病是惧内，因为长期受皇后的压制，竟然得了精神病，平时就不能正常主持朝政；第二个毛病是不孝，在立储的问题上，太上皇和皇后有分歧，因为怕老婆的原因，赵惇甚至不敢去朝见太上皇。绍熙五年（1194）春，太上皇病重，群臣哭求光宗去探望太上皇并侍疾，赵惇依然置若罔闻。这就是所谓的"过宫事件"，这一事件引起了朝野骚动，甚至于宰相也因此辞职，国家局势危殆。六月，太上皇赵昚驾崩，赵惇竟然借口生病，不肯（不敢）出面主持父亲的丧事。在以忠孝立国的封建王朝，居然出了如此不孝的皇帝，朝野一片哗然。

就在太上皇重病期间，刘过以布衣身份伏阙上书皇帝，言辞恳切地叩请光宗前往重华宫侍疾，安定朝野人心。这一次刘过的犯颜直谏虽然为自己在士林赢得了声望，却也触怒了皇帝。光宗盛怒之下，下旨勒令刘过离京回乡。这一事件彻底浇灭了刘过用世的理想——四十一岁的刘过，屡试不第科场失意，从军无门功业无成，四处干谒碰壁，伏阙上书被斥……一介布衣，除了几个朋友和没有给他带来任何实际利益的名声，他依然一无所有！

嘉泰三年（1203），五十岁的刘过接到了来自绍兴辛弃疾的邀请。按常理推测，来自辛大帅的邀请一定会让布衣刘过各种兴奋激动、迫不及待的。但不知道什么原因，接到邀请函的时候，刘过居然说有其他事务缠身，不能马上赴约。

天晓得无官无职、无权无钱的刘过能有什么要事缠身，居然赴不了辛大帅的邀约！

原因已经无从了解，但结果我们都知道了：刘过写了一封回信表示拒绝。没想到，就是这封回信，成了刘过所有词中最具代表性、最具个性的一首。这就是《沁园春》：

斗酒彘肩，风雨渡江，岂不快哉。被香山居士，约林和靖，与坡仙老，驾勒吾回。坡谓西湖，正如西子，浓抹淡妆临镜台。二公者，皆掉头不顾，只管衔杯。　白云天竺飞来。图画里、峥嵘楼观开。爱东西双涧，纵横水绕，两峰南北，高下云堆。逋曰不然，暗香浮动，争似孤山先探梅。须晴去，访稼轩未晚，且此徘徊。

刘过写这首词的主要目的，就是要陈述不能应邀赴约的理由。可是，什么样的理由才能让辛大帅开开心心地接受呢？我们这就来看看刘过的智慧。

词一开篇，刘过先大谈特谈他接到邀请函之后的激动与兴奋之情："斗酒彘肩，风雨渡江，岂不快哉。"这三句词大意是：听说你备好了整斗酒和整只猪肘子邀我相聚畅饮，这真让我感觉浑身畅快！于是我一秒钟都不想耽搁，第一时间启程，风雨无阻准备渡过钱塘江，来绍兴与你相聚痛饮！

"斗酒彘肩"的典故出自《史记》著名的"鸿门宴"桥段，樊哙为了从项羽设置的鸿门宴中救出刘邦，不管三七二十一冲进项羽的军帐中，将项羽赐他的一大斗酒一饮而尽，又拔出佩剑将项羽赐的一整只猪肘子切了，大口吃光，那种声势真是气壮如牛。

刘过一开始就甩出樊哙斗酒彘肩的典故，既是赞美辛弃疾的豪迈之气，也是以这种气节自许——既表扬了对方，又没忘了夸夸自己，可谓一举两得。

4

"斗酒彘肩，风雨渡江，岂不快哉。"虽然他已经迫不及待准备出发了，可是计划总没有变化快。那他为什么又没有成行呢？突如其来的变化是什么呢？

原来是有三位重量级的人物突然出现了，他们一把拦住了刘过，不许他走。什么人物居然比辛弃疾还重要？刘过居然敢为了他们，拒绝位高权重、英雄一世的辛弃疾？他就不怕辛大帅发脾气？

他还真是不怕，因为这三个人，恰恰也都是辛弃疾心服口服的偶像。这三个人是谁呢？

"被香山居士，约林和靖，与坡仙老，驾勒吾回。"香山居士是白居易，林和靖是林逋，坡仙老当然就是苏轼了，白居易约了林逋、苏轼一起，一把拉住了刘过的马，挡在他前面，不准他走了。

这就奇怪了！白居易、林逋、苏轼当然都是顶尖级的重要人物，可是地球人都知道，白居易是唐代诗人，林逋和苏轼都是北宋人，刘过、辛弃疾却是南宋人，他们怎么也聚不到一块儿去。可刘过偏偏啥都敢想，也啥都敢做，他就是要来一段说走就走的"穿越"，硬是让古人为了他，一起穿越到了他的时代，成为他的铁杆酒友。

可别以为"穿越"题材的文学作品是在当代的网络小说里面才开始出现，其实古代文学作品当中"穿越"的题材多了去了，早在战国时期的长篇诗歌《离骚》中，屈原就已经开始了穿越古今的时空漫游，而刘过又将这种穿越精神继续发扬光大了。

"被香山居士，约林和靖，与坡仙老，驾勒吾回。"我模仿刘过的语气再翻译下这三句词："没想到，半道上杀出来三个'不讲道理'的家伙，一把将我拉住，不由分说命令我回来！这三个人一个是香山居士白居易、一个是和靖先生林逋、一个是东坡居士苏轼。他们仨一定要拉着我一起喝酒，您看您看，我实在是没理由拒绝啊！"

请注意，这三位诗人都和杭州关系密切，白居易和苏轼当过杭州市市长，林逋则是隐居在杭州，所以他们仨"被穿越"到刘过的词中，那可是刘过精心选择的结果。

既然刘过这么"蛮不讲理"，硬是将三个不同年代的大诗人聚拢到了一起，那他们仨又会有什么出人意料的表现呢？他们拦住刘过不让他去见辛弃疾的理由是不是足够充分呢？

首先发言的，是苏东坡："坡谓西湖，正如西子，浓抹淡妆临镜台。"苏东坡说："你们看你们看，这西湖多像绝色美女西施啊，她正在对着镜子淡妆浓抹、细细梳妆呢，咱们就在这儿好好欣赏西湖美景吧。"

看到这一段，你一定马上想到了苏轼那首著名的吟咏西湖的诗。的确，刘过正是化用了苏轼的诗："水光潋滟晴方好，山色空蒙雨亦奇。欲把西湖比西子，淡妆浓抹总相宜。"（《饮湖上初晴后雨二首》其二）西湖与西子，既是美丽的自然风景，还有着关于西施的凄美传说，这个挽留的理由足够充分吧？

并不。因为苏轼说完之后，白居易和林逋根本不响应，甚至掉过头去，满脸不屑，懒得理他，自顾自一杯又一杯喝个不停。"二公者，皆掉头不顾，只管衔杯。"既然连西湖美景的理由都不够充分，那接下来再听听白居易陈述理由吧。

"白云天竺飞来。图画里、峥嵘楼观开。爱东西双涧，纵横水绕，两峰南北，高下云堆。"白居易是这样说的："西湖有什么好看的？天天看都看腻了，我带你们去一个神奇的地方——灵隐天竺寺。那里白云悠悠，寺庙楼观峥嵘，在那里喝酒就好比人在画中游。最可爱的是东西双涧，纵横交错地绕山流淌，南北两高峰直入云霄，简直是美不胜收啊！"一边说一边还摇头晃脑做出一副沉醉其中的样子，真是个"老戏骨"！

当然，这又是化用了白居易描写杭州的著名诗句，例如："一山分作两山门，两寺原从一寺分。东涧水流西涧水，南山云起北山云。"（《寄韬光禅师》）还有"楼殿参差倚夕阳"（《西湖晚归回望孤山寺赠诸客》），以及"湖上春来似画图"（《春题湖上》）等句子。

白居易的建议很诱人吧？但，林逋又不乐意了。林逋跳出来唱反调了："逋曰不然，暗香浮动，争似孤山先探梅。"

他说："不然不然，现在正是梅花盛开的时候，暗香浮动，我倒觉得去孤山赏梅才是最佳选择啊。"

当然，我们一看就明白了，林逋反对的理由就是他咏梅的经典名句"暗香浮动月黄昏"。这句诗出自林逋的七律《山园小梅》："众芳摇落独暄妍，占尽风情向小园。疏影横斜水清浅，暗香浮动月黄昏。霜禽欲下先偷眼，粉蝶如知合断魂。幸有微吟可相狎，不须檀板共金尊。"

在三位"被穿越"的诗人中，林逋与杭州的渊源最深。林逋是北宋著名学者、书画家、诗人，中年以后隐居西湖的孤山，不慕荣华富贵，不逐名利虚荣，与他来往的都是高僧诗友，与他朝夕相处的是他亲手种植的梅花与他养的一只鹤。他经常独自一人泛舟西湖，若有客人来访，他的书童便会放飞那只鹤，林逋见到鹤就知道家中有事便会掉转船头，飘然而归。林逋自称以梅为妻、以鹤为子，人称"梅妻鹤子"。

林逋的梅花诗一出，尤其是"疏影横斜水清浅，暗香浮动月黄昏"，简直把梅花的神韵写绝了，不仅立即俘获粉丝无数，连南宋的辛弃疾也成了林逋的隔代超级粉丝。辛弃疾曾说，你们那些骚人墨客轻易可别再写歌咏梅花的诗句了，因为西湖的林逋处士早已经把梅花写绝了，不肯分一点儿风月留给别人去吟咏了。"未须草草赋梅花，多少骚人词客。总被西湖林处士，不肯分留风月。"（辛弃疾《念奴娇》）连辛弃疾都在林逋的梅花诗前甘拜下风，这就难怪刘过要将林逋拉过来当作拒绝辛弃疾邀请的挡箭牌了——有了林逋，不怕辛弃疾不服！

看来刘过不仅是豪放派词人的代表，还是一位入戏很深的"影帝"！你看他演得多像，装得多委屈多无奈："稼轩啊稼轩，你看看，我也是没办法啊！白居易、林逋、苏轼，这三个家伙一起拦住我，还劝我：'现在又是风又是雨的，你还是别去绍兴了，先留下来和我们一起欣赏西湖美景吧。等到雨过天晴，你再去拜访稼轩不迟啊。稼轩啊稼轩，不是我不想来看你，是我实在拗不过他们仨啊！没辙，只好先陪陪他们，过些日子把他们打发走了，我再来拜访你吧。"这三个人也是辛弃疾仰慕的大诗人，用他们来做挡箭牌，辛弃疾总该没话说了吧？

"须晴去，访稼轩未晚，且此徘徊。"刘过写给辛弃疾的这封回信虽是拒绝了他的邀请，却是一气呵成，豪迈洒脱又不失幽默诙谐，妙趣横生。尤其是他拒绝邀请的理由简直是前无古人后无来者。

果然，辛弃疾收到刘过的回信之后，不仅没有生气，反而是哈哈大笑，为刘过的才情和率性拍案叫绝，更加想早日见到这位酷似自己的大才子了。辛弃疾又再三去信邀请，刘过忙完手头的急事终于成行，两人在一起饮酒唱和，度过了痛快淋漓的一个多月时间。辛、刘两大豪放词人相见恨晚，成就了一段词坛的友谊佳话，临别之际，辛弃疾还赠给刘过一大笔钱，让他回去买地置家，结束飘零的生活。而刘过的这首《沁园春》也随之扬名天下，人们折服于刘过的才情气势的同时，还调侃他说这首词简直是"白日见鬼"。

古人眼中的"白日见鬼"，其实就是当代人眼中的"穿越"。想象一下，如果白居易、林逋、苏轼、刘过这四个人真的能够相聚在西湖，那该是多么震撼的场面！

当然，"白日见鬼"只能是艺术的想象与虚构，时空的穿越既然难以实现，当下的相聚才更加值得珍惜。两年后，也就是开禧元年（1205），五十二岁的刘过到京口（今镇江）再访辛弃疾，当时岳飞的孙子岳珂也在京口并目睹"辛刘"的"第二次握手"。刘过这次来镇江，和辛弃疾来镇江的原因根本上是一致的：关心一触即发的开禧北伐。而且，经过多方努力，刘过终于在开禧二年（1206）实现了投笔从戎的夙愿，他以为，失意半生，终于有机会驰骋疆场，去实现当年他与陈亮许下的诺言了。但，韩侂胄主导的北伐出师不利，草草收场，五十三岁的刘过黯然来到昆山，准备渡海。在好友昆山县令潘友文的再三挽留下，漂泊一生的刘过才终于决定留在昆山，并且在好友的帮助下娶妻定居，总算，有了一个安定的家。

但就在这一年（或第二年），刘过病逝。这个安定的家，他没来得及好好享受。

在两宋词坛上，刘过真的是一个"异类"。大家都把他当做辛派词人，却又惋惜他只学到了辛弃疾粗豪的气势，没有学到辛弃疾宛转沉着之致。可是，当我们回顾刘过这一生，至少可以理解，词的柔情他不是不懂，只是他的一生几乎从来没有被柔情温暖过，但这并不妨碍他成为在痛苦中依然坚守少年梦想的那个词人，他用尽了全部力量才能以他的"粗豪"去对抗岁月的蹂躏，将他最初的梦想延续到了他人生的最后一刻。

"欲买桂花同载酒，终不似、少年游。"当时光流逝，当岁月沧桑，但愿，我们还能拥有"少年游"的那份激情与勇气。

最苦的两地相思
原来是最浪漫的量子纠缠

1

在宋王朝南渡之后，还能再度邂逅词中的爱情，这是不幸中的万幸。所以，我们应该感谢姜夔。

靖康之难造就了以岳飞、李纲、朱敦儒、李清照、陈与义、张元幹为代表的南渡词人群，也在南宋初年的词坛上孕育了陆游、张孝祥、辛弃疾、陈亮等一批爱国词人群，家国大义成为这个时期词坛的主题，悲怆慷慨成为主旋律，曾经的爱情主流反倒成了这一阶段词坛的旁支末流。

但是，爱情一直都在，只是她在等着以另一种形式再度回归主流。

回归，不需要多么强势，但一定要是最动人的样子。

南宋词坛上写爱情写得最动人的两位词人，我觉得是姜夔与吴文英。

姜夔，写的是相思的入骨。

吴文英，写的是悼亡与幻灭。

他俩的共同点是，都爱得真实，又都爱得无望。

姜夔与吴文英，一起用力、用心，撑起了南宋词坛最美的那片爱情天空。

这一讲，我们一起走进姜夔的爱情世界。这首《鹧鸪天·元夕有所梦》就是姜夔爱情词中的经典：

肥水东流无尽期，当初不合种相思。梦中未比丹青见，暗里忽惊山鸟啼。　　春未绿，鬓先丝，人间别久不成悲。谁教岁岁红莲夜，两处沉吟各自知。

词题是"元夕有所梦"，也就是元宵节晚上姜夔做了一个梦，有感而发写了这首词。

元宵节的梦，那还能跟什么有关？当然必须是跟爱情有关。因为元宵节，其实就是古人的情人节。

宋代的时候，元宵节主要是指正月十五这一天，但在节前一两天就已经到处张灯结彩，布置得灯火辉煌了，这种风俗称为试灯。

到了正月十五当天，城里没有宵禁，男女老少几乎是倾城而出观赏花灯，在灯市之中流连忘返，热闹与喧嚣彻夜不绝。

因为元宵观灯的习俗，所以元宵节又被称为灯节。宋代元宵节放灯从正月十四晚上开始，一直延续到十六日晚上才结束，有时候甚至还要持续五天。五天的狂欢，简直不要太爽啊！

这是年轻人恣情撒欢的一个节日，尤其是那些贵族女性，平时养在深闺当中，只有元宵节这一天晚上可以自由自在玩个通宵，所以，元宵节是青年男女约会的好时机，许多浪漫的爱情故事都是发生在这个特别的夜晚。元宵节成了古代中国事实上的情人节，这个情人节的关键词就是自由恋爱。欧阳修《生查子》中的名句"月到柳梢头，人约黄昏后"，就是这种自由恋爱在词中反映的铁证。即便经历了南渡，惊魂甫定的南宋人，把国家残破的创伤深埋在心底，在江南秀美的风景和富庶的经济条件下，继续着他们的风雅浪漫。李清照南渡之后写的《永遇乐》中的"来相召，香车宝马，谢他酒朋诗侣"；辛弃疾《青玉案》中的"东风夜放花千树。更吹落、星如雨。宝马雕车香满路"，都是南宋人热热闹闹过元宵的铁证。

姜夔这首《鹧鸪天·元夕有所梦》写于庆元三年（1197），这一年，姜夔大约四十三岁。四十三岁，很多人可能早已过了最爱做梦的年龄，但，你是否仍然少年，标准不在年龄，而在于，你是否依然保有如梦一般的激情。

四十三岁的姜夔，在元宵节这天晚上做了一个梦。他原本以为自己不应该再有少年般做梦的激情，可是总有那么不经意的一个时刻，他发现，他的内心仍然有一个角落永远停留在少年。

2

姜夔的少年梦，开始的地方在安徽合肥。

"肥水东流无尽期，当初不合种相思。"肥水的源头在合肥西北的将军岭，分为两支：其中一条向东流经合肥汇入巢湖，另外一条向西北流到寿州注入淮水。肥水向东这么流啊、流啊，从来都没有停止的时候。

不过肥水东流不息，这是最普通的地理常识，需要姜夔这么郑重其事地说明一下吗？

需要。因为他真正的目的不是要说肥水东流，而是要推出接下来的这句"当初不合种相思"。没有尽期的不是肥水，而是当初在肥水这个地方种下的相思。

你以为相思是一种感情吗？不是的！相思是一棵树！这棵树一旦扎根心里，就会深深盘踞，就会抽枝发芽，会枝繁叶茂，就会凝结成豆……你不能将它连根拔起，因为那样的剧痛，你将无法承受。所以词人才会说"当初不合种相思"，悔不该当初种下这棵相思树的种子啊！不应该啊！时隔多年，每当你以为可以将她忘记的时候，她却总在你猝不及防的时候，在你的梦里，对你莞尔一笑。

"梦中未比丹青见，暗里忽惊山鸟啼。"果然，他在梦中又见到了那个女子，肥水边的那位女子，是他曾经深深爱着的、也从来没有忘记过的恋人。只是，美中不足的是，梦境模模糊糊的，梦里女孩的形象毕竟没有画像画得那么清楚。"梦中未比丹青见"，这说明，姜夔很有可能一直珍藏着恋人的画像，而且还经常独自长时间地端详这幅画像，用这种办法来缓解他的相思之苦。

正是因为这种累积的思念，他才会再一次梦到心爱的人。在梦中，姜夔很想将恋人再看个清清楚楚，一别之后，恋人变了吗？还是他熟悉的模样？

可是，还没等他看清她的脸，早起的鸟儿就聒噪个不停，惊醒了睡梦中的姜夔。

我们应该都有过这样的经历，做美梦的时候只想一直做下去，要是突然被惊醒了，就会满肚子不开心，就会大发起床气。

唐代诗人金昌绪写过一首诗《春怨》，和姜夔的这句"暗里忽惊山鸟啼"，情节差不多。"打起黄莺儿，莫教枝上啼。啼时惊妾梦，不得到辽西。"这首唐诗写的是一个女性，一大早拿根竹竿儿，去驱赶树上的黄莺儿。黄莺儿跟她有什么仇啊？仇恨大了！因为一大早，黄莺儿吵醒了她的美梦。本来在梦里，她正要去千里之外的辽西，和她日思夜想的丈夫见面。这可是她盼了好久的时刻啊，偏偏几声不识趣的鸟叫，让美梦一下子就破灭了，难怪她生气、伤心啊！

这种感觉，弗洛伊德的心理学著作《释梦》给出过解释，他说："梦用表现已得到满足的方式，对被压抑的欲望提供一种精神上的极致；它同时又用让睡眠继续的方式满足了另一种动因。在这方面，我们的自我就像个孩子；它对梦象给予信任，似乎它在想说：'是的，是的，你是对的，但让我继续睡吧。'"

看来，这种"打起黄莺儿"的孩子气的行为，还是有心理学依据的。我们明明知道梦是假的，可是我们仍然孩子气地愿意相信那是真的，并且任性地告诉自己不要醒来、不要醒来。

姜夔的"暗里忽惊山鸟啼"写的就是这种感觉，他才刚刚在梦里见到心爱的女孩，连她的模样都没来得及看清楚，鸟叫声就惊破了他的美梦。

那么，姜夔梦里想要见到的那位恋人，和他到底有过怎样的往事，让他相思深种，至今仍然念念不忘呢？在了解这段往事之前，我们有必要先简单介绍一下姜夔的生平。

3

姜夔，字尧章，号白石道人，饶州鄱阳（今江西鄱阳）人，大约出生于南宋高宗绍兴二十五年（1155），少年孤贫，屡试不第，以布衣身份终老，一生都没有做过官。他的父亲姜噩曾任湖北汉阳县知县，少年时期的姜夔主要生活在汉阳一带。父亲去世之后，他又寄居在出嫁汉川的姐姐家。直到二十岁成年以后，因为生计的关系，姜夔开始漫游江湖。他一生往来奔波于湖北、湖南、江西、浙江、江苏、安徽等地，过着浪迹江湖的漂泊生活。

姜夔与辛弃疾，在南宋词坛上可谓双峰并峙。如果按风格简单划分流派的话，以辛弃疾为代表的豪放派，与姜夔代表的格律派（也称风雅派），可以说是各领风骚。甚至还有词学家认为，既然婉约才是词体本色，那么在南宋词坛上，真正称得上本色当行的，还是姜夔这一派的词人。例如清人冯煦《蒿庵论词》云："白石为南渡一人，千秋论定，无俟扬榷。"意思是，南宋词坛第一人非姜夔莫属，这是千秋公论，没啥好争论的了。

姜夔之所以能够成为南宋风雅派或者说是格律派的领袖人物，最重要的一点就是因为他精通音律，既是音乐大家，又是填词大家。"审音之精，要以白石为极诣。"（陈撰《玉几山房听雨录》）对于词的音律的推敲讲究，到姜夔这里已经是登峰造极了。姜夔的名字似乎就注定了他和音乐的不解之缘。"夔"是上古尧舜时期的一位名叫"夔"的乐官。《尚书·舜典》有这样的记载，舜帝命令夔掌管朝廷的音乐。每当夔"击石拊石"，打起节奏的时候，"百兽率舞"，连百兽都跟着他的节奏跳起舞来，可见夔的音乐水准是多么高超。

姜夔以夔为名，字尧章，章最早就是乐章的意思，音乐一曲为一章。看来，姜夔命中注定必将成为大师级的音乐家和诗人、词人。

但姜夔之所以成为南宋词坛上最专业、最本色的词人，不仅是因为他非凡的音乐与文学才华，还因为他对爱情的痴绝。姜夔的爱情词之所以与众不同，是因为他摆脱了一般俗词流于淫亵色情的弊端，其"诚挚之态度，纯似友情，不类狎妓，在唐宋情词中最为突出"。（夏承焘《行实考·合肥情事》）

姜夔的深情着眼于精神之爱，而非仅限于感官享受的肉体之爱，这也是姜夔的词之所以能不直写艳情，却更让人感觉情韵动人的主要原因之一。

因为，纯粹的爱，不容亵渎。

姜夔其人，其实也是这样纯粹的。他虽一生落魄，却颇得一些权势富贵之人的赏识。例如当时的贵胄公子张鉴，他是南宋初年著名大将张俊的后代，因为激赏姜夔的才华和人品，张鉴多次提出要割赠良田与姜夔以供衣食糊口，并且还愿意出资帮他谋得官爵，但被姜夔婉言谢绝。

才华横溢却甘心清贫终老，寄食于人却从未丧失独立的人格，这正是姜夔纯粹人格的一种表现。有纯粹的人格，才会珍藏纯粹的爱情吧！

淳熙三年（1176）至十三年（1186）这十年间，也就是姜夔二三十岁的时候，他曾几度往返于江苏、安徽等地。那时的姜夔只是一个落魄的书生，流浪到合肥的时候，他邂逅了一对姐妹花。这一对姐妹都是艺人，姐姐擅长弹琵琶，妹妹擅长弹筝。姐妹俩不但没有嫌弃落魄的词人，还给了他最真诚的帮助，让他在往来无依的江湖中，感受到了人生的温情。姜夔还深深地爱上了这两朵姐妹花中的姐姐——那位美丽的琵琶女。他甚至向恋人许下过承诺，一定要娶她为妻。

但是，要为恋人赎身，谈何容易啊！一介布衣，连自己的衣食都没有着落，贫困交加的他，拿什么去赎回恋人的自由之身呢？姜夔不得不继续奔走江湖，为自己的未来、也为心爱之人的未来去寻找一点点的希望。

姜夔告别合肥恋人的时候，写过一首词《长亭怨慢》，在词中，他这样描述恋人分别时对他的嘱咐："第一是早早归来，怕红萼无人为主。""红萼"代指花，也是女子的自拟。古代的女子，尤其是歌女身份低微，她的人生不能由自己做主，她只有殷殷寄望于爱人身上。"怕红萼无人为主"，这样的期盼可谓一往情深，哀婉缠绵。

"第一是早早归来，怕红萼无人为主。"临别时的千言万语，浓缩成恋人的一句叮嘱：你千万千万要早一点回来啊！

可是，世事难料，后来姜夔屡试不中，科举无望。青年时代与合肥恋人的山盟海誓——"第一是早早归来，怕红萼无人为主"，渐渐成了无法兑现的诺言。想当年，他惜别恋人的时候，一定是握着恋人的手，许下过郑重的承诺：

等着我，我一定会再回来！

姜夔其实从来都没有忘记对恋人的承诺，也从来没有忘记分别时恋人对他的依依不舍与再三嘱托。可是，怀才不遇的姜夔，一生都没能进入仕途。他也曾试图以自己超一流的音乐才华博取当权者的青睐。庆元二年（1196），移居杭州的姜夔曾上书朝廷，详细阐明他对于雅乐的提倡和修改建议，进《大乐议》一卷，《琴瑟考古图》一卷，奏请朝廷整改雅乐体制。可是，朝廷的音乐机构太常寺对这位民间音乐家的逼人才华嫉妒不已，最终姜夔的建议和作品没有被采纳。后来，姜夔又呈上《圣宋铙歌鼓吹》十二章。这一次，朝廷终于下旨同意他免于科举，直接参加礼部考试，可这次考试仍然出师不利。

自己都居无定所，常常不得不靠卖字为生，甚至不得不接受朋友的接济，他又拿什么去履行自己对恋人的诺言呢？

淳熙十三年（1186），三十二岁的姜夔来到湖南长沙，结识了在这里做官的著名福建老诗人萧德藻。萧德藻与他一见如故，自称"四十年作诗始得此友"（周密《齐东野语》），对姜夔十分看重，将自己钟爱的侄女嫁给了他。一生漂泊无依的姜夔，直到此时，方才有了一个稍显安定的家。

4

然而，勉强解决了最基本的衣食着落的姜夔，不仅没有能力去履行他当年对恋人的承诺，甚至只能将当初的恋情深藏在心底了。

"当初不合种相思"，这是姜夔自己一生的遗憾，也是他对恋人一生的忏悔。

从此以后，对合肥恋人刻骨铭心的思念成了姜夔创作的重要主题。合肥恋人居住的地方遍植柳树，合肥柳就成了姜夔词中出现频率最高的意象之一。合肥、柳、爱情，在姜夔的文字中往往是三位一体的，表达的是同一种爱恋。例如，姜夔在他的《凄凉犯》词序中说："合肥巷陌皆种柳，秋风夕起骚骚然。"他在《淡黄柳》词序中又说："客居合肥南城赤阑桥之西，巷陌凄凉，与江左异，惟柳色夹道，依依可怜。"

每当姜夔回忆起合肥，合肥巷陌中"依依可怜"的柳就成了他回忆中最深刻的印象，柳色深处隐藏的是他最刻骨铭心的恋情，柳这个意象几乎可以看成是姜夔爱情词的形象代言人！

当代词学家缪钺曾经以姜夔的诗《送范仲讷往合肥三首》（其一）作为例子，谈到姜夔作品的情致。姜夔的诗是这样写的：

> 我家曾住赤阑桥，邻里相过不寂寥。君若到时秋已半，西风门巷柳萧萧。

缪钺认为姜夔这首诗是"纯言情景以风韵胜者"。姜夔的友人要前往合肥，于是姜夔写了这首诗相送。合肥，本是姜夔一生中最为梦萦魂牵的地方，然而他在向友人描述合肥的景致时，却只是貌似淡然地说了一句"西风门巷柳萧萧"。

姜夔生活的时代，正是南宋朝廷以屈辱求和赢得数十年太平的时候。姜夔往返于江苏、安徽一带时，沿路因为曾经遭受金兵的洗劫，已经是一片破败荒凉，这种国破家亡的感慨曾多次出现在姜夔的诗词作品中。但是就在这凄惨荒凉的合肥城中，柔情万种的柳和柳树下居住的合肥恋人曾经那样地温暖过他。"君若到时秋已半，西风门巷柳萧萧。"因为这份爱，清冷凄凉的合肥也变得如此令人牵挂了。

姜夔一生留下八十余首词，可以确定是回忆合肥恋人的就有二十多首，超过了他全部词作的四分之一。可见，他当年在合肥种下的这棵相思树，扎根有多深。

"春未绿，鬓先丝，人间别久不成悲。"正月十五元宵节，春天才刚刚开始，春寒还没有完全消退，树叶还没有萌发出新绿，词人的鬓发却已经悄然发白了。"人间别久不成悲"，都说时间是疗伤的良药，姜夔也这么希望。可是二十多年过去了，相思之苦不但没有分毫减弱，反而一年一度的元宵节，都只会带来更加浓郁的悲凉。

"谁教岁岁红莲夜，两处沉吟各自知。""红莲"代指的是元宵夜的花灯。元宵节是情人节，是一年当中第一个月圆的日子，别的恋人都能够自由相会，花好月圆，可是姜夔和他曾经的恋人相隔两地，相思却不能相守。

二十多个情人节过去了，他的恋人一定和他一样，饱受着相思的折磨吧?

"两处沉吟各自知"，这样的表达方式很像当代影视剪辑手法中的蒙太奇，将同一时间两个不同空间的人拼接在同一幅画面上。这样的蒙太奇手法从《诗经》开始，就已经被中国历代诗人运用得炉火纯青。比如《古诗十九首》中的"涉江采芙蓉，兰泽多芳草。采之欲遗谁，所思在远道。还顾望旧乡，长路漫浩浩。同心而离居，忧伤以终老。"这样的描写手法就是将正在家乡采芙蓉的女子，和正在远方遥望旧乡的游子剪辑在同一幅画面上——此时此刻，我们正在不同的地方做着不同的事，但我们的心却跨越千山万水在双向奔赴，我们的情感永远处于同频共振的状态，你在想我的时候，正好，我也在想着你!

这样的相思，我们在杜甫的"今夜鄜州月，闺中只独看"（《月夜》）中读到过，在李商隐的"身无彩凤双飞翼，心有灵犀一点通"(《无题》)中读到过,在李清照的"花自飘零水自流,一种相思,两处闲愁"(《一剪梅》)中也读到过。姜夔"谁教岁岁红莲夜,两处沉吟各自知"的相思,也是这样的蒙太奇——我在沉吟,我知道你也和我一样在沉吟。我和你不在同一个城市,但你一直在我的视线里。

这样的心有灵犀,其实也类似于我们现在常说的物理学中的量子纠缠概念。物理学家朱清时这样说过:"如果两个粒子是量子纠缠的,一个粒子跟另一个粒子分得很远,一个在地球一个银河系外,但你知道在地球上那个粒子发生任何事情,地球银河系之外那么远的粒子马上就能感受到。""微观粒子之间存在着某种联系,不需要彼此沟通也能够相互影响,即使我们把这两个粒子一个留在地球,另外一个发射到火星上,只需要对其中的一个粒子进行测量,得知它的状态,即使对于另外一个粒子是完全没有任何操作的,我们也能够瞬间确定另外一个粒子的状态。"

爱情中的两个人,就像是宇宙中两个量子纠缠的粒子,即使隔着遥远的时空,并且失去任何联系,可他们依然会同频共振,依然会感知对方的冷暖寒热,甚至对方的每一滴泪水、每一声叹息,都会在这一方引发同样的情绪波动。

这样同频共振的"量子纠缠"在当代人的爱情诗歌里同样存在,比如余秀华的《神赐的一天》:

牵牛花把蓝都举在篱笆上,风从远方吹来/草木繁茂/

每一种味道都穿过我，温润，甜蜜

那时候我在广袤的原野上，看见你的城市/反出的光芒/就知道你拎着一篮苹果过了马路

所有的提示都在这里了/这神赐的一天：你我安于人世/这是多珍贵的礼物

当我在原野上闻着牵牛花的味道的时候，我看到你在另外一个城市拎着一篮苹果过了马路……这就是两地相思里的量子纠缠，这就是爱情世界里的同频共振，这就是姜夔笔下的"两处沉吟各自知"。

这世界有那么多人，可是，有且唯有这一个粒子与你纠缠。这样的爱，一生只会遇到一次吧？

5

这样的爱情状态，也很像柏拉图曾经诠释过的精神恋爱观。柏拉图说："最初的人是球形的，有着圆圆的背和两侧，有两条胳膊和四条腿，有两张一模一样的脸孔……两张脸分别朝着前后不同的方向……其他身体各组成部分的数目也都加倍。"据说这样的人类力量特别强大，以至于让宙斯产生了恐慌，为了削弱人类的力量，他提议将人类全都劈成了两半。"那些被劈成两半的人都非常想念自己的另一半，他们奔跑着

来到一起，互相用胳膊搂着对方的脖子，不肯分开……全体人类的幸福只有一条路，这就是实现爱情，通过找到自己的伴侣来医治我们被分割了的本性。如果这是一条完善的建议，那么在当前环境下我们必须做的就是把我们的爱给予和我们情投意合的人。"（柏拉图《会饮篇》）

按照柏拉图的说法，爱情的实现其实就是被劈开的两个人重新合而为一的过程。那么，我们就可以理解，为什么被时空距离分隔开来的两个相爱的人，可以"心有灵犀一点通"，可以"两处沉吟各自知"了。

所以，对于姜夔而言，他和恋人之间，在合肥杨柳依依的赤阑桥畔，不只是一次邂逅，而是发酵成持续一生的两地相思，是永远分离却又时刻同频的量子纠缠。

我之所以敢这样说，是因为这首《鹧鸪天》里的"两处沉吟各自知"并非偶然的梦见，而是姜夔生活里的常态。如果将时光倒推十年，也就是在写这首《鹧鸪天》的十年前，淳熙十四年（1187）正月初一，三十三岁的姜夔应萧德藻的邀约从汉阳去湖州，途经金陵（今江苏南京）的时候也做了一个梦，并且写下了这首《踏莎行·自沔东来，丁未元日至金陵，江上感梦而作》：

燕燕轻盈，莺莺娇软。分明又向华胥见。夜长争得薄情知，春初早被相思染。　　别后书辞，别时针线。离魂暗逐郎行远。淮南皓月冷千山，冥冥归去无人管。

"燕燕轻盈，莺莺娇软"形容的便是合肥恋人：无论是秀美窈窕的体态姿容，还是温柔悦耳的声音，都是他记忆中无法忘怀的美好。

"分明又向华胥见"，华胥是梦的代称。"华胥梦"是出自《列子》的一个典故，传说黄帝有一次白天做梦，梦见自己来到了华胥氏之国。而"又向华胥见"，一个"又"字，说明这样的梦中相遇是多么的频繁。

夜那么长，薄情人啊，你怎么才能知道我为你相思无眠呢？"春初早被相思染"和《鹧鸪天》中的"春未绿，鬓先丝"异曲同工。上阕写梦中相会，下阕转入梦醒时分的惆怅。离别时候恋人赠予的书信，恋人亲手缝制的衣裳，一直还陪在自己身边，时时检视，就好像恋人一直陪在自己身边一样。

"离魂暗逐郎行远"这一句又是量子纠缠的写法，明明是词人自己在念念不忘，却偏偏宕开一笔，写自从我们分别之后，恋人的身虽留在了合肥，魂魄却跟着情郎越走越远了吧？

"淮南皓月冷千山，冥冥归去无人管。"这是词人眼里最忧伤的景象，他仿佛看到，清冷的月色洒向淮南千山，只有恋人的倩影如"离魂"般踽踽独行于千山万壑之间。

不，那不是月色下恋人孤独的身影，那也是词人孤独漂泊的身影啊！词人怜惜恋人的孤独，又何尝不是词人在代替恋人怜惜自己的孤身漂泊呢！

"淮南皓月冷千山，冥冥归去无人管"，和"谁教岁岁红莲夜，两处沉吟各自知"的"纠缠"一样，是你眼中有我，我眼中有你的同频共振。最看不起南宋词人的王国维，唯一认可的南宋词人只有辛弃疾，但除了辛弃疾之外，王国维还说过一句话："白石之词，余所最爱者，亦仅二语，曰'淮南皓月冷千山，冥冥归去无人管'。"（《人间词话》）

"淮南皓月冷千山，冥冥归去无人管。"这是最清冷的景，却是最炽热的情。

因为，在最爱的人眼里，所有的孤独都是一种原罪！你必须用最炽热的爱去救赎！

难怪不爱姜夔的王国维也不能不爱上这两句词。南宋末年的张炎也曾以"清空"评价姜夔的词，认为"姜白石如野云孤飞，去留无迹"（《词源》），"淮南皓月冷千山，冥冥归去无人管"正体现了这种如野云孤飞般"去留无迹"的清空之韵。所谓"清空"，就仿佛是一幅用笔浅淡的水墨画，没有浓艳的色彩，没有繁复密实的勾勒，但在看似不经意的轻描淡染中，其实包蕴着无穷的深沉感慨。

姜夔的词的确如此，就像"淮南皓月冷千山，冥冥归去无人管"和"谁教岁岁红莲夜，两处沉吟各自知"这样的句子，没有令人应接不暇的意象堆砌，但正是这样大量的留白，更能让人体味到那种深入骨髓的空寂与孤独。

如果孤独需要救赎，那么只有真正的爱情可以拥有救赎的力量。

"谁教岁岁红莲夜，两处沉吟各自知"，就是这样一种对孤独的救赎吧？爱情经历或许短暂，相思却从此无边无际。

"谁教岁岁红莲夜，两处沉吟各自知。"如果拼尽全身力气，却依然不能朝朝暮暮相依相守，那么换一种形式彼此"纠缠"，两处沉吟。这样，也好。

因为至少我还知道，你还安好！而且，当我想着你的时候，你也正在想着我。

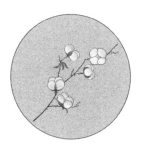

我不能悲伤地坐在你身旁

1

北宋初期，一大批诗人曾经痴迷于晚唐李商隐的诗，崇尚李商隐诗歌的文辞华美、意象密丽、用典深雅、音节和谐婉转，甚至形成了宋初最大、最为风行的诗歌流派——西昆体。

西昆体诗人大多官至高位，不少还是皇帝身边的文学侍从，社会地位很高，例如钱惟演做到了枢密使，属于国家最高军事长官，地位相当于宰相；再比如丁谓也做了宰相，封晋国公。因为西昆体诗人大多地位高、影响力大，所以一时追随的人不计其数。但是，一味地模仿终究会陷入窘境：学习李商隐没问题，但片面的模仿而没有推陈出新的能力，其末流往往只能模仿李商隐华美艳丽的辞藻与晦涩生僻的用典。甚至于后来有优伶故意穿着破破烂烂的衣裳扮演成李商隐，有人问他："前辈您怎么穿得这么破破烂烂的？您的衣服呢？"优伶扮成的李商隐可怜巴巴地回答："我的衣服被馆中诸位学士扫将去也！"言外之意就是，西昆体大佬们只学到了李商隐的皮毛，李商隐的神韵那可是一点都没学到。难怪，观众看了无不哈哈大笑。后来，欧阳修、梅尧臣等重量级诗人相继登上宋代文坛，大力革新诗坛浮华风气，西昆体也就从此一蹶不振了。

诗歌发展的这一段历史惊人相似地重现在了词坛上。南宋词坛也出了一个李商隐似的词人——吴文英。"词家之有文英，如诗家之有李商隐也。"(《四库全书提要·〈梦窗词〉提要》)李商隐对于唐诗的贡献至少有三大点：第一是将律诗的精致工稳发展到极致，第二是文采美艳到极致，第三是意思深隐到极致。吴文英对于宋词的贡献至少也有三大点：第一是将词律的精致工稳发展到极致，第二是文采美艳到极致，第三也是意思深隐到极致。

更有意思的是，正如同北宋初年西昆体诗人疯狂崇拜李商隐一样，到了清代中后期，疯狂崇拜吴文英的词人也占据了词坛的半壁江山，"近世学梦窗者，几半天下"矣。（吴梅《乐府指迷笺释序》）甚至有人还这么说，两宋词坛上，北宋以周邦彦为集大成者，南宋则推吴梦窗为尊（吴文英号梦窗），"求词于吾宋者，前有清真，后有梦窗"。这并不是某个人的主观偏好，而是"四海之公言也"，是公认的词坛排名。（《花庵词选》引尹焕语）

还有一个数据，可以证明吴文英在清代后期神一般的词坛地位。我们都知道，目前留存的所有唐诗选本中，最为普及、最为大众所熟悉的无疑就是清朝蘅塘退士编选的《唐诗三百首》；同样，目前所有的宋词选本中，唯一一部影响力足以与《唐诗三百首》并驾齐驱的就是《宋词三百首》。这个选本也被认为是将两宋词专家及其代表作品，甚至包括一些次要作家的佳作一网打尽，"不弃遗珠"的选集，凡是学词的人都应该"人置一编"，人手一册，认真揣摩学习。

《宋词三百首》的编选者是晚清四大词人之一朱祖谋，他选了八十多位两宋词人的作品，其中入选作品数量高居第一的是谁呢？

吴文英！

吴文英入选作品高达二十五首，相当于全部选词的近十分之一！紧随其后的是周邦彦，入选二十二首。其他著名词人例如柳永、晏幾道、苏轼、辛弃疾等等，最多也不过十几首。

要知道，吴文英传世的作品只有三百多首，并不是两宋词人中留存作品最多的词人，但他依然在《宋词三百首》中稳居榜首。这个地位，是其他所有词人望尘莫及的吧。

当然，这其中有朱祖谋个人喜好的因素，所谓公认的词坛排名，未必能代表咱们当代读者的意见，但有一点是毫无疑问的，在南宋词坛上，将周邦彦这一脉的风格发展到新高度的词人，当属吴文英无疑。

2

那么，最能代表吴文英风格的词是哪一首呢？是这首两宋词坛上最长的词——《莺啼序》：

残寒正欺病酒，掩沉香绣户。燕来晚、飞入西城，似说春事迟暮。画船载、清明过却，晴烟冉冉吴宫树。念羁情游荡，随风化为轻絮。　　十载西湖。傍柳系马，趁娇尘软雾。溯红渐、招入仙溪，锦儿偷寄幽素。倚银屏、春宽梦窄，断红湿、歌纨金缕。暝堤空，轻把斜阳，总还鸥鹭。　　幽兰旋老，杜若还生，水乡尚寄旅。别后访，六桥无信，事往花委，瘗玉埋香，几番风雨。长波妒盼，遥山羞黛，渔灯分影春江宿。记当时、短楫桃根渡。青楼仿佛。临分败壁题诗，泪墨惨淡尘土。　　危亭望极，草色天涯，叹鬓侵半苎。暗点检、离痕欢唾，尚染鲛绡，嚲凤迷归，破鸾慵舞。殷勤待写，书中长恨，蓝霞辽海沉过雁，漫相思、弹入哀筝柱。伤心千里江南，怨曲重招，断魂在否？

一般来说，按词的长短篇幅，我们可将词分为小令、中调和长调，这是明代以后的分法。字数比较少（通常是指字数在五十八字以内）、曲子比较短的称为小令，或者令词；中调是五十九字到九十字；九十一字以上就算是长调了。但这种分法只是就大概而言，并不是固定的标准。我们常见的词大多分上下两段，或称上下两片，三段以上的称为三叠。吴文英首创的《莺啼序》却有四叠，也就是分为四段，长达二百四十字。

这样一说，我们可能就明白了，这么长的一首词，在当时肯定不可能成为唱遍大街小巷的流行歌曲啊！可是，我反复强调过，唐宋词其实就是唐宋时候的流行歌曲，这么长、又这么难懂的词怎么流行呢？

这就要说到北宋词和南宋词的一个重要区别了。北宋词人填词多半是这两个目的：写给自己看，或者写给歌手唱。大多数流行歌手歌唱水平不错，但文学修养自然不能跟文学家比，何况，流行歌手面对的消费者主体是大众，因此北宋的词基本比较通俗易懂，也容易广为流行。

但南宋情况不大一样了，南宋的名家词人多半也有两个目的：写给自己看，以及写给和自己差不多的文人看。换句话说，南宋的词虽然对于音律更加讲究、要求更为严格，但受众不再是以大众为主了，文人词的创作目的多是为了文人之间的交流。因此，南宋词人在填词的时候，不仅不用考虑什么通俗易懂的问题，反而是越能显示出自己高人一等的才华学问越好。这就是清代词学家周济说的："北宋有无谓之词以应歌，南宋有无谓之词以应社。"（《介存斋论词杂著》）"应歌"是为了歌坛流行而创作；"应社"是为了文人结社互相唱和并且互相比拼才华而创作。吴文英的词基本上也是为这两个目的而写的。

那么这首《莺啼序》是写给谁看的呢？

可以确定的是，这首词吴文英主要是写给自己看的。更准确一点说，这几乎就是他情感经历的一篇自传。但是因为这篇自传只是为了抒发自己的情绪、留住自己的念想，而不是为了在别人眼里塑造人设，所以，这首词写得非常含蓄甚至说得上是隐晦。换言之，读吴文英的这篇"自传"，除了他自己，没有人敢说能完全读懂它的所有含义。

有人开玩笑说李商隐的《锦瑟》是唐诗中的"哥特巴赫猜

想"，那么，吴文英的《莺啼序》就是宋词中的"哥特巴赫猜想"，因为没有人敢宣称自己的解读是唯一正确的答案。

既然没有人能完全读懂，那我们为什么还要读呢？

因为它实在太美。

我在准备讲吴文英词之前，特意给专门研究吴文英的一位学者田玉琪教授打了个电话请教，我问了他这样一个问题："如果要给大家选择一首吴文英的代表作来讲，您会推荐哪一首？"

田教授在电话那头没有半秒钟的犹豫，就斩钉截铁地回答我："那必须是《莺啼序》啊！"

我明明知道他的答案多半会是《莺啼序》，但还是忍不住追问了一句："为什么必须是《莺啼序》呢？"

田教授又是毫不犹豫地回答："这首词多美啊！'残寒正欺病酒，掩沉香绣户……'太美了！而且这就相当于吴文英的自传，最能够代表他的风格。"

田教授的语气，仿佛我不讲《莺啼序》，那就是吴文英的罪人。

说实话，吴文英的作品里，我最喜欢的也是这首《莺啼序》，还有一首《风入松》（听风听雨过清明）。我之所以一开始稍有犹豫，是因为这首词确实太长太晦涩了。但，既然它这么美，美得不可方物，那不和大家一起分享，我也不能原谅自己了。我们现在就来看看，这首词到底隐含了吴文英一生怎样的情事与情绪。

3

我们先看第一叠。第一叠是触景生情的写实。这首词很可能是吴文英在半生漂泊回到苏州之后写的，时间在清明前后。

起句就如天际跫音一般非同凡响啊："残寒正欺病酒"，这个"欺"字，简直就是神来之笔！病酒是醉酒的意思，醉酒的人本来生理、心理可能都处在一个极度难受的状态，但雪上加霜的是，"残寒"又雪上加霜来欺负这个病酒的人。"残寒"当然是指春天还没有完全暖和起来的时候。词写在"清明过却"，已是暮春时节，本来这个时候的寒意早就没有那么大的侵略性了，可是在"病酒"而且极度寂寞的词人这里，感受到的就是"残寒"巨大的杀伤力。为了将欺人的残寒抵挡在户外，他掩上了"沉香绣户"。写卧室，用"沉香绣户"这四个字真是美得让人心旌摇荡。沉香的味道温柔沉静地萦绕在装饰精致华美的房间里，这份柔柔的温暖和户外正在肆虐的残寒瞬间形成了相互隔绝的两个世界。

词人将这个春天仍在欺人的"残寒"关在门窗之外后，忍不住独自回味、独自咀嚼自己过往那段缠绵悱恻的情事了。

"吴宫"在古典诗词中一般代指苏州。春秋时期，吴王夫差为宠幸绝色美女西施，在苏州修建了馆娃宫，这一历史为苏州增添了令人浮想联翩的浪漫风情。

而苏州对于吴文英而言，更有着非同寻常的意义。

那么，在吴文英的生命中，苏州到底发生过怎样的故事呢？

吴文英是四明鄞县（今浙江宁波）人，一生客居地主要在苏州、杭州、绍兴三地。他大约也是个很有个性的人，从小就沉浸于诗词中，对科举始终提不起什么兴趣，因此尽管身负高才，却没有像大多数人那样去博取科举之名，倒是成了极少数的专业词人之一。为了生计，他先后供职于不同的幕府，一生的足迹也基本不出今天江苏、浙江一带。

吴文英曾经充任苏州仓台幕僚，在苏州逗留长达十年左右，这也是他一生之中客居时间最长的地方。这十年，无疑是他生命中最重要也最令他眷恋的十年。即便是十年之后，他离开苏州，还仍然在词中一次又一次情不自禁回忆起那里的时光，"可惜人生，不向吴城住"（《点绛唇·有怀苏州》）。他甚至希望这一辈子都不要离开苏州，一辈子都住在苏州，苏州的灵岩山、虎丘、沧浪亭等名胜都留下了他流连的足迹。

然而，真正令他一辈子都不能忘记苏州的最重要的原因，还不是苏州的这些名胜古迹，而是他在苏州邂逅的一位女子，以及这位女子带给他的长达十年的温馨爱情。

大约在吴文英来到苏州供职之后的一两年中，他结识了一名苏州女子，此后苏姬便成了梦窗词中频频出现的女主人公。甚至可以说，苏州结识的这位女子，不仅仅是闯入了吴文英的生命，也闯入了梦窗词创作的世界。

这位苏姬姓甚名谁，现存文献没有任何详细的记载。然而，从梦窗词中可知，与苏姬朝夕厮守的十年，应该是吴文英生命中最温暖的十年。淳祐二年（1242）元宵节前后，苏姬离开了吴文英。苏姬离去的原因我们从文献中找不到多少可靠的线索，也许是苏姬不愿意离开熟悉的苏州去往陌生的地方；也许是吴文英一直为人幕僚，生活较为清苦，令苏姬难以继续忍受……可惜，种种可能都只是我们的猜测。

苏姬去意之坚决，令吴文英黯然神伤。吴文英等了一年又一年，也没有等到苏姬的回心转意。苏姬离去之后的一两年中，吴文英写了大量怀念爱姬的词作，此后每次吴文英重回苏州，一定会重返当年他与苏姬足迹所到之处，无一例外都会沉浸在对苏姬的深深回忆之中。几乎每年的清明寒食，吴文英都会不无辛酸地写下怀念苏姬的词作。

吴文英大约从二十八岁到三十八岁之间客居苏州，不仅拥有了令他一生眷恋的十年恋情，作为苏州仓台幕僚，他也有过一段相对稳定的诗酒风流的生活。他的才华得到了不少词坛精英以及政坛显贵的赏识，包括宰相吴潜，都与吴文英交游密切，梦窗词集中有四首词就是专门题赠吴潜的。

然而，苏姬的离去，几乎终结了梦窗一生最幸福的时光，成了吴文英生活和创作的分水岭。苏州，亦成了埋葬词人十年温情的伤心地。多年来羁旅漂泊，多少往事如飞絮随风飘散，关于苏姬的记忆却永久沉淀在了内心最深处。

虽然《莺啼序》这首词未必是为怀念苏姬而写，但关于苏州的记忆里，苏姬一定是吴文英最彻骨的伤痛。

4

第二叠"十载西湖"转入对杭州生涯的回忆。苏姬离去之后的第二年，也就是淳祐三年（1243）春，吴文英来到杭州，开启了以杭州为圆心的漂泊生涯。在杭州多年"傍柳系马"的游冶生活中，也曾有一位女子再度闯入了吴文英的生命，并且多次出现在吴文英后期词作中。"溯红渐、招入仙溪"用的是刘晨、阮肇天台山桃源遇仙的典故，暗示词人与杭女相识的浪漫与相守的缠绵。"锦儿"传说是杭州名媛杨爱爱的婢女（洪遂《侍儿小名录》），此处很可能是代指曾为词人和杭州恋人传递信息与信物的婢女。

与杭州女子的邂逅是吴文英孤独而又艰辛的生命中最后一缕阳光，等待侍女传递情书的忐忑，西湖携手同游的甜蜜，这一切都让黯然神伤的词人感受到了爱情的慰藉。然而这一番旖旎的爱恋终究是"春宽梦窄"。

"春宽梦窄"用语真是奇绝，"春宽"意为欢情的绵长，"梦窄"则意味着缘分苦短。这大概就是当代人常说的有缘无分吧？

这一段恋情还没来得及让他好好享受，杭州女子的早逝再一次残酷地惊醒了词人的美梦。西湖的长堤上游人早已散尽，西湖如此美丽却又寂寞的黄昏只留给一滩鸥鹭去欣赏了。"暝堤空，轻把斜阳，总还鸥鹭。"第二叠结尾三句虽是写景，却恍若词人一声无奈而忧伤的长叹。

爱情如同夜空里的那江烟火，太美又太短暂。然而词人的命运毕竟不是只有爱情，令吴文英没有料到的是，爱情没有给予他的安定，事业同样没有。吴文英终身不曾入仕，却身不由己地卷入了南宋后期两大敌对阵营的政治斗争之中。他非常尊重且交游密切的吴潜，是一位忧国忧民的君子，但是这样一位忠心为国的忠臣却被权臣贾似道迫害致死。因姐姐获宠于宋理宗、以外戚身份做到宰相的贾似道，一向被视为奸臣。而梦窗词集中，竟然有四首词题赠贾似道，这几乎是让人不能原谅的人生污点了。

是的，中国古典文学批评中，道德评价总是先于审美评价。在大多数情况下，人品与文品应该是基本一致的。但我们或许不得不承认，文人不应该只是简单二分为圣人和小人。我们习惯了这样评价一个著名人物：如果他不是完美的君子或圣人，那他就一定是小人或奸人。

然而，对于更多的人而言，这样简单的二分法实在太过粗暴。我更倾向于认同叶嘉莹的观点，吴文英当然算不上圣人，但也并非首鼠两端的小人。"从梦窗的生平来看，他所以与一些权贵们有着交往，大半也是由于求生与不甘寂寞的两个原因。"求生是因为吴文英从不热衷于科举仕进，但他又要满足一家人的温饱生计，所以不得不出入幕府，与权贵交游；不甘寂寞则更是南宋文人的风气。一个才华横溢、被人赏识的词人，要做到空谷幽兰般绝世独立谈何容易！吴文英写给权贵的交游词，其实并没有那种卑微乞怜的谄媚之态，他也从未利用权贵们对他的赏识而汲汲谋求功名富贵，反而流露出一种"高华闲雅"的气度，这倒是一个布衣文人难能可贵的地方了。

吴文英当然不是一个伟大的圣人，却是一个情感深挚、内心敏锐的不幸词人。假如你只把他当作一个悲情的词人来看，那他无疑是最优秀的之一。

《莺啼序》写了与杭州恋人凄美的爱情故事，又何尝不是词人生命轨迹的一次痛苦回溯！因为回忆太美，现实又太无望，对于回忆的一再回溯才更痛苦。

5

第三叠由杭州女子的逝去转入浓郁的别离、悼亡悲情。爱姬逝去之后，幽兰已老，杜若新生，春秋几度，词人却仍在痴情地追寻着往日的踪迹，他的脚步曾踏遍杭州西湖苏堤上的六桥，可是千万遍追寻之后，依然是花落人亡两不知。"事往花委，瘗玉埋香，几番风雨"，这几句写落花遭受风雨摧折，以"葬花"暗指恋人的逝去。难道是因为恋人太过美貌，连上天都嫉妒她，要早早地唤她归去吗？

"长波妒盼"笔锋一转，记忆中的杭州恋人眉目那么秀美，甚至令长波、遥山都黯然失色。水波形容眼神，遥山形容眉黛，这是诗词中的常用意象，却偏偏被吴文英用得活灵活现，恍若那位女子仍然盈盈玉立在他的眼前，巧笑倩兮，美目盼兮。

回忆越美丽，离别才越让人伤痛。"记当时、短楫桃根渡"，化用晋代王献之送别爱妾桃叶的渡口。桃根渡，又称桃叶渡，桃根为桃叶之妹，此处借指词人心爱的女子。"临分败壁题诗，泪墨惨淡尘土。"与恋人一别，多年之后，当词人重访故地，物是人非，触目所见只有分别时含泪题在墙壁上的诗句，如今已破败不堪，黯淡蒙尘。惜别悼亡之意至此愈转愈深，让人忍不住潸然泪下。

爱情可以不是生命的唯一，却可以是"词缘情"的唯一。吴文英用词来回顾自己的一生，抒发自己的怀抱，将一生的所有感叹全部包裹在爱情的缥缈面纱中。如同一位含情脉脉却又楚楚可怜的佳人，你明知她有绝世姿容，奈何令人炫目的华美纱罗将她轻轻笼罩，你只能用心去感受，却看不清她一颦一笑背后的深意。这就是所谓"将身世之感打并入艳情"的写法，也被认为是词体最当行本色的表现手法。从这个意义上说，吴文英无疑是最当行本色的词人。

6

第四叠中，词人的身世之感与爱情之痛更加紧密地绾合在一起，这也是整首词的两个核心主题：羁旅与悼亡的双重情绪，堪称字字泣血。

半生漂泊之后，词人已鬓发斑白，当他登上高楼、倚栏远望的时候，多少离愁别恨、往日欢情一齐袭上心头。

第四叠中有一个典故尤其值得我们留意："破鸾慵舞"。这个典故出自南朝宋范泰《鸾鸟诗序》。传说罽宾王曾经在峻卯山结网，捕捉到一只鸾鸟，罽宾王特别喜欢。但是他把这只鸾鸟带回家之后，它却怎么也不肯鸣叫。罽宾王想尽了各种办法，给它换了一个金笼子，用山珍海味来喂养它，也没有丝毫效果。如此三年，罽宾王都没有听到鸾鸟的一声鸣叫。后来，还是罽宾王的夫人给他出了一个主意，她说鸟类只有见到它的同类才会鸣叫的，所以要让它叫就必须让它见到同伴。您何不尝试挂一面镜子，让它看到镜中的自己呢？

罽宾王一听，这主意似乎不错。他命人拿来了镜子，果然，鸾鸟见到镜中的自己，以为是伙伴，"睹形悲鸣，哀响中宵"。这只鸾鸟见到自己的"同伴"以后，失声悲鸣，仿佛郁结了三年的痛苦都倾泻在这一声声悲鸣之中，直叫到半夜，终于"一奋而绝"。

故事中这只悲情的鸾鸟，又何尝不是词人自我的孤独写照呢？别离同伴之后，他从此只能顾镜自怜，只能与镜子里的自己抱团取暖。

《莺啼序》中出现的鲛绡（女性用的丝质手帕）、斛凤（低垂的单股的凤钗）、破鸾（被分成两半的铜镜）或许都是词人与恋人的定情信物，也是他们永久分离的留念。词人时时的"暗点检"，其实是睹物思人，对逝去的爱情、对流逝的大半生羁旅光阴深深的回忆与遗恨。

过去的一切，如单股的凤钗终究无法再合二为一，如破镜终究无法重圆，相思的深意即便能书写下来，但天高水阔，连大雁都无法传递音讯。词人只能将满怀相思、满腹愁情一声声弹入琴筝。屈原《招魂》云："湛湛江水兮上有枫，目极千里兮伤春心。魂兮归来哀江南！"然而，即便他能写出屈原《招魂》那样凄美的句子，能将心爱之人的魂魄召回身边吗？能再回到过去，重温并且留住所有的美好吗？

"伤心千里江南，怨曲重招，断魂在否？"词人依旧羁旅江南，他苦苦寻觅的"断魂"既是爱姬消散的魂魄，又何尝不是他自己失落的似水年华？

"怨曲"反复缠绵唱了无数遍，我依然不能悲伤地坐在你身旁。

长长的一首《莺啼序》，长长的人生追忆，吴文英从第一叠实写伤春感怀，到第二叠虚写对昔日欢情的追忆和第三叠的故地重访，再到第四叠羁旅与悼亡的交错，这首词可谓脉络井然，起承转合间既空灵飘逸，又不失沉郁顿挫，羁旅身世与艳情悼亡交错融合，真非有大手笔、大神力者不能为之。据说吴文英自己曾将这首词题于丰乐楼墙壁上，"一时为人传诵"，（周密《武林旧事》）看来吴文英对这首词的确寄予了最深的感慨。

虽然历代都有人对梦窗词的隐晦和绵密不无微词，例如稍晚于吴文英的张炎就批评梦窗词"如七宝楼台，炫人眼目，拆碎下来，不成片段"（《词源》），意思就是说他的词太过晦涩，意象和典故太过密集，辞藻太过华美艳丽，令人眼花缭乱，从而掩盖了情感主题的表达。张炎喜欢的是姜夔词的"清空"，不喜欢的是梦窗词的"质实"。

当然，这只代表了张炎的个人偏好。质实密丽确实是吴文英与众不同的风格，他的词就如一位精心修饰过的"严妆"的美女。但，请你一定要记住这一点：如果一位天生丽质的绝色佳人还精心打扮过再来见你，那么，你一定是她心目中最最重要的人。她不一定是你能一眼看到底的那个人，但并不妨碍你深深地爱着她！

词，就是吴文英心里最最重要的那个人，所以他每次见她，都必然用最极致的妆容。假如你只看到她美丽的外表，而忽略了这份美丽背后极幽深极细腻的用心，"不观其倩盼之质，而徒眩其珠翠"，（陈洵《海绡说词》）那你无疑就是买了那只昂贵的盒子，却丢了盒子里那颗真正无价的珍珠。

要把所有说不出来的话

都唱给你听

1

公元 1234 年（宋理宗端平元年），金王朝为元太宗窝阔台所灭。

大宋王朝多年的敌人被另一个更为强大的敌人消灭，南宋小朝廷再一次暴露在虎口之下。

宋恭帝赵㬎德祐二年（1276，元世祖至元十三年），元军包围南宋都城临安，幼主赵㬎和太皇太后谢氏、太后全氏投降。元军统帅伯颜为了表现自己的宽仁，从临安移兵湖州，再派人到临安向谢太后催索投降手诏。此后，赵㬎、太后及大批宫女、内侍和宫廷乐人被押解北上。

1278 年底，文天祥率起义军在广东海丰北五坡岭与元军激战，终因寡不敌众而兵败被俘。

1279 年，也就是祥兴二年，元世祖忽必烈至元十六年，元军大败宋军于崖山，民族英雄陆秀夫背负着八岁的赵昺毅然纵身跃入大海，在崖山背水一战的南宋军民十来万人也相继投海殉国，南宋王朝至此灭亡。

三年后（1283），誓死不肯投降的文天祥被元世祖忽必烈赐死于大都（今北京）。

"人生自古谁无死，留取丹心照汗青"（文天祥《过零丁洋》），国破家亡的沉痛不仅充塞于民族英雄的诗篇之中，宋末词坛也是愁云笼罩，感慨遥深，其中的代表人物即是"宋末四大家"：周密、王沂孙、张炎、蒋捷。这四大词人都是由宋入元的遗民词人，他们用尽生命全部的力量，低沉哀婉地吟唱着对故国最深沉的思念。

宋末四大家的词有一个共同特点：寄托深远，黍离麦秀之悲溢于言词。比如，周密《瑶华》咏扬州琼花，词中"江南江北""消几番、花落花开，老了玉关豪杰""一骑红尘"等语，亡国寄托之意再明显不过。据说德祐年间（1275—1276）南宋被元朝入侵后，连扬州的琼花都不再开花，赵棠国炎写了一首绝句凭吊琼花："名擅无双气色雄，忍将一死报东风。他年我若修花史，合传琼妃烈女中。"（蒋子正《山房随笔》）这首诗将琼花拟人化成誓死不肯变节的烈女，和周密词中的琼花一样，承载的都是作者难以言喻的亡国幽恨。

张炎本是承平贵胄公子，是南宋名将循王张俊的六世孙，家境十分优裕，而且还是词人世家子弟：他的曾祖父张镃、父亲张枢都是有名的词人。宋亡之际，张炎家产被全数籍没，入元以后沦为无家可归的天涯游子，以卖卜为生。他的《解连环·孤雁》有"写不成书，只寄得相思一点"的句子，仿佛词人自己也是一只"恨离群万里，恍然惊散"的孤雁，张炎还因为这首词被称为"张孤雁"。汉代的苏武被匈奴囚禁于北海，"残毡拥雪"，可苏武毕竟还能借鸿雁传书最终被营救返回故国；此刻的张炎，却只能自怜"旅愁荏苒"，山河迥异，再也没有曾经温暖的家、繁华的国了。

2

在宋末四大家中，我个人最喜欢的词人是蒋捷。但这一讲，我想讲的是王沂孙。

要论在四大家中的地位，王沂孙的出身比不上张炎高贵，传世作品在当代的知名度比不上蒋捷，与周密交往最为密切但年辈又小于周密，他在宋末词坛的辨识度似乎并不怎么高。那么，王沂孙为什么还是值得一讲呢？

对我个人而言，王沂孙最初之所以吸引了我的注意，有四大理由。

第一个理由，当然是因为清代词学家周济那句著名的学词进阶指南："问途碧山，历梦窗、稼轩，以还清真之浑化，余所望一世之为词人者盖如此。"周济理想中最佳的词人人设，就是从碧山开始入门的。王沂孙，字圣与，号碧山，又号中仙，会稽（今绍兴）人。生卒年不详。他与周密、张炎交游频繁，经常在一起酬唱。咸淳十年（1274），王沂孙曾和周密在杭州孤山分别，此后到元至元二十三年（1286）又屡次重聚，这一时期是王沂孙创作最为活跃的阶段。

周济说学词要从王沂孙开始，然后经过吴文英、辛弃疾，最后达到周邦彦的浑化境界，这一指南并不是说王沂孙的水平是"幼儿园"初级。恰恰相反，周济将王沂孙作为学词入门第一步，是因为他强调的是填词入门须正，千万不能一起步就跑偏了。简单地说，就是根基要正、要稳、要牢。而王沂孙就是那个填词最"正"最"稳"的词人。

这样来看，我们是不是就很想看看王沂孙的词，到底有多正有多稳呢？词稍后我们再一起读，我先说说我喜欢他的第二个理由。

第二个理由，在南宋词坛中，我个人非常喜欢姜夔。宋末四大家中，周密、张炎、王沂孙都被认为是以姜夔为宗，学姜夔皆各有所得，但是被公认为学姜夔学得最好而且有出蓝之妙的，当推王沂孙。清代词学家陈廷焯就说过："南宋词家，白石、碧山，纯乎纯者也"（《白雨斋词话》），认为姜夔、王沂孙都是纯正到极致的词人。陈廷焯还说："词法莫密于清真，词理莫深于少游，词笔莫超于白石，词品莫高于碧山，皆圣于词者。"这是将周邦彦、秦观、姜夔、王沂孙四人并列为四大词坛圣手，"而少游时有俚语，清真、白石间亦不免，至碧山乃一归雅正。"也就是说，四人中秦观、周邦彦、姜夔的词偶尔还难免杂有不太纯雅的俚语俗语，而王沂孙的词品最高，最为雅正，甚至到了"古今不可无一、不能有二"的高度，任何不雅词句、落于俗套的表达都绝不可能出现在王沂孙的作品之中。陈廷焯的这个评价简直可以解释为什么周济要将王沂孙作为学词入门标杆了：立意、用笔都必须正，脉络分明，声容调度，一一可循，而且必须温雅沉厚，既不能粗率地叫嚣，把那种剑拔弩张的习气带到词里来，也不能流于艳俗淫秽，让词的品格等而下之。

第三个理由，在开始读词的时候，很多人都觉得南宋词人的作品，尤其是吴文英、王沂孙等词人的作品特别难读懂，这是因为无论是从人生阅历还是词鉴赏的专业水准，都需要一定的时光积淀。读王沂孙的词，"须息心静气沉吟数过，其味乃出。心粗气浮者，必不许读碧山词"。我觉得，就当是为了修炼自己的性格，不要那么心浮气躁，也应该多读王沂孙的词，让自己更加静气、更加温雅、更加纯厚。

第四个理由，王沂孙的咏物词被公推为咏物词的天花板。王沂孙传世的词作仅仅六十余首，标明为咏物的词就多达四十首，差不多占到了三分之二。中国的古典诗词从《诗经》开始就强调比兴寄托，而咏物词可以说是比兴寄托发展到巅峰时期的标志。站在这个咏物词巅峰的那位词人，就是王沂孙。

什么是咏物词呢？我在这里不下学术化的定义，只是举个例子来说明一下。《红楼梦》大观园里贾宝玉和姐妹们起的诗社大家一定还记得吧？诗社第一次聚会，李纨出的题目就是咏白海棠。当时迎春还说呢："都还未赏，先倒作诗。"宝钗就说了："不过是白海棠，又何必定要见了才作。古人的诗赋，也不过都是寄兴写情耳。若都是等见了作，如今也没这诗了。"宝钗这四个字"寄兴写情"可以算是咏物诗词的正解了。所谓咏物，不过是作者将情感寄托在所咏的对象上而已，表面上咏物，其实是托物言志，借以抒发自己的情意，这比直接抒情显然含蓄委婉得多。所以宝钗才说，并不一定需要看到白海棠的实物才能咏它，谁不知道白海棠什么样呢，不过是借着白海棠的名义各自说各自想说的话罢了。因为这次咏白海棠的雅集，大观园的诗社就取名为海棠社。

此后大观园的诗社又有过好几次聚会，大多数都是以咏物为主题，而且最后基本上就是看薛宝钗和林黛玉两大才女斗法。《红楼梦》第七十回写到史湘云因看到暮春时节柳花飘舞的样子，有感而发填了一阕咏柳絮的词《如梦令》，自以为得意，跑去找宝钗和黛玉分享，还说诗社前几次都没有填词，建议换个新鲜花样玩儿，起社填词，就以柳絮为题填咏物词。黛玉填的是《唐多令》，其中有这样的句子："漂泊亦如人命薄，空缱绻，说风流。"大家看了，都说写得好是好，就是太悲了。宝钗填的是《临江仙》，词的最后两句"好风凭借力，送我上青云"引起众人的拍案叫绝，都说："果然翻得好气力，自然是这首为尊。"

柳絮是一样的柳絮，可是每个人吟咏的角度不同。黛玉是借柳絮感叹自己的薄命，悲哀自己不能主宰自己的命运，只能像柳絮一样随风飘零，不知最后萍踪何处。宝钗胜在立意出人意料，她解释说，柳絮原是一个轻薄无根无绊的东西，偏要把它说好了，才不落套，于是她把柳絮随风飘送的状态写成了青云直上的豪迈，的确是既新奇又非常符合宝钗的身份、个性与志向。可见，这么多人同时吟咏同一种事物，事物客观形态的描摹可能没什么差别，但不同的作者赋予同一事物的情感与志意却可以天差地别。而且这样的创作，就好比现在学校里的命题作文，所有学生都写同一主题，的确是便于判断写作水平的高低。在古代更是如此，文人结社创作，既是切磋，也是比赛，定然包含了文人逞才好胜的成分。南宋末年词人结社蔚成风气，王沂孙的咏物词之所以能成为典范，就是这种风气推动的结果。

3

说了这么多，我们还是来好好读读王沂孙咏物词中的扛鼎之作——《齐天乐·蝉》：

> 一襟余恨宫魂断，年年翠阴庭树。乍咽凉柯，还移暗叶，重把离愁深诉。西窗过雨。怪瑶佩流空，玉筝调柱。镜暗妆残，为谁娇鬓尚如许。　　铜仙铅泪似洗，叹移盘去远，难贮零露。病翼惊秋，枯形阅世，消得斜阳几度。余音更苦。甚独抱清商，顿成凄楚。漫想熏风，柳丝千万缕。

"蝉"是古典诗词中出镜率相当高的咏物对象。别的不说，唐代就有所谓的"咏蝉三绝"。第一绝是虞世南的《蝉》，塑造了蝉"居高声自远，非是借秋风"的形象，赞美蝉高洁又自信的品格，这就是士大夫清高人格的自我写照；第二绝是初唐四

杰之一骆宾王的《在狱咏蝉》，因为是骆宾王狱中所作，两句
"无人信高洁，谁为表予心"既表白了自己的高洁，又哀叹自
己不被世人了解的落魄、孤寂和冤屈；第三绝是晚唐李商隐的
《蝉》，"本以高难饱，徒劳恨费声"简直就是诗人自己怀才不
遇、四处辗转却依然清贫困厄的写照。

你看，都是咏蝉，作者的时代不同、际遇不同、身份不
同，赋予蝉的人格化形象也是截然不同的。

那么，同样是咏蝉，王沂孙又有怎样出奇制胜的绝招呢？

我认为，王沂孙的咏蝉词有这样三大特点：

第一，和唐代咏蝉诗多是士大夫人格自我写照不同的是，
王沂孙咏蝉非常符合词体本色。所谓词体本色就是在内容上以
爱情，尤其是以女性角度的爱情为主题，没有脱离词坛主流，
风格上也更加含蓄和雅，绝没有豪情万丈的口号，也没有急不
可耐的自我表白，而是在千回百转的倾诉中缓缓道出内心深处
的情感。

第二，王沂孙不仅从蝉的生活习性中提炼出审美意蕴，还
将自己的身世与国家的命运糅合在一起，吟唱出了遗民文人的
末世情怀，沉痛怨诽却仍不失忠厚平和。

第三，可以说是南宋咏物词的一个共同特点，只是王沂孙
更为典型而已。以这首咏蝉词为例，词中每一字、每一句都在
咏蝉，但整首词从头至尾都没有出现一个"蝉"字。所以有人
说，咏物诗词发展到这个阶段，已经演变成了"诗谜""词
谜"。谜底要等读者全部读完之后去猜，这就很像元宵节猜的

灯谜了。《红楼梦》里就写过几次元宵节猜灯谜的场景，例如第二十二回贾政猜的灯谜中有一个谜面是这样写的："能使妖魔胆尽摧，身如束帛气如雷。一声震得人方恐，回首相看已化灰。"

这是宝玉做的灯面，贾政一猜就猜到了："这是炮竹嘎。"其实大观园姐妹们咏白海棠、咏柳絮也是类似的，薛宝钗、林黛玉的咏物诗词也自始至终都没有出现过白海棠、柳絮等名词，然而每一句又都没有离开所咏对象的各种特质。只不过，贾宝玉的灯面描写爆竹点燃后的巨大声响，以及引爆以后化成灰的形象，都是比较直观的形象描写，所以贾政基本不用思考一猜就中。但王沂孙咏蝉，却大多是化用与蝉相关的典故，如果读者没有相应的文学修养，那就难猜多了。比如胡适就说过，王沂孙"咏物诸词至多不过是晦涩的灯谜"，这首《齐天乐·蝉》呢，"不过做了一个'蝉'字的笨谜，却偏有这班笨伯去向那谜里寻求微言大义"！（《词选》）

胡适喜不喜欢这样的"笨谜"另当别论，这次我们不妨也做一回"笨伯"，看看王沂孙这首词到底是如何刻画我们人人都熟悉的"蝉"这种昆虫。

4

词的起句可能就会让很多人脑子一蒙，这说的是什么：

"一襟余恨宫魂断，年年翠阴庭树。乍咽凉柯，还移暗叶，重把离愁深诉。"居然第一句就用典！我们一般觉得咏物诗词怎么着也应该从最直观的形态入手写实吧，可是王沂孙起笔就是腾空虚写一笔，看上去跟蝉一点关系都没有——但只是现在我们觉得这个典故眼生，在古代的读书人看来，这其实是跟蝉直接相关的一个重要故事。

我们都知道蝉有个外号叫"知了"，因为蝉鸣声很像"知了知了"的发音，所以中国文化中有用蝉象征读书人的传统，也寄予了人们对读书人品性高洁的期望。顺带说一下，在西方文化中，蝉的形象却有着演奏家的寓意，蝉鸣似乎就是美妙的乐音。但很多人可能不大知道的是，蝉在古代还有另外一个别名，叫作"齐女"。蝉当然是有雄性和雌性区别的，而且动物常识告诉我们，只有雄蝉才有一个叫作"鼓膜"的器官，可以振动发出声音，我们平时听到的"知了知了"的叫声就是雄蝉鼓膜振动发出的，反而雌蝉是"哑巴蝉"，因为雌蝉没有发声的鼓膜。那为什么蝉还可以别称"齐女"呢？原来有一个出自西晋崔豹《古今注》的故事：据说齐国王后和齐王吵架被气死了，死后尸变为蝉，飞到庭院的大树高处不住地哀鸣，齐王这才后悔莫及，后来蝉就有了一个"齐女"的外号。李商隐就写过这样的诗句："鸟应悲蜀帝，蝉是怨齐王。"（《韩翃舍人即事》）所以王沂孙咏蝉词第一句"一襟余恨宫魂断"，宫魂指的就是齐国王后的魂魄，断魂、余恨既是暗用齐王后魂断为蝉的故事，其实也有这个故事使人心生悲感而断魂的意思。

虽然这个故事里没有指明到底是哪位齐王和王后之间发生了这段情感纠葛，但王沂孙起句就用这个典故，其实是用情感故事开头，让整首词都规范在词言情的本色之中，是词之正体的写法。接下来的几句就是写齐王后化身为蝉之后的情态了。

我们都有这样的日常经验，蝉鸣叫最热闹的季节在夏天，到了秋天，蝉的鸣叫就会显得萧瑟很多，所以柳永的《雨霖铃》用"寒蝉凄切"来点明秋天的季候。蝉年年都栖息在庭院大树的浓密翠荫中，可是一到秋天就"乍咽凉柯，还移暗叶"，柯是树枝。秋天的蝉躲在"高处不胜寒"的树枝上呜咽饮泣。"重把离愁深诉"，这一句抒情色彩特别浓厚，"重"是再三、反复的意思，"深"指隐藏在内心最深处的情感，秋天的蝉鸣似乎是在反复倾诉着内心深藏的离愁。这种离愁，既是承接前面齐王后与齐王、与齐国、与人间别离的痛楚，又隐含着蝉本身在秋天也面临着离别的伤感，甚至还有词人自己说不清道不明的离别哀愁。

既然一开始就用齐女化为蝉的典故，那么上半片基本上是从女性视角来抒发摧人心肝却又婉转缠绵的情感："西窗过雨。怪瑶佩流空，玉筝调柱。镜暗妆残，为谁娇鬓尚如许。""西窗"，还是跟女性情感有关。诗词中但凡出现"西窗""西楼"等表示建筑方位的地点名词，通常都是女性所在的地方，也因此"西楼""西窗"等意象往往和爱情密切关联。从古代的家居习惯来看，一般长辈居于正屋，也就是坐北朝南的位置，例如诗词中往往以"北堂"代指母亲，因为这是主妇的居室。东厢房一般是儿子居住，女儿则居于西厢房。即使是皇宫，居所的分配也大致如此，例如东宫太子，西宫则往往是太后、妃嫔或公主等女眷居住。于是，在古典诗词中，"西楼""西厢""西窗"便因与女性的渊源而延伸出旖旎爱情的浪漫怀想，成为独具风情的爱情或相思意象了。像白居易的"遥知别后西楼上，应凭栏干独自愁"是写给初恋湘灵的（《寄湘灵》），李商隐的"何当共剪西窗烛，却话巴山夜雨时"是写给妻子王氏的（《夜雨寄北》）……他们都是用"西楼""西窗"的意象来寄托爱情。

"西窗过雨"暗喻的是秋风秋雨的摧折。西窗外的蝉固然恐惧秋雨的打击，西窗内的女子情绪更是多愁善感。"瑶佩流空，玉筝调柱"，既是写西窗内女子玉佩轻触与调弦弹筝的声音，同时又是模拟蝉被风雨惊飞的声音。窗内窗外，人与蝉，几乎完全融为一体。上阕结尾似乎是给了西窗内的女子一个特写镜头：她正坐在妆台前对镜理妆，可是"镜暗妆残"，晦暗的铜镜只能模糊照出一个憔悴、幽怨的容颜。

乍一看上去，"镜暗妆残"和蝉本身没有关系，实则不然——女性的妆容跟蝉的关系太大了！

古代女子有一种非常流行的发式叫作蝉鬓。这个传说也记载在《古今注》当中，据说魏文帝曹丕有一个特别宠幸的宫女叫作莫琼树，她发明了蝉鬓这种发式，即将两鬓的发丝梳成薄薄的上翘的形状，看上去"缥缈如蝉翼"。唐代诗人韩偓就写过"学梳蝉鬓试新裙，消息佳期在此春"（《新上头》）的诗句，可见蝉鬓这种发式是"女为悦己者容"的一种发明。当西窗内的女子对镜理妆却只看到"镜暗妆残"的时候，不禁幽幽叹息：我梳成这样娇俏的蝉鬓，又有谁会欣赏呢？

这是一个多美又多遗憾的故事！以"西窗"为联结，西窗外的蝉与西窗内的女子，在"重把离愁深诉"的主旨情感上完全融为一体，仿佛蝉与女子之间也有着一种神秘的联结，让他们情绪从此相通。

上阕写到这里，似乎蝉与女子之间的故事已经写完了，我们是不是有点担心再写下去有可能是累赘呢？接下来王沂孙还能出什么奇招，将这个故事继续深诉下去而不让读者厌倦呢？

5

过片又是一个典故，这个典故将上阕个人的离愁，巧妙而又自然地转到了下阕的国恨家仇。这个典故既是下阕的引导，又是下阕的灵魂："铜仙铅泪似洗，叹移盘去远，难贮零露。"铜仙即金铜仙人，是汉武帝所造。后来，曹操的孙子、曹丕的儿子魏明帝曹叡下诏命宫官将这座金铜仙人从汉宫撤离，运往洛阳，因为铜人太重最终没有运抵目的地，不得不留在了霸城。唐代诗人李贺写过一首《金铜仙人辞汉歌》，即是用这个典故来表达家国衰亡之悲。金铜仙人见证了汉王朝由盛而衰的过程，有着深厚的家国情结，所以李贺的诗中写铜人被迁的时候潸然泪下："忆君清泪如铅水"，表达不忍去国离乡的悲怆情怀。金铜仙人手上托的承露盘也同时被搬走，运输途中承露盘被损毁，"声闻数十里"。

我们是不是又会产生一个新的疑问：这个金铜仙人辞别汉宫的故事跟蝉总没有任何关系了吧？

的确没有直接关系。但在奇思妙想的词人这里，又有着非常的关系。传说蝉品性高洁纯净，只餐风饮露，不食人间烟火——说到这里，我又想起林黛玉的化身绛珠仙子"既受天地精华，复得雨露滋养"的描写了。虞世南的《蝉》诗就说过："垂緌饮清露，流响出疏桐。"王沂孙就是根据蝉饮露的传说，联想到金铜仙人承露盘被移走之后，蝉还能吃什么呢？失去了贮存露水的盘子，蝉的生命也即将走到尽头吧？

既然下阕一开始就用金铜仙人的遭遇奠定了家国衰亡的基调，我们就不难理解其后渲染的末世悲情了："病翼惊秋，枯形阅世，消得斜阳几度。"失去了承露的盘子，秋风秋雨中的蝉只能做着最后的、脆弱的挣扎，它的翅膀不再有力，它的身体日渐干枯，颤颤巍巍、瑟瑟发抖还能熬得过几个"斜阳"呢？

"余音更苦。甚独抱清商，顿成凄楚。"那声声"凄楚"的寒蝉，仿佛在用尽余力发出"余音"。"甚独抱清商"，这个"抱"字用得真是绝妙啊，拥抱拥抱，至少得有可以拥抱的对象吧，就像我们常说的"抱团取暖"，那是抵御世间寒冷最有力量的方式了。可是秋蝉有谁可抱呢？它只能抱着自己，发出凄苦余音——这样的想象与用笔真的令人拍案叫绝！一个"抱"字不仅暗合了蝉鸣的发声器在腹部的天然生理结构，更流露出拟人化的形单影只的凄凉情绪。

"清商"有两种不同的解释，一种是魏晋以来的新兴音乐形式；而另一种取字面意思，商谐音"伤"，指悲伤凄苦的音乐。欧阳修《秋声赋》里说："商声主西方之音……商，伤也，物既老而悲伤。"商声也可以象征秋天凄凉萧瑟的声音。我觉得这里的"独抱清商"理解为秋蝉凄凉忧伤的声音更加契合词意。而一个"顿成凄楚"的"顿"字，我更愿意理解为突然的停顿——这不是音乐创作上的故意停顿，也不是旋律流淌时偶然的卡顿，而是千言万语想要倾诉却突然什么都说不出来的"凝噎"，是那种泣不成声的空白。

词解释到这里，我觉得有必要说明一下这首词创作的背景。这首咏蝉词也是文人结社唱和的作品，就像《红楼梦》中姑娘们咏柳絮一样。有学者认为，这首词写于发陵事件之后。

什么是发陵事件呢？根据周密《癸辛杂识》的记载，元世祖至元二十二年（1285），元朝的一个僧人杨琏真迦在元政府的默许和支持下，盗发南宋六位皇帝的陵墓，攫取无数珍宝，将骸骨弃于荒草间，甚至将宋理宗的头骨做成沥取水银的容器。有些拿不了的宝物被随意丢弃在村野间，猫眼、金刚石、珠宝都有，金钱更是不计其数。有一村翁还在孟后陵捡到一个发髻，头发有六尺多长，发髻根部簪着一支短金钗。村翁把金钗带回家去，因是帝后遗物，村翁也不敢怠慢，将金钗虔诚地放到圣堂中供奉，自此家境也渐渐好转起来。

杨琏真迦之所以如此胆大妄为，当然跟元政府要借此进一步威慑民心、巩固统治有关：南宋刚刚灭亡，遗民依然心向故国，南宋帝后陵寝被如此侮辱，对遗民来说，就相当于自己的故国被凌辱，这无疑是伤口撒盐般的剧痛。可是在元统治者的高压之下，他们满腔的悲愤只能隐忍郁结于心。后来唐珏、林景熙等人冒着生命危险，将被遗弃的帝后遗骸收集起来重新埋葬，并且在陵墓上种植了冬青树，以这种方式寄托遗民最深沉的哀思。

发陵一案也成为南宋遗民文人创作的热点事件。有一种说法认为王沂孙、周密等七位遗民词人于发陵案第二年，即至元二十三年（1286）聚在一起咏蝉，也是因为此案。这个说法影响比较广，甚至有人认为咏蝉词中大多用到蝉鬓、翠鬓等类似词汇，其实就是暗指孟后陵墓金钗一事。王沂孙更是一人写了两首《齐天乐》来咏蝉，另一首词中也有"鬓影参差，断魂青镜里"的句子，既用到蝉鬓的历史典故，也有可能是影射孟后金钗一事。金铜仙人的典故则暗喻南宋灭亡之后，大批宗器、国宝被掳掠北迁的事实。

尽管发陵事件与王沂孙《齐天乐·蝉》等咏蝉词之间是否有直接因果关系，还需要更确凿的证据，但有一点是可以肯定的，宋末遗民词人群的结社咏物寄托了深沉而痛苦的个人身世飘零之悲、国破家亡之痛。王沂孙笔下的秋蝉既是个人身世的写照，也是宋朝命运的投射，其中深蕴家国之忧，绝非泛泛咏物之作。

"余音更苦。甚独抱清商，顿成凄楚。漫想熏风，柳丝千万缕。"词的最后又回到了寒蝉悲鸣，呼应了开头齐后化蝉哀鸣的典故，这样的蝉鸣仿佛忧伤的音乐，凄楚的余音让人忍不住遥遥怀想当年的繁华盛世——"漫想熏风，柳丝千万缕。"

结尾又是一个典故。"熏风"指的是舜帝创作的《南风歌》："南风之熏兮，可以解吾民之愠兮；南风之时兮，可以阜吾民之财兮。""南风"，是指从南边吹来的风，通常在诗词中南风就是指夏天的风；"熏"，是和暖的意思，还有芳香的意思，也可以引申为人的气质温婉柔和。这首诗的意思是：从南边吹来的风那么温暖，还带着柔和的芬芳香气，可以解除老百姓心中的忧愁和怨恨，让大家都能和谐相处，其乐融融。南风来得很及时，这样风调雨顺的季节，可以增加老百姓的财富，让大家的日子过得更加红火兴旺。

《南风歌》看上去和蝉也没有直接关系，但前头我们说了，蝉的生命力最旺盛、鸣叫声最热烈的时候往往是盛夏，而"南风"也往往象征明君治理下的太平盛世。到了秋天，寒蝉的生命会变得很脆弱。所以，当"独抱清商、顿成凄楚"将整首词压到情绪最低谷的时候，最后两句对于"熏风"的"漫想"，仿佛是一条光明的尾巴，是秋蝉对这个世界最后、也最眷恋的回想：毕竟，它也曾拥有过夏木阴阴、南风拂柳的温暖时光与繁华盛景！

但，那毕竟只能是再也回不到的过去了。

没有国，哪有家。病翼惊秋、枯形阅世，这秋日飘零的寒蝉就像遗民词人一样，家国无存、零落漂流，不知今日何日，不知明日该何去何从。

"余音更苦。甚独抱清商，顿成凄楚。"遗民所有无法说出口的伤痛，都在王沂孙的词中化为蝉鸣，唱出幽幽的清商乐音，远远地传开去，久久地传下去！

时光不会倒流，歌声却可以穿透时空。

我亦不曾饶过岁月

1

在宋末词坛四大家之中，蒋捷最有名，也最另类。说他最有名，是因为他有几句金句直到现在还脍炙人口，比如"流光容易把人抛，红了樱桃，绿了芭蕉"，蒋捷甚至因此得到了一个雅号——"樱桃进士"。古往今来，感叹时光流逝的名句实在是太多了，但"红了樱桃，绿了芭蕉"一定是不会被人遗忘的最经典的名句之一。

蒋捷的另类则主要表现在两个方面：第一，词坛四大家的另外三大家周密、王沂孙、张炎过从甚密，时不时结社聚会，交游唱和，感情很好。他们仨的许多词作都是产生在聚会唱和的场合，词题往往会标明酬赠的对象。例如，王沂孙的《高阳台》（驼褐轻装）词题就写明是"陈君衡远游未还，周公谨有怀人之赋，倚歌和之"，公谨是周密的字；周密的《忆旧游》（记移灯剪雨）词题为"寄王圣与"，王圣与就是王沂孙；张炎的《祝英台近》（水痕深）词题为"与周草窗话旧"，草窗是周密的号；张炎的另外一首《湘月》（行行且止）词，序中详细交代了写作背景，"余载书往来山阴道中，每以事夺，不能尽兴。戊子冬晚，与徐平野、王中仙曳舟溪上。天空水寒，古意萧飒。中仙有词雅丽；平野作《晋雪图》，亦清逸可观……"序中提到，张炎经常往来于浙江山阴（今绍兴）道，可是因为事务繁杂，一直没机会尽兴游玩。直到至元二十五年（1288）冬天的一个晚上，张炎和好朋友画家徐平野、词人王中仙（中仙是王沂孙的号）一起泛舟山阴道的溪流之上，当时的风景真是清幽绝俗，点燃了他们的创作激情，他们一起欣赏了徐平野画的《晋雪图》，"清逸可观"，王沂孙填了一首词，很是"雅丽"，张炎自己也填了这阕《湘月》词，记录下当日情景……

宋末四大家虽然基本生活在同一时期，但找不到蒋捷和其他三位词人交往的证据。咸淳十年（1274）蒋捷登进士第，周密和王沂孙这一年曾在杭州孤山相聚，以他们当时的词名，要说他们没听说过对方，那是不大可能的。就算蒋捷的年辈可能略晚于周密，但作为新科进士，如果蒋捷真想要结识其他几位词人，应该不是什么难事。可在南宋末年的词坛上，蒋捷就像"人间蒸发"了一样，文献上几乎没留下什么可靠的他与名人交游的证据。

蒋捷另类表现的第二个方面是他的词风。宋末其他三大家风格比较近似，他们都宗法姜夔，又经常在一起切磋，有着相对一致的审美追求。独独蒋捷，仿佛闲云野鹤般踪迹缥缈，他的风格很难用一个词来概括，在宋末词坛上自成一家，遗世独立。于是，对蒋捷的词风评价也是众说纷纭，莫衷一是。有人说他深受辛弃疾的影响，"明白爽快"（胡适《词选》），"自有肆放，能不为文字与音律所拘，颇有辛弃疾的精神"（胡云翼《蒋捷词钞》）；有人说他和宋代诗人杨万里风格近似，"极富风趣""明白如话""逸趣横生"，意思是说他的词通俗、风趣，

"诗中之杨诚斋也"（唐圭璋《读词札记》）；有人说他学习吴文英，颇具梦窗词"炼字精深""字雕句琢"的特点，词作密丽晦涩；还有人说他效法姜夔，非常讲究音律，他的词作"调音谐畅"，很多词人把他的作品奉为填词圭臬……面对同一位词人，居然会有这么多截然不同的评价，这不免让人有点犯晕了。不过我个人倒觉得他和辛弃疾的风格多样比较相似，既有豪放恣肆的一面，也有旖旎婉丽的一面，有寄托遥深的一面，甚至还有幽默诙谐的一面……就凭豪放恣肆和幽默诙谐这两大特点，蒋捷便能在宋末词坛上和其他三大家妥妥地区别开来。

2

对，你没听错，幽默诙谐也是蒋捷的个性标签。说来也有意思，宋代词坛上几位最幽默风趣、滑稽诙谐的词人基本被插上了"豪放"的标签：北宋有苏轼，那是说笑话的大师级人物，南宋有辛弃疾、刘过、刘克庄等一大批"嬉笑怒骂皆文章"的词人。虽然"讲笑话"的词肯定不是本色的词，但豪放派词人又有谁会真正在乎是否"当行本色"呢？最好玩的是，辛弃疾和蒋捷，都拿自己的姓名开过玩笑。辛弃疾姓什么？辛！且看《永遇乐·戏赋辛字，送茂嘉十二弟赴调》：

烈日秋霜，忠肝义胆，千载家谱。得姓何年，细参辛字，一笑君听取。艰辛做就，悲辛滋味，总是辛酸辛苦。更十分向人辛辣，椒桂捣残堪吐。　世间应有，芳甘浓美，不到吾家门户。比着儿曹，累累却有，金印光垂组。付君此事，从今直上，休忆对床风雨。但赢得、靴纹绉面，记余戏语。

辛弃疾说：谁让我家千载以来就姓辛呢？所以我们注定要尝尽人间辛酸辛苦悲辛辛辣，反正世上的甘甜芳香都从我家门口绕着走了，我是从没尝过什么甜头的……风趣幽默的自嘲中带着辛辣的讽刺意味。

蒋捷也写过一首自嘲自黑的词《少年游》：

枫林红透晚烟青。客思满鸥汀。二十年来，无家种竹，犹借竹为名。　春风未了秋风到，老去万缘轻。只把平生，闲吟闲咏，谱作棹歌声。

蒋捷，字胜欲，号竹山。这首词是晚年的蒋捷解释自己以"竹"为号的原因。明明自己漂泊江湖，连个家都没有，更没有地方种竹子，凭什么还敢"无家种竹，犹借竹为名"呢？可见，蒋捷只是借竹在文人心目中清高劲节的姿态表明心迹，就像苏轼说的"可使食无肉，不可居无竹"那样。

元成宗大德年间（1297—1307），曾有人力荐蒋捷入朝为官，被蒋捷坚决拒绝。词中所谓"二十年来"，是指南宋灭亡二十年来，蒋捷作为遗民，拒绝在新朝入仕，以隐士终老，"竹"正是他抱节自持的秉性的反映。所以他在词的下阕才会说"老去万缘轻"，春去秋来，四季流逝，国破家亡二十年后，自己也垂垂老矣，还有什么看不开的呢！还是把平生的"闲吟闲咏"，都"谱作棹歌声"吧。棹歌是船工渔父唱的歌，自己写的那些歌词，都交给那些船工舟人去唱吧！

这样的词，看上去是轻松地调侃自己贫困潦倒、无家可归、到老一事无成，实际深深隐含着身遭国难、漂泊乱离、有家难归的时代剧痛。

要知道，蒋捷出身于宜兴巨族，江南名门，他自己又曾高中进士，如果身在太平盛世，以他的才华和家世，多半是意气风发，至少也能安稳过一生，又怎么可能沦落到晚年竟然"无家种竹"的地步！

3

如果说这首《少年游》还是一种辛酸的自嘲，那么这首《霜天晓角》更能直接体现蒋捷式的风趣幽默：

人影窗纱，是谁来折花？折则从他折去，知折去、向谁家。　　檐牙，枝最佳，折时高折些。说与折花人道：须插向、鬓边斜。

是不是乍一看并不觉得这首词有多好玩？那我不妨简单翻译一下，你就会觉得这首词真的特别具有喜剧味道了。词的大致情节是这样的：

主人在家里坐着，忽然觉得窗纱外影影绰绰有人影在晃动，原来是有人来偷花！要是换了别人，本能的反应很可能就是推开窗大吼一声：谁在折花！给我住手！

可是这家主人却与众不同，他（她）发现小偷的第一反应是惊讶，但惊讶过后并不是愤怒和责骂，反而是"助纣为虐"：折吧折吧，随他折去吧，不就是几朵花嘛，也不是什么贵重东西。

这是词的第一层转折。但是，如果仅仅是"随他折去吧"，那词写到这里就会陷入"死胡同"，写不下去了。蒋捷绝对不会把天聊死，他很快就安排了出人意料的第二层转折。

这家主人不仅宽宏大量，还是只"好奇猫"呢，他（她）忍不住想打探一下：喂，我说那个偷花的小姐姐（小哥哥），我家的花可以随便让你摘，但你能不能告诉我，你是谁家的啊？你折花是为了什么啊？要折到哪里去啊？

这简直不是质问而是好奇加关心了："知折去、向谁家。"既然你偷偷来折花，那说明你真的是爱花的人，有花堪折直须折嘛，我又何必制止呢！咱俩都爱花，说不定还能交个朋友呢！

词写到这里，已经够出人意料了。可是词人还有更让人意外的反应："哎，那谁？你不是要折花吗？我告诉你啊，要折就折房檐那边高枝上的花呀，那里的花开得最茂盛最漂亮。而且，你既然这么爱花，折下来后可别随便糟蹋了，一定要将最漂亮的那朵斜斜地插在鬓边，才不辜负开得这么娇艳的鲜花啊！"

读完这首词，是不是觉得这首词里的主人简直就是个话痨？跟一个偷花的人还能喋喋不休嘱咐人家这么多。难怪有人故意开玩笑要代替那个折花人回怼一句：我折我的花，"干卿何事"？关你什么事？那么多废话干什么！

不过，我每次读这首词，眼前就出现了一个情趣盎然的画面，主人趴在窗台上，隔着窗户和窗外"偷花贼"笑嘻嘻地聊着天……这样一想，我觉得这首词里花的主人和那个"偷花贼"很可能都是女孩，她们之间的对话特别像女孩之间的"碎碎念"，她们都爱花，又都懂得怎么打扮自己，虽然本来互不相识，但很快就能忘了"偷花"的事实，反而是交换起爱美心得来。

蒋捷这样的词风是不是有点剑走偏锋的味道？像"是谁来折花"这样的句子，如果单独拎出来，你可能会以为是哪个当代人说的一句大白话，绝对不会想到这居然是宋词里的句子！换了像王沂孙那样追求工雅的词人，是断断不会允许自己的词里出现这种大俗话的！

然而这就是蒋捷，这就是蒋捷词被评价为"明白如话""逸趣横生"的明证。

4

《少年游》这样的词，读起来觉得很有趣、很好玩，但这并不算是蒋捷的名作。他的代表作，应该是这首《一剪梅·舟过吴江》：

> 一片春愁待酒浇。江上舟摇，楼上帘招。秋娘渡与泰娘桥，风又飘飘，雨又萧萧。　　何日归家洗客袍？银字笙调，心字香烧。流光容易把人抛，红了樱桃，绿了芭蕉。

这首词的主题是：岁月！

岁月，是生命最大的敌人，却也是最容易被人忽略的敌人。当岁月就在我们身边静静流淌的时候，我们往往会忘记它的存在，我们好像总是要等到某些特定的时刻或者特定的场景，才突然被激发起强烈的时光意识。比如，突然在镜子里看到了自己的第一根白发；比如，突然看到门口的那株银杏树变得金黄金黄；比如，突然发现隔壁的那个小女娃娃，不知道什么时候已经长成了一个亭亭玉立的高中女生；比如，突然发现年轻力壮的父母不知道什么时候有了皱纹和老年斑……是的，我们总是要等到突然的某一个时刻，回望过去的时候，才会意识到时光原来是一种那么强大的存在。而这个所谓"突然的某一个时刻",恰恰很可能就是我们最容易感到脆弱的时刻。

"流光容易把人抛,红了樱桃,绿了芭蕉。"当蒋捷貌似轻飘飘地写下,樱桃又红了,芭蕉又绿了的时候,他的内心早就被时光的利刃劈得碎了一地吧?

"红了樱桃,绿了芭蕉",原本不过是再自然不过的季候变化,当我们忙着生活、忙着工作、忙着追逐成功、忙着让自己变得强大再强大的时候,我们很容易就会忽略自然的这种变化。可是,当我们感到疲惫、感到衰老、感到力不从心,甚至感到内心深藏的脆弱的时候,"红了樱桃,绿了芭蕉"的自然变化,也许真的会让我们停下奔忙的脚步,在猝不及防间,泪流满面。

那么,当年的蒋捷,又会因为怎样的特殊原因,在突然发现"红了樱桃,绿了芭蕉"的那一刻,泪流满面呢?

宋度宗咸淳十年(1274),蒋捷刚刚高中进士,可是此时的南宋王朝已是摇摇欲坠。五年后,所向披靡的蒙古铁骑征服了大宋,蒋捷的家乡宜兴以及常州、苏州、临安(今杭州)相继被攻占,蒋捷也沦为了大批遗民文人中的一员。

由宋入元,不少人为了生存不得不改弦易辙,成为元朝的官员。蒋捷虽然才名卓著,可是他一直坚守气节,不肯入仕元朝。青年时代风流儒雅的蒋捷从此漂泊江湖,在贫窘交加中度过了一生。有时候他为了填饱肚子,不得不低声下气地询问邻居老农:"我读书识字,随身带着毛笔,您老人家要我帮忙抄写《牛经》吗？"老头不理他，只是摇摇手——兵荒马乱的日子，糊口都不容易，谁还会请一个书生去抄书呢？

世事变幻如浮云苍狗，流落江湖的蒋捷总是会将他对人生的悲凉感悟浸透在他的词笔中。这首《一剪梅》就是蒋捷乘船经过江苏吴江时有感而作，因此这首词还有一个词题"舟过吴江"。

5

"一片春愁待酒浇。江上舟摇，楼上帘招。"词一开始的这三句就让我们感受到一种激烈的矛盾——词人的心情与周围环境的矛盾。词人独自漂流在吴江上，沉浸在一片浓郁的"春愁"之中，他很想借酒浇愁，暂时忘掉缠绕心头的苦闷。可周围的环境与词人的心境是那么格格不入："江上舟摇，楼上帘招。"春光灿烂明媚，吴江上船来船往，江南还维持着表面的繁华，江边高挑的酒帘仿佛在召唤着词人靠岸小憩。可以想象，岸边鳞次栉比的酒楼里一定是红袖飘飘、酒香浓郁的，尤其对于孤独的游子来说，那是多么富有吸引力的地方！

江南依然是春风十里、芬芳醉人，词人多么想畅饮几盅排遣满腹的愁绪。江南是词人的故乡，却已经没有了词人的家。当船行经秋娘渡与泰娘桥的时候，他只感受到连绵风雨的萧瑟与凄凉："秋娘渡与泰娘桥，风又飘飘，雨又萧萧。"

秋娘渡与泰娘桥是两个地名，可是在蒋捷的词里，又不仅仅是两个普通的地名。白居易的《琵琶行》里曾经写过："曲罢曾教善才服，妆成每被秋娘妒。"杜秋娘是唐宪宗时候的美女，金陵（今江苏南京）人，原本是唐高祖李渊祖父李虎的八世孙、镇海节度使李锜的侍妾歌女。那首非常有名的唐诗《金缕衣》："劝君莫惜金缕衣，劝君惜取少年时。花开堪折直须折，莫待无花空折枝"，据说就是杜秋娘唱出来的。后来李锜起兵谋反遭到朝廷镇压，他的家眷被没入宫廷，杜秋娘也成为一名地位卑贱的宫女。但是金子就会发光。杜秋娘以其出众的才华，吸引了宪宗的目光，一度成为宪宗的宠妃。元和十五年（820），宪宗被宦官谋杀后，杜秋娘又得到穆宗的赏识，被任命为皇子李凑的傅姆，专门负责教育、辅导皇子的生活和学习。然而，晚唐的政治局势云谲波诡，宦官专权，不仅皇帝被玩弄于股掌之中，毫无人身安全可言，颇得众望的漳王李凑也被诬告谋反。杜秋娘随之被削籍为民，放回原籍金陵。

大和七年（833），晚唐著名诗人杜牧出差经过金陵，偶遇杜秋娘，此时她的《金缕衣》已然是传遍天下的流行歌曲。杜牧听说了杜秋娘的遭遇，十分感慨：杜秋娘这一生跌宕起伏，有过辉煌的青春岁月，也有过落魄的凄凉暮年，四十多岁的秋娘虽然饱经风霜、衰老憔悴，却丝毫未改当初的沉静与端庄。拥有如此传奇经历却依然宠辱不惊的杜秋娘赢得了诗人的尊重，杜牧为她挥笔写下了著名的长篇诗作《杜秋娘诗》。

后来秋娘就成了才貌双全的美女或者歌女的泛称。

泰娘也是唐朝的一位歌女，才艺闻名京城，后被唐朝宰相韦执谊纳为己有。韦执谊死后，又归于蕲州刺史张愻（逊），后来泰娘流落民间。泰娘此后也成了歌女的泛称。

以秋娘与泰娘为地名，可见风情旖旎，泰娘桥、秋娘渡也是词中常见的意象，这样的地名出现在词中，不仅不会觉得生硬，反而特别符合词体的女性化柔美本色。

"一片春愁待酒浇。江上舟摇，楼上帘招。秋娘渡与泰娘桥，风又飘飘，雨又萧萧。"词的上阕塑造了一位忧伤而寂寞的词人，勾勒出一派风情浪漫的江南美景，也渲染出一种风飘飘雨萧萧的凄美意境。

6

春风十里的江南，留不住词人浪迹天涯的那一叶扁舟。

为什么繁华的沿岸酒家和旖旎浪漫的秋娘渡、泰娘桥都留不住词人漂泊的脚步呢？

换头一句就揭示了答案："何日归家洗客袍？"原来词人是归心似箭啊！什么时候才能回家洗去满身的风尘、结束这漫长而孤独的漂泊呢！"银字笙调，心字香烧。"什么时候才能点燃心形的香，安然地奏一回镶着银字的笙？早已厌倦了漂泊的孤独和艰辛，温暖的家才是词人此刻最热切的渴望。可是一个又一个春天从身边无声地溜走，家，却还在遥不可及的远方。词人只能眼睁睁地看着季节流逝，樱桃红了，芭蕉绿了，春天走了，季节变了，流浪的人也憔悴了、衰老了……

"流光容易把人抛，红了樱桃，绿了芭蕉。"听上去，这只是几个平平淡淡的句子，可是只有经历过人生起伏，感受过风雨坎坷的人才能深刻理会其中蕴含的痛楚，就像一首歌里唱的那样："岁月是一场有去无回的旅行。"

太平盛世中的时光流逝尚且让人有无可奈何的无力之感，又何况是身处末世、经历家国巨变之后万念俱灰的敏感词人呢！红了樱桃，绿了芭蕉，这本来只是年复一年自然风物的循环变化而已，可是在遗民词人看来，却意味着被时光巨轮碾压得粉碎的悲剧命运。

或许这样的感慨，太容易引起人们的共鸣。所以此词一出，立即传唱天下，尤其因为最后几句可谓余音绕梁，蒋捷因此获得了"樱桃进士"的雅号。

"樱桃进士"，不仅仅是说蒋捷"红了樱桃，绿了芭蕉"这几句词写得深入人心，其实"樱桃进士"还有一个特别的典故。

原来，在唐朝，新科进士发榜的时候正好是樱桃成熟的季节。俗话说"樱桃好吃树难栽"，比起别的水果来，樱桃的身价自然要高很多。于是从唐朝开始形成了一个惯例——新科进士会在宴会上用樱桃款待客人。

据说唐僖宗的时候，有个新中的进士叫刘覃，他的父亲是官至宰相的刘邺。为了庆祝官二代刘覃高中进士，刘家竟然买下了几十棵树的樱桃，专门办了一个隆重的樱桃宴。要知道，对一般的老百姓来说，樱桃可不是随随便便吃得起的。当时樱桃才刚刚上市，很多达官贵人都还没来得及尝鲜。可是在刘覃的樱桃宴上，樱桃堆积如山，大家可以任意享用。

樱桃可以算得上是水果中的"骄子"，新科进士又是读书人当中的"天之骄子"，于是樱桃从此便代表了新科进士的荣耀和金贵。因此，人们送给蒋捷"樱桃进士"的雅号，一方面是赞美他在《一剪梅》中的名句，另一方面也肯定了他这个货真价实的南宋进士的荣耀。

7

如果说《一剪梅》还是蒋捷舟过吴江时偶然的情绪感发，那么他的另一首名作《虞美人》就可以当成是他对一生的深情回望了。

> 少年听雨歌楼上，红烛昏罗帐。壮年听雨客舟中，江阔云低断雁叫西风。　而今听雨僧庐下，鬓已星星也。悲欢离合总无情，一任阶前点滴到天明。

别的词人在晚年可能也会回忆一生，也会把词写成回忆录的样子，但只有蒋捷在回忆的时候，会将他这一辈子过成一种状态，那就是"听雨"。

听雨当然是非常诗意的状态，也是诗词中常见的浪漫场景，但其他诗人词人往往只写某一次听雨，从来没有人像蒋捷这样，一场雨，就下了一辈子。他在这首短短的《虞美人》中，就用了整整一辈子的时间去听这一场雨！

一辈子有多长？一场雨又能下多久？用一生的时间去聆听一场雨，又是怎样的一种深情呢？雨，这种最常见的天气现象，又如何能够诠释一个词人的整整一生呢？

年少时候的蒋捷，常常是将光阴抛洒在歌楼上："少年听雨歌楼上，红烛昏罗帐。"那个时候的他，是名门公子，有花不完的钱，有用不尽的才华，有耗不完的激情与精力，他是那个年少轻狂、红烛下罗帐中的风流浪子，陶醉在红袖添香、笙歌艳舞的温柔富贵乡中。那时候，他听到的雨声，就像美妙的音乐，不过是为他的浪子生活平添几分浪漫而已。

少年听雨，是一种单纯的快乐！雨声，是一曲和谐的协奏。

光阴似箭，转眼间，无忧无虑的少年郎变成了国破家亡、备尝人世辛酸的中年男。"壮年听雨客舟中，江阔云低断雁叫西风。"中年漂泊，他听雨的地方，不再是金碧辉煌、珠围翠绕的歌楼，而是在飘摇的客船上。无休无止的萧萧雨声，和着烈烈西风的呼啸声，孤雁单飞的哀鸣声，一声声都在刺激着中年词人茫然无助的内心。

"壮年听雨客舟中"，人的一生，最好的壮年能有多长啊！

原本应该大有作为的壮年词人，却不得不飘零在茫茫江湖上，一叶孤舟，看不清前途，看不到未来，也看不见希望。

壮年听雨，是在困顿中无助地煎熬！雨声，是一曲仓皇的变奏。

看不到未来，可似乎仍然是一瞬间的工夫，未来已来！"而今听雨僧庐下，鬓已星星也。"一转眼，词人就成了鬓发斑白的老年人，听雨的环境，也从漂泊江湖的一叶孤舟变成了远离尘世的荒凉寺庙。"悲欢离合总无情，一任阶前点滴到天明。"走过了大半辈子的词人，经历了年少时候的无忧无虑、中年时期的孤独彷徨，似乎已经看透了人世间的悲欢离合，当他行将暮年的时候，他终于活明白了：人生一世，不过如白驹过隙，一弹指而已，又何必自苦呢？还不如听任自然，就像阶前的雨声一样，淅淅沥沥、点点滴滴。雨是下了还是停了，都不过是自然而然的过程而已，又何必苦苦追求、苦苦追问人生的意义呢？

老年听雨，是沧桑历尽后轻轻的一声叹息！雨声，是一曲无人喝彩的独奏。

是的，还有哪一位诗人词人，会像蒋捷这样，用一生的时间去听雨，又用不同的雨声串起一生的记忆与领悟呢？

少年听雨，是一种浪漫情趣；中年听雨，是一种痛苦挣扎；老年听雨，是一种透彻参悟。

一个人，一场雨，一生情。曾经的年少轻狂与迷失，曾经的中年挣扎与彷徨，如今暮年的深情与旷达，都在点滴雨声中悄悄融化了。

少年的浪漫转瞬即逝，挽留不住；中年的忧患层层叠叠，驱之不去；晚年的领悟虽迟到但已到。"悲欢离合总无情，一任阶前点滴到天明。"这样的句子，既是词人参透人生的旷达之语，更是词人执着深情之语——他不再执着于红了樱桃、绿了芭蕉的"岁月神偷"，却执着于自己一生的执着。

雨还在下，樱桃红了，芭蕉绿了，岁月偷走了绿鬓朱颜，却偷不走蒋捷那些深情的文字。岁月以为它赢了，可是蒋捷也不曾饶过岁月。就像莎士比亚说过的那样："每一种美最终都会凋残零落……然而你永恒的夏季却不会终止／你那美的形象也永远不会消亡／死神难夸口说你在罗网中游荡／只因你会长寿在我不朽的诗行／只要人口能呼吸，人眼看得清／我这诗就长在，使你万世流芳。"（《莎士比亚十四行诗》）

"人事有代谢，往来成古今"，但那些美到极致、深情到极致的文字，会穿过岁月的短暂而永恒存在。就像那一场雨，我们会从宋代一直听到现在。

晚年的蒋捷，主要隐居在太湖中的竹山，虽然"无家种竹"，他也仍然以"竹山"自号。在这里，他依然在安静地听雨。

雨一直下，是因为爱到了最深处，爱无情的岁月，爱有情的生命，爱血脉里永远的家和国。